约瑟夫·罗特（Joseph Roth，1894–1939）

社会科学基金项目：约瑟夫·罗特与奥地利文学中的“哈布斯堡神话”研究
（项目编号：18BWW068）

主编 刘炜

JOSEPH

罗特小说集

9 ·第1002夜的故事·

[奥地利] 约瑟夫·罗特 著
刘炜、姚敏多 译

ROTH

漓江出版社

图书在版编目(CIP)数据

罗特小说集 9/(奥地利)约瑟夫·罗特 著;刘炜,姚敏多 译;刘炜 编. —桂林:漓江出版社,2019.10

ISBN 978-7-5407-8603-8

Ⅰ. ①罗… Ⅱ. ①约… ②刘… ③姚… ④刘… Ⅲ. ①长篇小说-小说集-奥地利-现代 Ⅳ. ①I521.45

中国版本图书馆 CIP 数据核字(2019)第 008158 号

罗特小说集 9(Luote Xiaoshuo Ji 9)

作者:(奥地利)约瑟夫·罗特　　译者:刘炜,姚敏多

出 版 人:刘迪才
出版统筹:吴晓妮
丛书策划:周向荣
责任编辑:张玉琴
助理编辑:周士武
装帧设计:李诗彤　何　萌
责任监印:陈娅妮

漓江出版社有限公司出版发行
社址:广西桂林市南环路 22 号　邮政编码:541002
网址:http://www.lijiangbook.com
发行电话:010-85893190　　0773-2583322
传　　真:010-85890870-814　0773-2582200
邮购热线:0773-2583322
电子信箱:ljcbs@163.com

三河市中晟雅豪印务有限公司印刷
(河北省三河市泃阳镇错桥村　邮政编码:065299)
开本:880mm×1 230mm　1/32
印张:10.25　字数:160 千字
版次:2019 年 10 月第 1 版
印次:2019 年 10 月第 1 次印刷
定价:45.00 元

目　录

第1002夜的故事

刘炜　译

献给我的老师 Fritz Hackert 先生

——刘炜

一

十九世纪的一个春天，沙阿[①]中的沙阿，尊贵伟大神圣的君王，波斯所有城邦的共主，至高无上的统治者，觉得有些不舒服。这种感觉他还未曾有过。

帝国中最负盛名的御医对此都束手无策，这让沙阿中的沙阿极感焦虑。

在一个不眠之夜，他召来总管大太监帕托米努斯。后者虽然还从未离开过皇宫，却是位智者，见过大世面。沙阿对他说道：

“帕托米努斯，老伙计啊！我生病了。我怕是病得不轻。医生说我身体安康，但我不信。你信他吗，帕托米努斯？”

“不，奴才也不信！”帕托米努斯说。

“那你也觉得我病得不轻？”沙阿问道。

“重病？不，奴才觉得不是！”帕托米努斯回答说。

“但的确病了！肯定是病了，主子！病有许多种。有的是医生看不见的。他们被训练用来看身体器官上的毛病，但一个人的心中若有所憧憬，那健康的躯体和器官又有什么

① 沙阿为伊朗（波斯）国王的称号。——译者注

用呢？”

“你怎么知道我心中有所憧憬？”

“奴才自己猜的。”

“那我憧憬什么？”

“这个吧，奴才还得想想。”帕托米努斯回答道。

总管大太监装模作样地思考了一下，说道：

“主子，您向往的是异域他乡，比如欧洲的国家。”

“来次长途旅行？”

“一次短期旅行，主子！短期旅行比长期旅行更令人愉悦。长期旅行会让人得病。”

“那去哪里？”

“主子，”总管大太监说，“欧洲有许多国家。想去哪里取决于到底要寻找什么。”

“那你觉得我在寻找什么，帕托米努斯？”

“主子，”大太监说，“像奴才这般见识短浅的，哪里能猜到英明圣主的心思。”

“帕托米努斯，”沙阿说道，“你知道，我都好几个礼拜没碰女人了。”

“奴才知道，主子。”帕托米努斯答道。

“那你觉得这正常吗，帕托米努斯？”

“主子，”大太监稍微欠了欠身，说，“奴才这样的身子实在不懂男女之事。”

“你们才让人羡慕啊。”

“是,”大太监应声道,直起了胖乎乎的身体,“奴才也是打心眼儿里同情其他那些男人。”

“你为什么同情我们,帕托米努斯?”

“有很多原因,”总管大太监回答道,“尤其是因为男人们逃脱不了变个花样儿、换个口味儿的念头。而这其实是在自欺欺人:世间根本就没什么别的花样儿。”

“你是想说,我该为了换个花样儿而随便去个地方?”

“是的,主子,”帕托米努斯说,“就为了让自己相信,这世上根本就没什么别的花样儿。”

“那么就能让我健康?”

总管大太监说:“关键不在于是否相信,而在于经历了多少事情才让自己相信的。”

“你怎么知道的,帕托米努斯?”

“奴才被阉了才明白的呀,主子,奴才是个阉人。”总管大太监回答道,然后再次弯下腰去。

他建议沙阿中的沙阿做一次长途旅行,建议他去维也纳。这位君主想起来:“穆斯林曾在很久以前到过那里。”

“主子,当年的圣上没能进得城去。否则在斯特凡大教堂的塔楼上树着的就不是十字架,而是新月了!”

“那都是陈年往事了。我们现在和奥地利的皇帝和平相处。”

“皇上圣明!”

“我们出发,”沙阿命令道,“通告各位大臣。”

一切按照圣旨运转起来。

无论是起先在头等舱里,还是后来在船舱的后部,总管大太监卡洛·帕托米努斯都正襟危坐,管理着女眷。他瞥了一眼落日红色的余晖,铺开了一面地毯,跪拜了下去,开始喃喃地做礼拜。不知不觉中,船已经到达了君士坦丁堡。

大海像孩子一样温顺。而沙阿的船就是个孩子,在海面上轻柔地随波荡漾,融入了蓝色的夜空。

二

沙阿的首次航行在蔚蓝色大海上已经徘徊了好几天。没人敢告诉伟大的沙阿,必须等待波斯驻维也纳大使馆的回复。几天后,沙阿开始不耐烦了。尽管他不关心船的航向,但终究会注意到刚离开的海岸一而再、再而三地出现在面前。于是就连沙阿中的沙阿也开始感到奇怪,这么厉害的一条船横穿这么小的一片海居然还需要那么长时间。他把总理大臣叫来,暗示自己对航船的磨磨蹭蹭不满。他仅仅点了总理大臣一下,没有明说。站在陆地上的时候,他就不信任手下的臣仆,而在飘来荡去的水面上,就更不相信这些人了。当然,人在海上,命也就交到了老天手里,但是某种程度上命也在船长手里。总之,只要想起船长,他心中就忐忑不安。他不喜欢这个船长,尤其是已经记不起来在什么地方曾见过这个船长了。沙阿变得特别多疑。就连那些熟悉和信任的人,也开始渐渐令他疑窦丛生,那些他不认识或想不起来的人岂不更加让人不放心?他是如此多疑,以至于他都不敢表露出自己的疑心——那些幼稚而又强大的君主经常认为自己比手下要狡猾。所以他现在也仅仅是小心地暗示了总理大臣一下,这么磨磨蹭蹭的航行令人不快。而那位总理大臣虽然懂得沙阿不想直白地表达自己的疑心,但还是假装对此丝毫没有察觉。

“陛下,”总理大臣说,“臣也搞不明白,横穿这片海为什么需要这么长时间。”

“是的,”沙阿肯定地说,就好像通过总理大臣的一席话才刚刚意识到这艘船开得太慢了一样,“你说得对,那我们为什么开得这么慢?”

“陛下,这要问船长了!”总理大臣说。

船长来了。沙阿问道:“我们什么时候到岸?”

“圣主陛下,”船长回答道,“圣上的安康对微臣而言是至高无上的！比微臣的孩子，比微臣的母亲，比微臣的眼珠子都神圣！船上的仪器预报说有风浪，虽说现在大海看起来祥和平静。陛下在船上，微臣自然要万分小心留意。对微臣、对国家来说，这世上还有什么比圣体安康更重要呢？——船上的仪器预报有风浪，陛下！”

沙阿看了看天。碧空如洗，蓝蓝的天空中飘着几朵白云。沙阿心想，这个船长欺君。但他对此却只字不提，仅仅说道：“在我看来，船长，你的仪器没用！”

“陛下圣明，”船长回答道，“就连仪器也不总是可靠。”

“就像你一样，船长。”沙阿说道。

他看见远在地平线上有那么一小朵不起眼的白云。说实在的，那连一小朵白云都算不上，根本就是一小片云气，是一小片云哈出来的一口气。就连船长也在同一时间看到了——他真希望能有奇迹出现来救场，好让他的谎言，让他那捏造出来骗人的仪器在所有信徒的共主沙阿面前，听起来像那么回事儿。

但恰恰事与愿违。虽说那一抹云单薄渺小，但沙阿心中的怒火却愈燃愈烈。他刚才很高兴逮到总理大臣和船长卑鄙无耻的谎言，而现在大自然却掺和进来了——出现了这么一小抹云（而这一小抹云当然能很容易变成真正的一片云），最终就会让那骗人的仪器听起来像那么回事儿！沙阿怒火中烧,盯着这一抹不断变换着形态的云。云朵被风吹拂,不一会儿就疏散开来。但它随即又聚拢起来,而且比此前更显厚重。现在看起来像一片雾霭,如同一团毛线似的变得更为稠密。接着,它又伸展开来,最终变得更为昏暗更加稠密。船长自始至终都站在沙阿的背后,也在观察着这抹小云朵不断变换的形态。但他心中绝无怒火,而是感到宽慰。但感觉欺骗了船长!沙阿突然愤怒地转过身来,他的脸在船长看来就像是一片可怕的夹带着冰雹的紫色云团。"你们胡说,"伟大的君王用一种很轻的、几乎听不见的声音说起来,这一声音来自深不可测的内心。"你们胡说。别以为我没看透你们的小心思。你们不说实话!什么仪器,骗谁呢?瞎编什么风浪?我的眼睛比你的仪器可靠得多。整个天空湛蓝敞亮,我还很少见到这么湛蓝敞亮的天空。船长,睁眼看看!你自己说,你在地平线上看得见哪怕是一小片云吗?"

船长吓得要命,不过震惊更胜过恐惧。而比震惊和恐惧还糟糕的是他的手足无措。陛下的雷霆之怒是真的还是假的?是不是只想探探口风?这谁又能知道呢?这是他第一次伴驾,对沙阿的习惯一无所知。不知道谁曾经告诉过他,沙阿有时候会假装发怒,为的是测试手下到底有多老实。不幸的是这位可怜的船长现在想起来的却是沙阿性格里的一个不起眼的特点。他决定一条道走到黑。"陛下,"他说道,"陛下也亲眼看见了地平线上的云。"这位冒失的船长甚至更加放肆地用手指向远处的云。此时的云已经变成了深蓝色,快速地向船这里聚拢过来。

"船长,"沙阿吼道,"你想教我怎么看天吗?你管这一小点儿雾气也叫云吗?你难道感觉不到阳光的照射吗?"

正在此时,发生了件出人意料的事。那片云在几秒内变成了低垂着的蓝黑色积雨云,遮住了阳光,笼罩了整个世界。

船长张开双臂,发抖的嘴唇里一个字都蹦不出来。看起来他好像想说:陛下恕罪,我不得不让老天爷站出来说话,他正准备回答陛下的问询。

沙阿当然也亲眼目睹了太阳是如何被遮蔽起来的,但他不知道是该为手下的诚实感到高兴——他毕竟准确真实地报告了来临的风暴——还是应该为自己的疑神疑鬼而发怒。沙阿觉得有暴露出自己的困惑的危险。这种情况可无论如何都不允许发生,于是他命令道:"给我看看你的仪器,船长!"

沙阿在前,船长在后,他们走过甲板。目力所及之处,天空愈加暗淡了下来,只有东北方向的天空还留有一抹蓝色。西方的云已经面目狰狞,变成了紫色。在头顶上的天空,云稍显柔和明亮。而在东方,云变得稀疏起来,让人真觉得苍白无力。船长跟在沙阿身后三步远,陷入了一种真正的恐惧。这种恐惧与此前不同,不是来自对君王和自己谎言的恐惧,而是对真主安拉的畏惧，也是对自己冒冒失失预言出来的风暴的恐惧。船长这还是第一次有幸在自己的船上接驾沙阿中的沙阿。他哪里懂什么外交原则。二十年来，船长一直都驾驶着这艘皇家轮船横穿这片海域。他经历了许多风暴，年轻的时候，还曾在帆船上服役。他在帆船上第一次见识了海上航行。沙阿自从登基以来，还从来没有要求过乘船渡海。而他自己——可怜的船长却拔得了这危险的头筹，为这位伟大君主的首次航行掌舵。“我们绝不可以在规定时间之前抵达欧洲海岸，”总理大臣曾对他说，“陛下特别没有耐心，他的愿望刚一出口就必须即刻实现。但有的时候，这你懂的，船长，会有外交方面的障碍。我们必须耐着性子等待大使的回复。因此我们在这期间必须在离岸不远的地方来回航行。如果陛下发觉了来问你，那你就说怕有风暴。”

总理大臣就这么交代的。结果你看看：风暴真的就逼近了。而那些仪器可根本没给他什么预报。从头到尾就是谎言给他的预报，都是骗人话。船长是个虔诚的人，畏惧安拉。

他们来到船长的舱室。那里没什么仪器，更别提什么能预测出风浪来临的仪器了。这里只有一台大罗盘仪，英国的工业产品，牢牢地用螺栓固定在一座圆台上。沙阿凑身上前：“这是什么，船长？”他问道。“陛下，这是罗盘仪！”船长回答道。“嗯，”沙阿说，“你没其他什么仪器了？”“这里没有，陛下，都在隔壁，在工程师的舱室里！”“那么风暴呢？”他对看其他的什么仪器没兴趣。此外他真希望来一场风暴。“风暴什么时候来临？”他不动声色地问。“估计在日落之后！”船长说。

沙阿走了，后边跟着船长。当他们走上甲板时，天已经黑得像在真正的夜里。值更军官急忙过来，快步疾行跑上前来，向船长报告了些什么。沙阿还从没听到过这种航海术语。他继续往前走，没理会这两个人。他靠着船栏，满怀愉悦的心情看着汹涌澎湃的波涛在咆哮。船身开始摇摆。整个世界开始摇摆。波涛像是伸出了绿色、黑色、蓝色和褐色的舌头，还镶着一圈雪白色的边。一种强烈的不适感突然向沙阿袭来。一种陌生的不适感在他的内脏翻腾滋长。他回想起来，小时候有次生病，病得很重，当时也感到了类似的痛苦。

船长陷入了双重的不安：首先是陛下龙体欠安；其次，那场他冒冒失失预报的风暴逼近了。船长已经不知道该操哪份儿心了：风暴还是龙体欠安。

他决定还是把心思放在沙阿身上。这么做与其说是本分，不如说他本来就打算立刻下令转舵并尽量回到靠近岸边的地方。沙阿用好几层被子裹着，四仰八叉地平躺在甲板上。那个他最为痛恨的御医躬身站在生病的沙阿身边，他觉得这个御医是自己这辈子唯一无法摆脱的一个人，而这个人正在做着分内的事:给沙阿喂缬草调制的草药。最初几滴沉重的雨点砸在了帐篷那柔软的天鹅绒上,这是人们为沙阿搭建的。支撑帐篷墙壁用的三根金属杆被吊环连接起来,海风轻拂,叮当作响。沙阿感觉好些。他知道外边电闪雷鸣,惬意地听着隆隆的雷声。难受的感觉消失了,这一点都不奇怪!船静静地停着,离岸边不到两海里。只有海浪在有规律地拍击着船舷。

这场风暴对总理大臣而言是上天赐予的特别宽宥。午夜时分,秘书们乘着快艇抵达了君士坦丁堡。第二天他们又乘同一艘快艇在早上九点钟左右赶了回来。沙阿还在睡觉。这些人带来了驻维也纳大使的电报:维也纳恭候陛下的到来。所有迎接安排都已就绪……

现在连风暴都偃旗息鼓了。一轮初升的太阳兴高采烈、火辣辣地照耀着,就像当初创世的第一天那样。

连船长都来了精神,总理大臣也来了精神。这艘船开足马力,直奔欧洲而去。

三

奥匈帝国皇帝陛下早上八点左右才获知沙阿来访。距上次最残暴的穆罕默德四世兵临维也纳差不多有两百年了。当年奥地利之所以能获救实在是场彻头彻尾的奇迹。而现如今普鲁士对古老的奥地利带来的威胁比当年的土耳其人还要可怕。普鲁士人更不虔诚,因为他们是新教徒。而上帝不会显示奇迹去对抗新教徒。现在已经没有理由对穆罕默德的子孙怀有比对新教徒更大的恐惧了。现在,一个另类的时代,一个可怕的时代降临了。这是普鲁士人的时代,是路德和俾斯麦统领的"苏丹禁卫军"的时代。他们的旗帜上黑白两色,都代表着生硬的悲伤。虽然旗上不是新月,而是个十字架,但那是铁十字。就连他们的基督象征都是杀人的武器。

当人们报告沙阿即将到访时,奥地利皇帝脑袋里就想着这些事。皇帝的大臣也在想这些事。在维也纳,在总理府,在大门前,在门背后,在包厢里,在点心店里,在编辑部的小隔间里,在咖啡馆里,甚至在餐厅包房里,人们都在窃窃私语。到处都在为沙阿的到访做准备。

当沙阿中的沙阿抵达维也纳约瑟夫火车站那天,骑马和徒步的四个仪仗队及两百名警察封锁了街道。细心好客的奥匈帝国皇帝下旨让载着波斯君王来维也纳的所有车辆都漆成白色,漆成新娘婚纱的那种雪白色,和沙阿去君士坦丁堡所乘的船的颜色保持一致。在车站月台上肃立着德意志骑士团总团长手下的一个连,军乐队指挥约瑟夫·内西瓦尔指挥演奏波斯国歌。钹和定音鼓还有那种波斯乐器制造出的喧闹比原本的波斯国歌更多。定音鼓架在本来既有耐心又有乐感的骡子背上,这下它也不消停了。骡子时不时地抖动,渐渐地不耐烦了。但鼓手和指挥约瑟夫·内西瓦尔都没看在眼里,脑子里全是那家蒂勒商店橱窗里的勋章。

皇帝穿着陌生的军装,感到不舒服。此外,这一天挺热,算是热得早的五月当中的一天,预示着盛夏的来临。月台的玻璃顶被晒得灼热。皇帝不喜欢波斯国歌。他明显是出于尊敬才听着,出于一种显而易见的敬意……

当沙阿下车时,皇帝匆匆地拥抱了他一下。沙阿检阅了仪仗队。军乐队奏起了《上帝保佑吾皇》。波斯人同样在发愣出神。

主宾登上御辇,乘车而去。在蓝色军装士兵排成的人墙后边,人们高呼着:“万岁,万岁,万岁!”警察胯下的骏马受惊发飙,不听从骑手的指挥对着人群蹬踏过去。结果二十二位好奇的看客受了伤。在警方通报的《外情通讯》中提到了“三起昏厥事件”。

四

这三起昏厥事件丝毫无损维也纳人因伟大的波斯沙阿到

访而满怀的喜悦。所有看到沙阿驾临而且没有受伤的人,也包括昏厥过去的人,都兴高采烈地回了家,高兴得就好像他们自己得到了什么赏赐。连铁道工人和行李搬运工也都兴高采烈,抛洒了更多的汗水,因为波斯的沙阿带来了数不清的沉重行李。这些行李装满了不止四节普通火车车厢,但这些车厢没有被挂上漆成雪白色的皇家列车,而是被遗忘在了的里雅斯特①。皇家礼宾处的副官科瑞里达·帕吉达扎尼在月台上蹿下跳,跟在他身后跑前跑后的是车站站长古斯特·布格尔。在站长办公室里,发报机不知疲倦地嘀嘀作响。可怜的站长布格尔对波斯礼宾处副官讲的法语完全不知所云。而本来在这绝望时刻唯一能帮上忙的人,此时正百无聊赖但也令人羡慕地站在头等车厢餐厅的餐台前。他是骑兵上尉泰丁格男爵,隶属于第九轻骑兵团,被团里不定期地派来皇宫和内阁秘书处执行所谓“特殊任务”。这位男爵靠着餐台,背对着窗户,时不时地转过头去,幸灾乐祸地打量着可笑的站长和他的波斯同僚科瑞里达·帕吉达扎尼。泰丁格自己已经私下叫他“土耳其禁卫军”了。餐台上的钟表已经指向了下午三点。泰丁格和克龙巴赫夫人约了四点半在犀鸟宾馆见面。她丈夫是丝绸厂的厂主,商务顾问。她住在德布林。克龙巴赫夫人是他的真爱,至少他是这么认为的。有一次他自言自语地说,

① 意大利北部港口城市。——译者注

克龙巴赫夫人就是他的真爱。他称她为自己的爱人，以对她的忠诚为证。克龙巴赫夫人不是——这里正好说一下——泰丁格的第一次爱情，而是第二次。

泰丁格男爵就这么靠着餐台，时不时地透过车窗向外看一眼，然后再看看那个伺候他吃饭的金发姑娘头顶上方的钟。他把这个姑娘当作铁路部门完成其所提供的服务中不可缺少的设备。他很高兴外边的两个人焦头烂额地颠来跑去，那个"土耳其禁卫军"和站长。泰丁格必须等着，直到波斯沙阿的行李抵达。克龙巴赫夫人也只好等着，这真糟糕，但也别无良策。

终于，在三点半的时候，一列仅有四节车厢的临时列车吐着浓烟抵达了，就好像这是一趟特快。车上装着波斯沙阿的所有行李，而上尉的第四杯轩尼诗威士忌才刚呷一口。

就在这时，泰丁格冲上了月台，拦住站长说道："赶快！简直令人发指，让大家等这么久！陛下一个半小时前就抵达了！急等着行李。真丢人！丢人现眼，站长先生！"

没等站长回答，男爵转向他的波斯同僚科瑞里达·帕吉达扎尼，讲起了流利的法语。他的法语听起来像是奥匈帝国皇室说的法语，似乎仅仅由单词构成。"真准时！真准时！我们的铁路是世界上最准点的铁路！"——铁路工人和行李搬运工一哄而上开始奔忙，站长亲自上阵指挥他们。与此同时，上尉正天花乱坠地对他的波斯同僚夸耀着维也纳夜总会里令人炫目的真正的东方奇迹。

波斯人听着,面露微笑。这是一种亲切的微笑,一种见过世面,对什么都无所谓的男人脸上总挂着的笑容。这么说吧,笑容里隐藏着谅解。面对这亲切的笑容,男爵一下子就明白了他在和谁打交道。这个“土耳其禁卫军”根本就不是个禁卫军。他身上涌动着原来那种亲切熟悉的气息,那种老谋深算鬼话连篇的气息。男爵立刻对他产生了亲切感。

男爵私下里称这个波斯人“有魅力”——这是他对一个人最高的赞颂。对他而言,人就分为三等:第一等是“有魅力的”;然后是“凡事无所谓的”;第三等,也就是最下等的是“无聊的”。毋庸置疑,科瑞里达·帕吉达扎尼属于“有魅力的”。突然,男爵也可以流利地说出这个拗口的名字了,就好像他从小就有波斯的玩伴一样。“科瑞里达·帕吉达扎尼先生,”上尉说,“非常遗憾,让您在这里久等了。铁路啊!铁路!请您相信,我们一定找到那个对此负责的人!”

为了向那位波斯人显示自己没有在说空话,他走向站长提高声音说道:“乱七八糟,站长,请原谅我说话直来直去!”

“上尉,”站长回答道,“彻头彻尾一团糟,都怪的里雅斯特那里搞得乱七八糟。”

“管他是不是的里雅斯特,”上尉的声音提高了一个八度,

“关键是陛下两个小时前就到了,而行李一直都还没到指定地点!”车站站长布格尔渐渐开始害怕被调任,于是逼着自己装出一种优雅洒脱的友好态度来。他很快想到了唯一恰当的一句话,说道:“陛下的行李终于到了,男爵阁下!”

“到了,到了,”上尉讥讽道,“但没到达指定地点!”

又过了半小时,波斯沙阿那二十二口巨大的箱子才被装卸完毕。之后男爵才能离开火车站。幸运的是,那辆供总理大臣副官使用的车还在等着。泰丁格完美地装出一副忐忑不安的样子,对科瑞里达·帕吉达扎尼说:“万分抱歉,能允许我搭个便车吗?我得赶赴一个规定的地方……”

这位波斯人不等他继续编下去,直截了当地说:“正想问您,我是否有此荣幸能陪您赴职所?”

两个人上了车。箱子被装上了三套货车,由结实的平兹高尔白马拉着,走在前边。在路上,上尉抬了抬身子,拍了穿着制服的马车夫肩膀一下,说道:“在犀鸟宾馆停一下!”

马车夫抬了一下鞭子示意明白了。鞭子在空中点了一下“是”,还发出一声轻微的脆响。泰丁格松了一口气,心情大好地坐回靠垫上,坐到这位“有魅力的”波斯同僚身边。

车子停在了犀鸟宾馆。男爵走进了花园,来到灌木丛后右手边那“爱的角落”。十年来他已经习惯这么称呼这张桌子。商务顾问克龙巴赫的夫人在这里已经等了一刻钟。她第一次见自己的情人身穿军礼服，他们两人的关系至今还不到四个月。镶着金边的头盔令她眼花。她忘记了所有在等待的十五分钟里悉心编排起来的不快。“终于来了，终于来了。”她低声说道。

五

在接下来的几天里，泰丁格上尉和那位有魅力的科瑞里达·帕吉达扎尼根本就是形影不离。通过这段时间的接触，他发现科瑞里达·帕吉达扎尼无所不知，比总理大臣还博闻，可以和他聊任何事情。他还发现，总理大臣对喝酒并不像大家以为的那么反感。相反，总理大臣更喜欢时不时地触犯一下《古兰经》的戒律。

就靠这两个下午，泰丁格上尉知道的就比那个著名的东方学家弗里德伦德尔教授一辈子知道的还多得多，也重要得多。这位教授被委派给庆典委员会做专业顾问。此人滴酒不沾。所以说啊，泰丁格男爵心想，一个人要是不喝上几口的话，也就那么点儿本事了。

是啊，弗里德伦德尔教授也不知道自己的专业知识该摆在什么地方。有些事不对劲儿，他本该开始怀疑自己备忘录的正确性,因为精确且崇高的科学研究毋庸置疑正是以此为基础的。而这位致力于东方学二十年的教授直到现在才从泰丁格男爵那里获知,有些穆斯林也喝酒,甚至连总理大臣也喝酒。而总理的副官,那位弗里德伦德尔在泰丁格的社交圈里遇见的科瑞里达先生根本对波斯文学一无所知。按照泰丁格男爵的说法,就连总管大太监也会让宫里头的仆人悄悄搞些对面维森塔尔饭店的大杯扎啤来。而且他喝起来就和一个信仰基督教的普通裁缝没什么两样。而比泰丁格说的更荒诞的是那些未经许可的记者报道。这些有关波斯生活和波斯历史的报道完全荒腔走板。弗里德伦德尔教授曾多次试图通过信函向不同报社主编辟谣并告知真相,但都无果而终。而他插手此事的结果仅仅是令这些记者来到他的研讨课或去他家做有关波斯的采访。这些人甚至径直来到他开设的大课上。

一场大雨毁了在维也纳卡格兰城区举行的阅兵式。沙阿的帐篷三面用猩红色帷幕围着,被风吹得鼓了起来,噼啪作响,雨滴顺着帷幕流了下来。在这顶四面透风的帐篷下,沙阿没能坚持一刻钟。他不是阅兵式的忠实拥趸。出类拔萃的重骑兵疾驰而过,就像一股驯服的洪流在湿漉漉的草地上滚滚而过。沙阿心不在焉地观看着,感到硬邦邦的雨点以无比均匀的频率敲打在他那高高的棕色皮帽上,落在漆黑披风那猩红色的衣领上。他还有些担心自己的健康。欧洲的医生比他的犹太先知更令人不放心。他被那些无惧风雨、习惯了各种天气的异国将军们团团围住。骑兵摆动着马刀。湿漉漉的军号吹出嘹亮的军乐,湿透的小牛皮敲出震天的鼓声。现在走过来的还有步兵,接下来是炮兵。不,够了。他站起身来,同时站起来的是总理大臣、大臣的副官,还有全部随从。沙阿离开了帐篷。大雨如注,只有他躬身走在倾盆大雨中。所有那些他默默诅咒的人,都笔直地跟在后边,就好像他们正在大太阳地里行进。他走向推测中能救驾的马车。凭借一个受到威胁的人的强烈直觉,沙阿立刻找到了停着马车的地方。甚至没有向周围扫视一眼,就径直上了车。其他所有人也同样上了车。在观礼台上只留下来两位将军,他们俩被士兵们展现给沙阿的阅兵式深深地吸引住了。这是场被雨水浇透了的阅兵式。尽管如此,维也纳卫戍部队的士兵在这一天还是得到了炖猪排、煮土豆、豌豆和比尔森啤酒。每个人还有一小包匈牙利卷烟,就是人们称为“窄轨”的那种烟。

第二天雨没停,但已经无所谓了。因为下一场表演放在了西班牙马术学校。由于此前一天发现这位来自异国他乡的君主不喜欢寒冷的空气,所以人们用厚重的正宗波斯地毯给马术学校里的包厢装上软垫。这是设拉子[1]的织品,来自维也纳皇家剧院的老古董。还有厚重的红丝绒靠垫。就连门缝都

---

① 设拉子是伊朗南部的历史古城,以盛产玫瑰而闻名。——译者注

用薄薄的皮边钉牢,免得漏风。虽然包厢很宽敞,但里边闷热难当。沙阿把披风扔在一边。沉重的皮帽在头上压得难受。他不停地用粉红色的丝质手帕擦着额头上的汗。陪同的先生们也都做着同样的动作。部分是为了让大家看到自己也觉得热,部分是因为这里的确很热。但这次沙阿没有离开包厢。两千八百匹马充斥着他在德黑兰的马厩。这些马都是经过精挑细选的,远比后宫佳丽还要珍贵。在沙阿的马厩里有阿拉伯牡马,它的脊背像棕色的金子般发亮;有来自著名的耶弗他育马场的白马,毛发像绒毛般柔软;有埃及的公马,那是伟大的伊玛目艾拉斯比·苏尔从他农庄送来的礼物;有俄罗斯沙皇赠送的高加索卡拉巴赫马;有粗壮的栗色波美拉尼亚马,这是花了大笔金子从那个吝啬的普鲁士国王手上买来的;还有一匹没完全驯化的家伙,刚从匈牙利普斯陶地区送来,没人敢碰,就连最优秀的波斯骑手也难以驾驭,会从马背上给掀下来。

但所有这些动物和奥匈帝国皇家西班牙马术学校的利比萨马相比又算得了什么。在皇家包厢对面的平台上,军乐队先演奏了波斯国歌,然后是《上帝保佑吾皇》。一位骑手骑着一匹白马首先进入表演厅,马背上搭着血红色的垂饰。他身着波斯民族服装,这种装束沙阿只在自己祖先的画像上看到过,但在波斯还从未亲眼见过。骑手头上戴了顶羔羊皮子做的高帽，厚重的金色编织带穿过帽子，一件绣着金丝的蓝色短外套斜搭在肩头，生皮革做的红色高筒靴上装着金光闪闪的马刺，一把土耳其弯刀挎在身旁。另一位身穿白色丝绸衣服、脚蹬白色薄底浅口皮鞋、打着红色绑腿的宫廷承宣官，走在这位骑手前边。

白马随即和着波斯旋律的节奏开始做出俏皮的动作。这一旋律来自管弦乐队指挥内西瓦尔，在沙阿听来既熟悉又陌生。马腿、马蹄、马头和臀部，浑身上下都透出一股优雅的气质。悄无声息！没有任何指令！到底是骑手在对白马发出指令，还是白马在命令骑手？周围都鸦雀无声。所有的人都屏住呼吸。尽管他们的座位紧挨着表演大厅，连白马和骑手都仿佛触手可及，可他们还是用长柄单片眼镜和观剧望远镜来观看表演。他们已经近得不能再近了。白马竖起耳朵，就好像在享受这种宁静。它那深沉、机敏而湿润的大眼睛不时地打量着周围的先生们和女士们，用安然高贵的神情审视着一切。不像马戏团的马，它不期待掌声。只有一次，它抬头向陛下——波斯之主——的包厢望去，大概想知道，自己是因谁而被召来的。它高贵而沉着地轻轻抬起右前腿，像是在问候一个同等地位的人。它接着转了一个圈，看起来是和着音乐做的动作。马蹄小心翼翼地踏上了红色的地毯，在钹的一声响中恰到好处地猛然跃起，让人吃了一惊，但又显得尊贵，还带着一点俏皮的自负。接着它突然停住,等了一秒钟,直到悠扬的笛声终于响起。马儿踏着丝绒般轻柔细腻的碎步,走出了个“之”字形。这是为了能踏上音乐的节奏,也配得上来自东方的那种柔和婉转的调子。音乐停顿了一会儿。在这段安静的时间里,只能听见马蹄柔和温顺踩踏地毯的声音。在沙阿宏伟的后宫里——就他自己的回忆所及——还没有一个女人的妩媚、尊贵、优雅和美貌,能与神圣的奥匈帝国皇帝陛下马群中的这匹利比萨白马相提并论。

沙阿不耐烦地等着接下来的节目演完。其他被牵到跟前的马儿安详地展现着高雅的气质,它们高贵聪明,修长俊逸,令人一见倾心。它们既强壮又驯服,拥有令人欣喜的力量。但沙阿心中却只挂念着刚才那匹白马。

他对总理大臣说:“买下那匹白马!”

总理大臣疾步跑向马厩。但马术教练图尔林带着一副奥匈帝国大臣的尊严回应道:“阁下,我们从来不卖,我们只馈赠,如果吾皇陛下允许的话。”

可没人胆敢去问陛下。

六

宾客起身。一刻钟后舞会开始。

在舞会大厅里，女士们和先生们排成两列，恭候君王驾临。这里或那里，可以听到某位老先生胸中发出的尴尬咳嗽声。这是种自惭形秽的咳嗽，比那些用丝绸手绢遮住嘴咳嗽的更显尴尬。偶尔可以听到女士之间的轻声低语。其实连低语都算不上，应该说是耳语，但在鸦雀无声之中，几乎就像有人在嘁嘁喳喳。

在这片安静之中，沉重的黑色手杖轻轻地点在红色的地毯上，就像正式的叩门。所有的目光都聚焦于此。看不见的手用力打开了白色镶金边的双扇门，两国的君王从这扇门走了进来。在反方向的尽头，宫廷乐队奏响了波斯的国歌。沙阿按照东方的习俗，以手加额然后再并于胸前。女士们施以宫廷的屈膝礼，而先生们则深鞠躬。作为主人和主宾的两国君主就像通过一片庄稼地，到处都长着弯腰低头的麦穗。两人都遵照传统，保持着微笑。他们冲左边笑笑，冲右边笑笑，虽说没人能看到他们的和蔼可亲。他们冲着金色的和黑色的女士发型微笑，也冲着男士锃光瓦亮的光头和精心梳理的分头微笑。

三百四十二根插在银色枝形烛架上的大蜡烛照亮了整个大厅，也让大厅的气氛热烈了起来。中间悬挂的水晶吊灯插着不少于四十八根蜡烛。那些蜡烛的火苗千百倍地映射在椭圆形舞池光亮的镶木地板上，让人以为地板是从地下被照亮的。在被装饰成猩红色的大厅一层，皇帝陛下和沙阿就座的两张宽大锃亮的乌木椅，就像用黑夜雕刻而成。在奥地利皇帝的身边立着宫廷礼官。他那绣金的厚重衣领贪婪地吸收并沉浸在蜡烛发出的金色光芒中，而反射出的金光更显熠熠生辉。这烛光与枝形吊灯交相辉映，甚至比后者更加耀眼夺目。在沙阿的身边站着总理大臣，身着黑色制服。他嘴上黑色的髭须浓密厚重，显得十分气度森严。他时不时有规律地微笑一下，好似有什么陌生的力量在指挥着他脸部的肌肉。按照等级和身份，女士们和先生们被一一引见给沙阿陛下。他用带着孩子气的炙热眼神仔细地看着这些女士，眼神中流露出他那简单的灵魂所能宽恕的一切：贪婪与好奇，虚荣与好色，迷人与残忍，体贴却又不失尊贵。女士们感受到了沙阿眼神中的贪婪与好奇，虚荣与好色，迷人与残忍，以及尊贵。她们心底荡起了涟漪。她们不知不觉爱上了沙阿。她们爱他黑色的披风，爱他红色镶金边的帽子，爱他的弯刀，他的总理大臣，他的后宫，他所有的三百六十五个嫔妃，他的总管大太监，甚至整个波斯：她们爱上了整个东方。

而此时此刻的波斯之主也爱上了整个维也纳，整个奥地利，整个欧洲，甚至是整个基督教世界。在他这充满了爱欲和女人的一生中，还从没感到如此兴奋。就连很多年前，当他还是个算不上真正男人的小毛孩儿时，在初次尝到女人的滋味后，也没有过如此感觉。到底是什么让他对自己国家的后宫佳丽感到乏味，甚至讨厌？而又为什么在维也纳，这里的女人却让他觉得是种神妙的，对他而言完全不可方物的少见物种？沙阿深褐色的面孔渐渐地泛出了红晕，心跳加快，细小的汗珠出现在了平坦光滑而又年轻纯洁的古铜色额头上。他灵敏地掏出丝质的绿色手绢擦擦眼睛，然后又放回袖子深处的口袋里。修长柔软的手指开始越来越快地把玩起缠绕在左手腕上、用淡蓝色的格尔迪[①]大珍珠串起来的绦带。就连这些平常总能够给手指带来镇静作用的宝石，今天看起来也显得灼热，令人烦躁不安。直到现在，他只熟悉赤裸和被遮盖住的女人：身体和衣服。而这是他第一次见到遮遮掩掩和赤裸裸合而为一。那些衣服就好像马上要自己从身上掉下来，但又留在了身上似的：这就像一扇半开半掩的门。当女士们行宫廷的屈膝礼时，会有那么一瞬间让沙阿瞥见乳房，还有后脖颈光亮柔顺的汗毛所泛起的浅色微光。在女士们双手提起衣服的下摆，还没有屈膝行礼的那一刻，对沙阿而言是种不可名状的禁欲，但同时又是种不可言说的邪念，就像一条不想坚守的誓言。到处都是半掩又半开的门，这位后宫之主、波斯之王想道。每位半开又半掩的女士，每位都比他后宫那一大群，那三百六十五个寡欲、无趣、没劲的躯体还要诱人。西方的花花世

---

① 印度地名。——译者注

界该是多么神秘莫测啊！不遮住女人的脸,竟然是那么一种令人欲罢不能的美！这世上还有什么比女人的容貌更令人神魂颠倒的！她们半低垂的眼睑欲盖弥彰,欲迎还拒。头上发冠的光彩与黑色、褐色、金色的头发相映成辉,而这些色彩当中又有多少色调！这里的黑色有着盛夏的夜晚那样的深蓝,像乌木一样坚硬而哑光;这里的褐色像傍晚落日余晖带来的最后一个金色的问候;这里的红色红得像晚秋华贵的枫叶;这里的金色像春天花园里的金链花一样明亮欢快,又像秋天清晨第一次霜降的那种朦胧的银白。想想看,这里每一位女士都只属于一位男士,或将要属于某一位男士！每一位女士都是受到保护的宝石！

不！此刻的沙阿才不这么想。都是些令人尴尬和有害的念头！他之所以来欧洲,是为了享受唯一,为了忘却群芳,为了掠夺受保护的,为了打破本地的戒律。只一次,只一次享受非法占有的淫欲,尽情享受欧洲人、基督徒和西方人那特别雅致的风格。舞会开始了,先是一曲波尔卡。沙阿思绪凌乱,美丽无瑕的金棕色大眼睛闭上了几秒钟。他为自己心中燃起的渴望和好奇感到难堪。他喜欢所有的一切。他渴求的不是性,他怀念的是爱,这是男人对宠爱、对美妙、对女神、对独一无二的永远的怀念。所有女人能带来的欢愉,他都已经享受过了。现在只缺一样:那独一无二才能造成的痛苦。

于是,沙阿打算要挑一位。这间大厅里越来越多的女人被排除。他觉得在这位或那位女士身上发现了或多或少隐藏着的缺点。最后只剩下一位,那位独一无二的:W 伯爵夫人。全世界都认识她。

她年轻,一头浅色的金发。那双善睐明眸,可以说带着一种特别的像勿忘我花般的眼神。自从她第一次来参加舞会已经有三年了,她从来都是舞会上令人赏心悦目的一道风景。男人们不仅渴望得到她,也对她充满了爱慕、敬慕。她属于很早以前那种不靠其他什么本事,单凭美貌就能收获爱慕,就能获得追求者的时代。人们只要能一睹芳容,哪怕是一颦一笑,都像是领受了巨大的恩赐,觉得欠她一个感谢。

她是个晚出生的孩子。父亲已经位列帝国白发元老之列,独自一个人孤单地生活在位于摩拉维亚的帕尔迪茨的农场里,痴迷于收集地质材料。有的时候他会忘记妻子和女儿。有一次,他正巧得到一个博尔扎诺[①]的朋友送来的一块少见的孔雀石,结果把自己的家庭忘记得一干二净。而这时正好有一位他不认识的财政部部门主管前来拜访,这就是 W 伯爵。这位伯爵可并非如他所愿,并非一位地质材料的爱好者,而仅仅是爱慕他的女儿。老先生连帕尔迪茨的每一块普通石英石都至少用放大镜端详过,但是对这位他女儿的追求者却

① 博尔扎诺是意大利东北部南蒂罗尔州的省会。——译者注

只透过单片眼镜瞧了瞧。“请吧！你和海伦在一起会幸福的。”然后他再没说别的什么了。

这位年轻的女士爱着她的丈夫，尽管她对那位迷人的且可资某些特殊用途差遣的泰丁格男爵一直留有回忆——时而甜蜜时而讨嫌。那时候她还是个姑娘，就算曾用完全公正的眼光去看待男爵的所有优点——就连说话的时候，他都像是在跳舞——但他对自己还是意味着某种风险。于是有一天，她开始对他冷淡了。可怜的泰丁格虽然想象力丰富，觉得自己已经无可救药地陷入了情网，但这一感觉也没持续多久，没有等待一场激情洋溢的爱情开花结果所需要的那么长时间。他是一名骑兵，接受特殊任务的差遣。他高傲，在和那个姑娘待了一个钟头后，那个姑娘居然让他暂且离开，也再没什么和他说的了。于是泰丁格完全相信，这样的姑娘有的是。而他的自尊心也是有价值的，也许价值更高。

这就像他所说的，彻底“绝交”，而这又让他感到有点“伤感”。于是，有一天他决定步行去维也纳西夫环路走走。维也纳西夫环路和他有什么关系？这比无聊还糟糕，简直就是“沉闷”。不过一天之后，所有的一切都变得“有魅力”了。这事还要从米茨·席纳格尔说起。

七

非常遗憾，我们的故事发生的时日已经久远，因此无法完全肯定泰丁格男爵说的是否正确。他当时认为米茨·席纳格尔看起来简直就像是 W 伯爵夫人的双胞姊妹。

男爵当时正伤心欲绝地在西夫环路上溜达，脑子里冒出个可笑的念头：想买个陶土做的烟斗。他走进了阿洛伊斯·席纳格尔的铺子，本以为在店里会遇见一位上了年纪带点威严的先生。门上安着一个刺耳的铃铛。刺耳的铃声没有令泰丁格男爵吃惊，但令他吃惊，甚至可以说吓到他的却是另一桩事。等来的不是一位上了年纪的烟斗商，出现在柜台后边的人让他觉得是个早已熟识的人。这要不是 W 伯爵夫人本人，那也肯定是她的姐妹。于是，他决定先多花些时间来看看那些他一窍不通的烟斗。

那都是些可笑的廉价烟斗。泰丁格装模作样地把每个烟斗拿到嘴前，对着吹了一下——有次他陪虔诚的父亲，那位老枢密顾问泰丁格在奥尔米茨买烟斗时，好像曾经看到过有人这么做。而他此时正暗自热切地打量着那个和 W 伯爵夫人一个模子里刻出来的细嫩脸庞。毫无疑问，她看起来酷似 W

伯爵夫人:同样的眼睛,带着那勿忘我般的眼神;额头上同样低垂的刘海;后脖梗上盘着同样的灰金色的发髻。——每次那姑娘转身取墙壁架子上的新烟斗时,都可以看到那发髻。她俩连抬眼皮的样子都一模一样,包括那甜美而同时又带着挖苦的笑容。她每次微笑时都会露出同样尖尖的虎牙,还有同样的手势和胳膊肘两边同样的皱纹。

随着夜幕的降临,骑兵上尉制服上的金色纽扣给店铺里洒下越来越多的金光。其实他本来可以仔细地瞧瞧这些烟斗的,但那酷似 W 伯爵夫人的姑娘因为与这位陌生军官独处而感到有些别扭。于是,她点着了柜台右边台架上的一盏油灯。火光先是跳动了一下,冒出了油烟。泰丁格买了十五把毫无用处的陶土烟斗,随后问道:“小姐,令尊何处高就?”“他是筑炉工,阿洛伊斯·席纳格尔!”姑娘说,“也做烟斗,但只是顺便做做。大多数顾客都是需要炉子的人。很少有人到我们的铺子里来。他们都有烟斗了。”

“我明天还来,”泰丁格男爵说,“我需要很多烟斗。”

第二天他带着仆人来了,买了六十多个烟斗。

三天后,他又来到维也纳西夫环路,他觉得这里“有魅力”。这是个星期六的下午三点。米莰像个老熟人一样问候了他,虽说这次泰丁格穿着便服。外边金色的阳光明媚温暖。米莰锁上了店铺,上了出租马车,两人一起乘车去克龙鲍尔宾馆。

他俩来到了克龙鲍尔宾馆。三个小时后,米茨告诉这位陌生的先生,自己其实已经差不多算是订婚了。未婚夫是克山德·帕莱纳,一个理发师和做假发的。她每个礼拜天都和他出去。

泰丁格对这些故事毫无兴趣,也不明就里。他还以为这个乖巧的姑娘是想给他推荐个理发师。“叫他来我这里,”他说,“叫他来！绅士街 2 号,二层。”

八

很快,泰丁格就觉得这个米茨令他感到无聊。有一天,她说自己怀孕了。这种情况比无聊还要糟糕——简直令人郁闷。

这件事的结果就是泰丁格去了公证人那里。泰丁格对 W 伯爵夫人的爱既不比对这个和她长得很像的席纳格尔多,也不比对她的爱少。同以往一样,他只爱自己。

遵照当时的习俗,公证人建议他去一家床上用品店。所有他代理业务的先生们都该置办一个床上用品店。所有的女士们直到今天对此都还感觉挺舒服。

男爵请了两个月的假，去了他母亲在巴卡[1]的一个叔叔家。这里不通邮。

米茨·席纳格尔不懈地给泰丁格写热情洋溢的情书，但一封都没有寄到。她把这些信寄往自己唯一知道的泰丁格的地址：绅士街 2 号。那位毛雷尔博士，泰丁格的秘书，知道怎么对来信分类。他把这些信都撕碎，根本没读过。

当泰丁格男爵从巴卡回来时，米茨·席纳格尔在瓷器巷的床上用品店已经收拾停当，正常运转了。而她自己此时已经有九个月的身孕。

米茨·席纳格尔生了一个儿子，起名叫阿洛伊斯·弗朗茨·亚历山大。阿洛伊斯·弗朗茨是孩子生父的名字，亚历山大来自未婚夫克山德的名字，就是那个理发师。

床上用品店运转正常。理发师一直都还准备着和米茨结婚。她自己也希望过上一种安宁清白的日子。在此期间她考虑过这一类理性的计划。单单对她而言，爱情也要经过心脏和大脑，她爱的是男爵。孩子来得正是时候，在她看来真是再好不过。她一刻不曾放弃那个念头，泰丁格男爵会来看他的亲骨肉。但这个泰丁格没来。

小克山德三岁的时候，米茨·席纳格尔在美泉宫的长条凳上，可以说是出于偶然认识了一个喋喋不休的殷勤女人。

---

① 斯洛伐克的地名。——译者注

这个女人说自己在维也纳威登区那里有幢宅子，说米茨在那里可以得到很好的照顾——那里来往的都是上流人士——床上用品店有什么用——这算什么生活啊！带个孩子，没结婚，还有个床上用品店。这叫什么生活？这一点米茨·席纳格尔自己也曾想过，而且想的和她说的如出一辙。

“那里来往的是些什么样的上流人士？”米茨·席纳格尔问。

“最高贵的，”这个陌生女人回答说，“我都可以告诉您名字，但我要取一下名单。”

她快步离开，然后拿来了名单。

米茨·席纳格尔自己也不明白，怎么第二天就去了马茨纳夫人那里。这个女人和她有什么相干？她到底听这个马茨纳夫人说了些什么？那是个夏天，季夏，天气还很热。迟来但依然漫不经心的乌鸫鸟在石块路面之间那依然是绿色的草地上鸣啭。当六点的钟声响起时，她站在了约瑟芬·马茨纳的房子前。门口印着“约瑟芬·马茨纳，按摩师，三层，按铃三下”，她按了三下铃。

一股令人沮丧的香气扑面而来。冲着米茨过来的有铃兰、丁香、三色堇、马鞭草和木樨草的味道。还没等她回过神儿来，已经站在了所谓的粉红沙龙里了：窗户前挂着粉红色的丝质窗帘，门前也挂着粉红色的垂帘，台布也用的是粉红玫瑰的花饰。在一朵瓷器做的玫瑰花朵里,长出了门铃的按钮。

某一天,更确切地说是某个晚上,那个情人泰丁格来了。很多年来,他都是约瑟芬·马茨纳夫人的熟客。

当他在这幢房子里瞥见米茨·席纳格尔时,并没有像其他那些处于同样境地的男人一般大惊小怪。他搜肠刮肚地寻找一个符合此时此景的问题。他已经想不起来,那个公证人到底把米茨·席纳格尔安置到哪里去了。弄去洗衣店?裁缝铺?还是床上用品店?相反,他深信不疑的是席纳格尔小姐给他生了一个女性子嗣,于是他觉得问问这个小家伙的情况应该是合情合理的。"上帝祝福!"他说,"我们的小姑娘怎么样?"

"我们有个小子!"米茨说,这么多年后她是第一次变得面红耳赤,就好像她不是在说实打实的真话,而是在骗人一样。

"是吗,是个儿子!"男爵说,"抱歉!"

过了一会儿,泰丁格叫了杯香槟,和米茨为这个小男孩儿,为他的小男孩儿碰杯。他完全没听进去米茨讲的关于小孩的事,也没听到这孩子已经被妥善安置在许士卡女士那里了。这位女士虽说是来自波兰别尔斯克-比亚瓦,但却是一个踏实可靠的人。她也管理着那个床上用品店。这么说吧,米茨·席纳格尔还算满意。她穿了件领口开得很低的白色丝质衣服，时不时地摆弄着右腿上的长袜松紧带，显然是为了确信今天挣的十古尔登钞票还在。尽管她知道男爵是约瑟芬·马茨纳这里的常客，但喝了两杯香槟后她开始自以为是地相信，泰丁格是专门为她才来的。很快骑兵上尉也显得今天是因为米茨而专程前来的。男爵心灵狭隘，爱上什么就和忘记什么一样快。他还是挺喜欢米茨的，也会扪心自问为什么离开了米茨。他甚至渴望她，但也的确有很大的困难：对他而言花钱去买一个本来可以不要钱搞到手的女人，实在是失礼。所谓不要钱自然是不算床上用品店。当然，要是在米茨的眼前再去找其他姑娘，那也是种失礼，甚至是更加失礼了。他先给了米茨一块五古尔登的金币，希望避免那些令人尴尬的念头。她把这块金币用手接住，啐了一口在上边，然后说："我们到上边去，去我那里，我有个舒服的包间！"

男爵进了包间，一直待到午夜，沉浸在回忆之中。他许诺经常回来看看，后来也信守了诺言。他不知道是诅咒还是赐福驱使他这么做，也不知道他是爱着 W 伯爵夫人还是米茨，更不知道他是否是在爱着，是否还是原先那个泰丁格。他觉得差一点儿就可以将自己归入第三或最后一类人："无聊"的一类。

九

那位伟大的波斯君主,三百六十五个女人的丈夫,设拉子五千三百一十朵玫瑰的主人,从不习惯压抑自己的渴望,更别说是欲望了。他眼睛刚看中 W 伯爵夫人,就对总理大臣一招手。总理大臣躬身靠近沙阿座位的扶手。“我要和你说些事。”沙阿耳语道。“我想,”沙阿接着说,“我想要今天那个年轻的女人,那个淡金色头发的,你知道我说的是谁。”

“陛下,”总理大臣斗胆回答道,“我知道陛下说的是哪个。但是,不过——”他本来想说“不可能”,但他知道,这么说可能要砸了自己吃饭的家伙,于是说道:“在这个国家办事非常慢!”

“就今天!”沙阿说,看来他的命令从来没有做不到的。

“今天!”总理大臣确认道。

舞会中断了一会儿。沙阿和总理大臣威严而缓慢地回到了各自的座位。奥匈帝国皇帝陛下冲他们友好地微笑。音乐再度响起,舞会重新开始。

子夜来临前,两位君主站起身来,消失了。宝座后边的双扇门吞噬了他们。

沙阿在隔壁一间屋子里等着。在他对面能清楚看到的地方,一尊银制的狄安娜雕像安置在一个黑色的圆形架子上。在他眼中,这尊雕像正好是他所渴望的那个女人的忠实化身。这间屋子里所有的一切都让他回忆起了那个令他渴望的女人:深蓝色的沙发、淡蓝色的丝质壁纸、窄口马约里卡彩釉花瓶里的丁香,甚至还有那个弧形水晶的枝型灯架。这是带着四个纤细枝杈和银制装饰的四足烛台,立在波斯之主脚下那深蓝色天鹅绒的地毯上。他等着,等着!而沙阿并不习惯等待。

但他不得不等着。据此不过二十米的地方正在举行一场会议,与会的人有总理大臣、皇家礼宾处典礼官和沙阿的总管大太监。大家决定把警察总监也叫来。尽管如此,还是没能找到解决办法——总理大臣想让他的朋友,那个叫科瑞里达·帕吉达扎尼的副官到边上来。他叫人去找他,也已经在叫人找他了。但没人能找到他,找到这个年轻漂亮、生活放荡的帕吉达扎尼。

还有什么好讨论的?问题在于是否可以违反礼节或好客的准则。皇家礼宾处典礼官威严而果决地拒绝了。皇帝的副官也同样拒绝了。这是毫无疑问的。对这两位先生而言,绝不能让皇帝陛下知道这位尊贵客人的特殊要求,但也绝不能拒绝这位尊贵客人的愿望。

最后警察总监说道，必须找到一个合适的人，找一个私人庆典委员会的人。“私人庆典委员会”几个字刚一出口，皇家礼宾处典礼官就喊出了泰丁格的名字。

大家决定先稍事休息。两位先生走进了沙阿正在等着的蓝色房间。沙阿威严地坐在自己的座位上，把玩着珍珠手镯，问道：“什么时候？”“现在的问题是，”总理大臣撒谎道，“先要找到这位女士。在舞会的一片混乱中，她消失了。我们正在尽全力寻找她。”

大家“尽全力”寻找的不是沙阿渴望的女人，而是泰丁格。

沙阿挥了挥手，只说道：“我等着！”

这是种耐心和宽恕，但在沙阿的语调中也是种威胁。

一个监视上流社会的线人报告警察总监，泰丁格男爵一个小时前进了剧院入口处的大厅。他在男仆的小房间里和负责打理衣帽间的韦塞利的女儿鬼混。这种线人的任务就是监视上流社会的交际往来、规矩习性、伤风败俗以及关系网络。警察总监立刻赶往报告中提到的地方。当敲门声响起时，负责执行特别任务的这位骑兵上尉站起身来，走到门口。他一点儿都不害怕什么丑闻，也不怕被捉奸在床。这种事本来就再自然不过，甚至是理所应当的：对他而言，并不想满世界都知道自己和衣帽间师傅韦塞利的女儿鬼混。可怜的泰丁格还不知道，那个密探冯德拉克早就监视他了。

泰丁格整了整身上的短外套，向门口走去。他认出了警察总监，由此推断他已经知道了自己和这个小妞儿韦塞利的事儿。所以当他走到过道上时，也没去试图把身后的门带上。

“男爵，我请您立刻动身！”警察总监说道。

“再见！”泰丁格冲着门里的韦塞利喊道。

当他从警察总监身边走上平缓的台阶时，并没有去问为什么要把他叫出来。他估计可能遇见了什么特别的情况，遇到了需要用上他的地方。

是的，当初他可不是平白无故被派遣来的。在一般情况下他也许会掉链子，但在特殊情况下，他的想象力就能起作用了。在那个小房间里坐着目瞪口呆、手足无措的三位先生，他们被思绪煎熬，因恐惧而面无血色，因无计可施而发愁。但骑兵上尉泰丁格看起来就像一股清风般活跃。当另外几位先生心怀恐惧地用法语哼哼唧唧地把自己的担心讲给他听后，泰丁格就像往常打杜洛克牌的时候一样，用那仿佛能让人回忆起所有奥匈帝国领地的军事术语喊道：“先生们！这还不简单！”

所有三个人都竖起了耳朵。

“这事简单啊！”泰丁格重复道。当他听到此事和W伯爵夫人有关的那一瞬间，脑子里凭空唤醒了此前还完全陌生的一种憎恨，一种有创造性的报复心，一种特别有创造性的、富有想象力的、简直富有诗意的报复心。这种报复心从他的心里脱口而出："先生们！"他说道，"维也纳有许多、无数多的女人！陛下，沙阿——我不想否定他的审美观。相反，恰恰相反！当然可以理解，但陛下他永远都无法获悉——这么说吧——有些事物的相似性。"

泰丁格想到了自己，当然还有米茨·席纳格尔。突然间，在他这无忧无虑的放荡人生中，仿佛第一次感到永远失去了心灵与幸福。一种无以名状的对 W 伯爵夫人的憎恨攫住了他。一个自己更无法解释的意愿在心中翻江倒海，沙阿的的确确想要占有她。他的内心有一种不曾相识的焦灼：一方面他希望把这个女人，这个他曾经爱过，此刻觉得又重新爱上的女人，以这种羞辱的方式交给那个波斯人；而另一方面，他又希望无论如何都要避免这种可耻的事情发生。他突然意识到自己一直还在不幸地爱着；他渴望复仇，因为那不幸的爱情；但却同时忘不掉复仇与爱情的对象，就好像她单独属于自己；就连那个和自己爱着的女人面貌极其相似的女人，那个席纳格尔，都不应该被送出去；所以说他还是间接地去背叛，去出卖，去咒骂并使人蒙羞。

"这很容易，先生们，"当他说出口时，感到既丢人又高兴，"很容易在生活中找到一个相貌极其相似的人。几乎我们中的每个人——不是吗？先生们？——都有个相貌和我们自己极其相似的人。女士们也有和她们相貌极其相似的。为什么不会呢？现在，这么说吧，就连兵营里的女人也一样。警察总监您知道我是什么意思！——这样一来，我们就可以省去许多麻烦。我的意思是，我们可以避免极其尴尬的烦扰，就不说令陛下难堪的烦扰、无措和所有的不快了。”他认为“难堪”比“尴尬”还要强烈。

先生们立刻就明白了这是什么意思。他们只是略带担心地看着总理大臣。他脸上挂着一成不变的礼貌微笑。他不想——人们理解——承认，就连他也懂了。就连他也佩服骑兵上尉富有创造性的想象力。“先生们意见一致？”他用法语问道，似乎是想强调，他没能明白泰丁格说的德语。“那我现在可以向我的陛下报告了？”

“我们很快就会找到这位女士，阁下！”泰丁格说道，并鞠了一个躬。

虽然已经很晚，但街头依然还有那么些执着又好奇的看客，抱着不切实际的幻想以为能看到个伯爵、侯爵，甚至一个公爵登上马车或出租马车。结果五分钟后，他们看到了不少于十八位身着大礼服、头戴大礼帽的先生走了出来。但这些人可不是什么王子，而是特别部门的便衣警察，人们管他们叫“特工”。他们是人间、风流社会和阴间的行家、观察家和坐探。在大门口巡逻的两个警卫与他们很熟。警卫吹了声口哨,一辆辆橡胶轮胎的马车来到跟前。那些先生们上了车。

所有这些男人都认识那三个世界里的女士和先生,就像刚才说的:人间、风流社会和阴间。他们的头目是个叫泽德拉策克的。他在出发前向警察总监保证:“别担心,阁下!半个小时后,最多一个小时,伯爵夫人就会在这里。我想说的意思是,她的双胞胎姐妹。”这个泽德拉策克是可以相信的。他无需照片,所有的面孔都在脑袋里。他认识 W 伯爵夫人,也认识泰丁格男爵。他了解骑兵上尉对伯爵夫人毫无希望的爱情,也知道泰丁格寻求慰藉的方式。他认识米茨·席纳格尔,也知道她现如今的落脚之处。还不止这些,还包括她的出身,她父亲在维也纳西夫环路上的店铺。然而,他和男爵完全相反,确信米茨·席纳格尔看起来与那个波斯陛下所渴望的伯爵夫人没什么相似之处。也许她在马茨纳夫人的那幢房子里变化很大。无论如何,如果手下找不到更像的人,这女人还可堪一用。

暂时看来,所有的一切似乎上了正轨。对于这一个小时而言,或者至少是半个小时而言,那些卷入绯闻或者说了解这个绯闻的先生们希望能够喘口气。但是,接下来发生了在奥匈帝国皇家编年史上还没有发生的事:奥地利皇帝的客人重新出现在了大厅里。有人立刻通知了乐队指挥,乐队随即奏响了波斯国歌。这下把乐队累得精疲力竭。

沙阿什么都不看，什么也不听，更不和任何人打招呼。几分钟后他来到了客人中间。他穿过大厅，根本没有留意所有人都让开路，在他面前形成了一条宽阔的道路，仿佛面前的世界被劈开了。施特劳斯的华尔兹舞曲不停地响着，但一种烦闷的气氛让所有在场的人停下了舞步。

泰丁格男爵一眼就看见了沙阿，也立刻知道沙阿的目光在找谁。时间不停地流逝着，“特工”很快就该回来了。无论如何都要阻止沙阿在接下来的半小时和伯爵夫人搭上话。不过无论如何都不可能让沙阿离开舞厅，所以必须把伯爵夫人送回家去。

为了防止最糟糕的事情发生，男爵决定去找伯爵谈话。

他靠近了伯爵一个人坐着的小桌子。伯爵不喜欢跳舞，不喜欢玩乐，甚至也不喝酒。嫉妒是他唯一的情感，他喜欢妻子，靠她生活。只要看着自己的年轻妻子在那里跳舞，就能给他带来一种放荡的快感。他恨男人。在他看来，这里所有的男人都渴望得到他的妻子。在所有这些男人中，他唯一最爱的只有，而且一直只有骑兵上尉泰丁格。他已经把这家伙给收拾掉了，毁掉了，再也不值一哂了。而这次泰丁格单刀直入地切入主题。

“伯爵，”他说，“我必须和您严肃地说件事。我们的波斯客人爱上了您的夫人！”

“怎么了？”冷血的伯爵说道，“这没什么奇怪的，很多人爱她，亲爱的男爵！”

“是的，但是，亲爱的伯爵，这位沙阿，您知道，您了解那些东方人！”他沉默了很长时间。他热切、粗暴，但同时又恳切地看着伯爵那副冷漠、麻木、发黄的面孔，像是某种金鱼……

“您了解东方人的！”他开始感到有点绝望，又重复了一遍。

“我对那个东方人不感兴趣。”这位麻木的人说道。他淡蓝色的眼睛在搜寻着美丽的妻子。

老天爷啊！泰丁格心里想。这家伙真不知道沙阿想要什么？他怎么能这么无动于衷？平时他都那么嫉妒。

“告诉您，沙阿和我没半点关系！”伯爵说，“我不嫉妒东方人。”

“那当然，那当然！不，不！”骑兵上尉喊了起来。这辈子他还从来没有陷入如此难堪的境地。不过在他内心里开始出现一种默默的责备，是他把自己拖进了这么个难堪的境地！突然，他感受到了蜡烛带来的逼人热气，这是种发光的沙漠风暴。同时感受到的还有自己的愚蠢，这使他感受到了内心的灼热。泰丁格开始冒汗，主要是因为恐惧。他必须把真相说出来，不能再隐瞒了。他下意识地以一种攻击心态脱口而出：“我的意思是，必须把伯爵夫人从舞厅里救出去一会儿！”

刚才还麻木且沉闷地坐在那里的伯爵涨红了脸。一股邪恶的怒火让他那明亮的小眼睛黯淡了下来。“您以为自己是谁?”他喊道。泰丁格坐着不动。“请安静地仔细听我说,”他用尽了最后的力气接着说下去,“事关保护您夫人、您自己的名誉,还有保护所有这个大厅里女士们的名誉。德黑兰来的先生今天无论如何不能再遇见伯爵夫人。您看,他就这么贪得无厌地在大厅里走来走去。他是我们陛下的客人,是个在位的君主。他也是政治上的客人。对于他的无耻我们只能通过手段避开。在半小时或一刻钟后,”骑兵上尉抬头看了看表,“一切就都安排好了。我向您发誓,伯爵,请您保持镇静。请允许我和伯爵夫人说个五分钟。”

伯爵重新坐下,重新恢复了冷淡和苍白,就像他与生俱来的那样。“我会把她接来!”骑兵上尉说道。

他站起身来,立刻浑身轻松,虽说心里还是忐忑不安。

十

最困难的事情还远没有得到解决。用适合的词语向一位女士告知实情绝非易事,说沙阿希望她被当作礼物献给他。决不能把整个故事的来龙去脉讲给这个女人听。那个和内政部长聊天的警察总监友好地转过身面对骑兵上尉,就好像几天没见到他一样。部长起身告辞,随即离开。骑兵上尉问道:“那个泽德拉策克回来了吗?”警察总监的脸上显出了特别吃惊的神情。

只一秒钟,泰丁格就明白了怎么回事。警察总监不想再提这件事,直到生命的终点都绝口不提。骑兵上尉说了句:“我马上回来!”然后就三步并作两步尽快离开了。他虽然理解警察总监会坚决否认,但还远没有估计到这整个计划会带来什么样的后果。他径直走向了伯爵夫人。“您丈夫派我来的。”他说。

现在,一切都还运转正常。马车来到门前。W 伯爵夫人和丈夫上了车。还没等伯爵和马车夫说什么,泰丁格已经机智果断地冲着上边马车夫的座位吼道:“去普拉特公园!先生和夫人需要喘口气!”

当无声的车轮刚一启动,才刚刚听得见两匹栗色马那优雅柔和的踢踏声时,骑兵上尉就为自己的大嗓门感到赧颜。我真是喝多了,他想,或者我疯了。

但他没有疯,他准确地预料到了。因为根本没必要对密探弗朗茨·泽德拉策克给出详细的指示和细节的描述。他有的是想象力。

无论是他自己还是手下人都没能在短短一小时里找到一

位女士,或如泽德拉策克所说的“一个人”,找到那个能代替陛下所选中的女士而呈献给陛下的女人。泽德拉策克别无选择:只有约瑟芬·马茨纳那幢众所周知的房子里的米茨·席纳格尔。

泽德拉策克急吼吼地把米茨从一个老护林员的怀里抢出来。她当时穿着鲜红色的轻薄衣服,短得刚到长筒袜松紧带,就这样被带上了出租马车。在路上,泽德拉策克有足够的时间给米茨上了一课。“你不要多嘴,”他说,“如果问你叫什么,就说叫海伦。别笨手笨脚的。你什么都不知道,你是位女士,懂吧?你还记得第一次是怎么搞的?动动你锈住的脑子,想一下!——现在就演一遍,要自然点!我让你注意举止。我在执行公务,知道吗?”

泽德拉策克在敞开顶棚的马车里教训着这个小女子。在这辆孤零零的马车前,在距离其他马车不远的十米开外,有个警官在巡逻。米茨·席纳格尔简直冻僵了。

先要给米茨搞一件舞会礼服,淡蓝色丝质大开领的,还要有紧身胸衣、珍珠和头饰。泽德拉策克考虑到了所有的一切。他的手下,四个能干的男人,在宫廷剧院的衣帽间里翻箱倒柜了一刻钟。守夜的拿着提灯在给他们照亮。四个穿着华贵燕尾服的密探手里拿着手杖,脑袋上顶着大礼帽,在剧院乱七八糟的道具中间,在午夜困倦的时刻寻找着舞会礼服。所有看起来像丝质和淡蓝色的东西都被他们收拾在一起。裤兜里装满了假珍珠、发亮发光的发冠、人造花、勿忘草蓝色的长袜松紧带、闪亮的饰针。一切都进行得很快,要知道在这个国家和其他地方很少办事能这么顺畅。只一会儿,那个讨人喜欢的小妞儿席纳格尔在一双陌生的东方人眼睛里,就几乎出落成了一位淑女。她等在二等宫廷侍从安东·韦塞利的衣帽间里。泰丁格此前不久才不情愿地离开了韦塞利的女儿。

在泽德拉策克简直堪称杰作的领导下,在机灵的副官科瑞里达·帕吉达扎尼的配合下,其他一切都准备就绪。人们用一辆封闭的车载着波斯君主来到马茨纳夫人的房子,泽德拉策克乘坐一辆出租马车跟在后边。要是某个熟客此时正巧路过,肯定会以为这幢房子,连同整条巷子都被施了魔法。房子睡着了,整条巷子睡着了,路灯熄灭了,世界看起来都消失了。只有房顶之间冷漠狭窄的一线天空醒着,那里银色的繁星在闪烁。

就连马茨纳夫人房子里边也完全认不出来了。所有女房客都被关在自己的房间里。马茨纳夫人保管着钥匙。她穿着裹得严严实实的灰色衣服。屋子里形形色色的纱巾和围巾刻意营造出昏暗的光影,如此才能让那些太过普通的装饰不会明显地暴露出来。这让人想起了一个死去很多年后,死去几百年后又被惊醒的沉默宫女的幽灵。马茨纳夫人深深鞠了一躬,迎接抵达的一对——米茨和波斯沙阿。什么都听不见,什么也都看不清。沙阿陛下不得不相信,他陷入了某座被施了魔法的西方宫殿中。几年来,在德黑兰他那极度渴求的想象力就是这么许诺他的。沙阿也真的是这么认为的。他远比欧洲的随便哪个基督徒还要幼稚许多。当年这种人来到波斯,看到了完全开放的风月场所,还以为自己发现了所谓东方的秘密。沙阿这一夜因西方的秘密而感到兴奋。他以为自己彻底揭开了这一秘密。其实不是那么回事。凭着谜一般的幼稚,他对自己说——在这里,那些尤物都只属于她们的男人!虽然——他接着对自己说——这里没有后宫,但没有后宫的爱情却更美妙,更令人陶醉,更吸引人!……这里的男人不买女人,但能收到作为礼物的女人!这些西方人,这些说教美德,说教一夫一妻制的西方人,不但揭去了他们女人的面纱——不,他们还出借女人!!

这一夜,波斯的沙阿相信,西方世界爱的技巧远比他家乡的要精致。在这个夜晚,他享受了所有的乐趣。他家乡那种寻常的爱的套路永远也无法满足一个欲火中烧的男人,只有那种异国的、非同寻常的、与众不同的方式才能让他满足。泽德拉策克和便衣警察教给米茨·席纳格尔的招数让波斯君主觉得颇具异国风味。他不是欧洲人,有一个后宫,一年有多少个夜晚,他的后宫就有多少个佳丽。但这里,在约瑟芬·马茨纳夫人这幢房子里,他只占有唯一的一个女人。

泽德拉策克整夜都等在出租马车里。天啊！他可不是那些靠不住的废物当中的一个,那些人会在任务结束前睡着。相反,睡眠还从没有离他如此之远,他的眼睛还从没有如此的警醒！这是他天性中的信条。他根本不指望有什么补偿,也不指望什么褒奖、晋升。他要完成见不得光的活儿,这些活儿永远都不能见光！他不期待任何一种奖赏！

当沙阿第二天早上醒来时,发现床边一个人都没有。他吃惊地,几乎是恐惧地环顾了四周。一束流苏挂在一条绦带上,从暗绿色的穹顶垂挂下来。沙阿躺在底下。流苏非常破旧——用坏了。他拉了拉流苏,含糊地希望哪里能搞出个响动来。无论如何他没搞错,这就是个铃铛。

很多男人都用过这个铃铛。

十一

这是一个令人感到亲切的早上,天穹笼罩在城市的上空。花园中的露水散发出清新和欢快的香味。这种香味还混合了新鲜出炉的面包所带有的涩味,这些大小不一的面包都盛放在面包店伙计的筐子里。

这是一个迷人且阳光明媚的春天的早晨,可怜的沙阿却没看到。他乘车走了。与其说是在两个细心周到的侍从陪同下,不如说是在他们的监护下,沙阿乘坐一辆封闭的马车穿过了微笑着的街道。他的心情不好。虽然昨天夜里的冒险在心中留下了美好回忆,但在他健康单纯的心中本来期许着的是一场轰轰烈烈的经历,期待着完完全全的内心世界的变化。他想用自己的方式去看、去听和去感受。实话实说,这是他人生中的一次失望经历。他此前曾以为这该是场隆重的庆典,但却只不过是个小场面。他现在对欧洲的爱情比此前更为了解了吗?他不再像昨天晚上那样爱这座城市。过去的这一晚在他看来根本就像是个华丽的假象。马车走得越久,天越来越亮,而陛下的心情却愈加阴暗,心中的苦涩也更加强烈。他想起了贤明的总管大太监对他讲的话,兴趣和好奇不过是错觉罢了。他心中颇多苦涩,还带着一种懊悔。他的心绪就像一个在一小时前刚砸坏了自己新玩具的毛头小伙子。

沙阿对自己的侍从一声不吭。如果真有什么要说的话,那他想说这个世界在几个小时前还曾那么华美,现而今却突然变得空空荡荡。可对于他,对于这位君主和沙阿,这样说话合适吗?

刚刚抵达,沙阿就让人叫来了总管大太监。他一边惬意地用勺子吃着半个柑橘,一边问大太监是否喜欢这里。房间里有种温馨的熟悉感,几乎可以说是种波斯的味道。这里边有陛下刚才喝的一杯浓咖啡的味道。这咖啡是人们用特制的陶碗在文火上煨出来的。火苗还在燃烧,看起来就像烤炉里的火焰。

总管大太监说喜欢这里,就像在其他地方一样,只要在主子身边,他就喜欢。马屁精,沙阿心里想。不过他还是挺高兴听到这么顺耳的话。他说:“我其实想惩罚你的欺君之罪,让你从现在起失去生活的乐趣。”“主子总是仁慈的,”大太监说道,“主子的惩罚也不会让奴才的生活失去乐趣!”“我的女人们怎么样?”沙阿问道。“主子,”大太监回答道,“她们吃得好,人也健康,在宽敞舒适的床上睡得香。只有一件事让她们感到不幸:她们的主人不去她们那里!”“我不想再看到女人了,一年不想见她们。欧洲的女人也没让我高兴起来。是你此前这么说过的。人被阉了,才能变聪明吗?”“主子,”这个阉人说道,“奴才也认识愚蠢的太监和贤明的正常男人。”这是种侮辱性的言语,沙阿清楚地感受到了。“如果你失望了,你会干什么?”陛下问道。“奴才会感到痛苦,会花钱。主子,失望是昂贵的。”

“的确,当然了!”陛下说道,然后让人递上水烟壶,静静地待了很长一段。

在这段时间里,沙阿已经决定要回家了。这里不适合他。

他觉得西方世界伤害了自己。西方世界并不如他当初期望的那样。他松弛并显出苍老的面庞变得阴沉下来。就好像脸色一秒钟就变得苍老起来，尽管他的髭须依然是年轻而光亮的乌黑。

“如果你不是被阉割了，我也许会想和你换个活法。”沙阿说。大太监深深地鞠了一躬。“你可以走了！”陛下说，接着又喊了一句，“不，站住。”

“站住！”他重复了一遍，就好像害怕连大太监都会跑掉一样。沙阿的侍从中只有总管大太监一个人，没有其他人，配得上去颁发最讲究，同时又最为卓越的嘉奖。太监是高贵正派的。

“你负责一下，”沙阿说道，“给昨晚的那位女士一个礼物。注意，礼物要配得上我，也要配得上你一直都有的品位。注意，不要让我们的陪同看到你。你必须找到那幢房子和那个人的名字。我不想再听到这件事了。我相信你！”

“主子敬请放心！”总管大太监说道。

他这辈子曾经完成过更讲究、更棘手的事情。自从到达此地，他就与公务员和仆人相处融洽。他早就知道区分掉在钱眼儿里的人和可以收买的人，聪明的、用得上的和愚蠢的人。他不懂这个国家的语言，但整个世界都懂得他的语言：金子和手势。人们真真切切地明白总管大太监的意思。

找到去米茨·席纳格尔那里的路很容易。所有仆人都知道,沙阿此前在那里过了一夜。困难的是找到一份礼物,如总管大太监得到的命令,要配得上君王的权力,还要符合总管大太监的品位。他思考良久。他不认识这位女士。根据自己的想象,这位女士一定出身贵族豪门。他决定送去三串沉甸甸的珍珠项链。在他看来这位女士值这个价钱。在宫廷侍从斯特凡·拉克纳的陪伴下,第二天下午他驱车来到马茨纳夫人的房子前。

这里的人对此次造访完全没有准备。马茨纳夫人身上还套着睡裙,而钢琴师波拉克穿着长长的厚绒大短裤和拖鞋。总管大太监身穿深蓝色的欧式西服,衣着显得格外内敛。他的谨小慎微看起来几乎就像在试图把自己隐藏起来。但事与愿违,再傻的人也能一眼看出他在什么地方。而总管大太监既无需欧洲的经验,也无需特别的性别,就能认出马茨纳夫人的职业。他有点可惜装在银匣子里的昂贵珍珠项链了。

有人把席纳格尔叫了来。她连头发也没收拾就出来了,只是匆匆地把头发盘了起来,看着像散开的流苏。脸上厚厚地扑了一层粉,还洒落在急忙穿上的红色衣服上。身后的几个扣子没扣上,于是她只好尽力贴着刚刚走出来的门站着,就像接受判刑的人那样站在那里,听候着解脱的枪声。

席纳格尔就这么一身装扮接过了一束兰花和一个银质的

匣子。那位身穿深蓝色西服的胖先生讲了一长串不知所云的话。她点了点头，咽了几下口水。就连马茨纳夫人也不在跟前，她的眼神也许多少能给自己带来点勇气。马茨纳夫人想赶快换好衣服，但当她收拾妥当，准备好面对一切风险，终于出现时，所有的仪式都结束了。那位穿着深蓝色西服的先生已经准备要踏上归程。虽然约瑟芬·马茨纳夫人变了样子，但总管大太监还是一眼就认了出来。他拿出小钱袋，轻轻一欠身递给了她。这个小钱袋分量很轻。不奇怪：里边放的都是金币。

第二天，当总管大太监向他的君主复命完成了任务时，沙阿问道，那位女士是否说了些什么。

“主子，”这位仆人回答道，“她永远不会忘记主子。这一点很明显，虽然奴才听不懂她说的话。”

十二

很多人念叨了沙阿很久，无论是幸运的人还是不幸的人。他随心所欲地颁发勋章并馈赠礼物，根本不听公使的建议，也从不考虑接受礼物和受到表彰的人是什么等级和地位。唯一一个真正不幸的是骑兵上尉泰丁格。他在这位尊贵客人离开后的第二天就被免除“特殊任务”，遣回了原先的骑兵团。

这件令人不愉快的事被完全遗忘在故纸堆里，也就是说，被遗忘在了警察局的秘密档案里。再也不会有人知道，可怜的泰丁格为什么这么快就要返回原来的驻防地。

在西里西亚的那个小驻防地，男爵能做的也只是反思自己的不幸。他足够明白事理，可以说是进入到一种肤浅的内省状态中，他对自己做出了特别严重的评判：自己完全不再是“有魅力”的人了。

从此，他开始喝酒。有的时候他想给 W 伯爵夫人写信，请求她的原谅，因为男爵把她出卖给了那个波斯人。但他撕碎了第一封、第二封、第三封信。结果他喝得更多了。

泰丁格经常梦见自己从楼梯走下去时，碰见了举起大礼帽施礼的密探。同时，他又看到自己沿着光滑的石制斜坡滑下去。他对女人不再感兴趣，公务也令他感到无聊。他也不再喜欢同僚。上校乏味，城市乏味，生活比乏味还糟糕。在泰丁格的单词表里找不到对此的形容。

泰丁格滑落着，沉沦着，也感到自己在滑落与沉沦。他其实想和谁聊聊这件事，比如和米茨·席纳格尔。有几次他梦到过米茨，但是觉得自己既麻木又迟钝，无法开口说出正确的和真实的情况。于是他沉默。于是他酗酒。

然而，米茨·席纳格尔的欣喜若狂没能持续三个星期。另一方面，就连约瑟芬·马茨纳夫人的那整幢房子也都跟着欣喜若狂。而当人们从烟斗商人席纳格尔先生那里获悉，他女儿现在算是波斯沙阿的随员，打算去德黑兰时，甚至连整个维也纳西夫环路都为之亢奋了。因为米茨与东方的艳遇已经沸沸扬扬传到了西夫环路。搬弄是非和造谣生事的人不少。第一条消息是理发师克山德带来的。一开始没人相信他，他为此非常苦恼，于是恳求米茨去她父亲那里一趟。米茨最终还是去了。她乘坐着双驾马车。上车的时候，理发师克山德坐在她的旁边，一直坐了很久。但当车子接近西夫环路的时候，克山德换了座位，坐在了米茨对面。

重逢是由衷的喜悦，也激动人心。老席纳格尔哭了。不到六个月前的一天，他向整个西夫环路的人发誓，要把女儿逐出家门，决定这辈子都不复相见。但一个人怎么能和金子的力量作对？大家看到老席纳格尔拥抱了被逐出家门的女儿。

当米茨·席纳格尔离开父亲的铺子时，外边的看客聚拢上来形成了一条小巷。她看起来迷人亲切，穿着深灰色的套装，戴着蓝色料子做的大帽子，手中拿着淡灰色的太阳伞。西夫环路上的人都希望那个友好的波斯国家除了她不要再有其他女主了。她微笑着和大家打着招呼，上了马车。理发师克山德又坐在了对面的座位上。马车夫的鞭子低调欢快地一声脆响，出租马车向着城里驶去，驶去。米茨挥着一只白手套。老席纳格尔站在门前哭泣着。

这可不是米茨·席纳格尔新生活中唯一的一次庄严时刻，还有许多这样的场面。这段时日由许多这样庄严和崇高的时刻组成。

那些珍珠现在存放在埃弗鲁西银行，看起来不用担心什么。命运的巨大威力原本只会造成灾难，但要是幸运猛地眷顾了一个可怜无助的姑娘，那这个可怜人还有什么要思考的？首先要构建崭新的生活。先要把小克山德送进一所寄宿学校，这样他才会成长为一个真正的人——应该变成一位高贵的先生！该给多少钱打发马茨纳夫人？未婚夫克山德呢？应该留在维也纳，还是不如去其他城市？也许出国？她听说过蒙特卡罗，偶尔在《克朗报》上读到过奥斯坦德、尼斯、伊舍、索波特、巴登巴登、弗朗季谢克、卡普里岛、梅拉诺。啊！世界是那么大！席纳格尔虽然不知道这些地方都在哪里，但知道自己有权利到达这些地方。她的暴富激励着所有其他人，但却让自己心惊胆战。混乱的念头填满了夜晚。她脑袋里想着疗养地、家具、房子、宫殿、仆人、马、剧院、高贵的先生、狗、花园的篱笆、赛马、博彩的数字、衣服和裁缝。醒着的时候，她就会念叨这些；睡着的时候，她就会梦见这些。席纳格尔早就不接客了。约瑟芬·马茨纳夫人帮着出主意，虽说她自己都被这位女房客撞上的大运搞得晕晕乎乎，至少她还留有足够的理智去给米茨出最好的主意。

“和克山德结婚，”马茨纳夫人建议，“他会在内城开一个大商店、一个沙龙。你把一部分钱投到那个卖床上用品的铺子里，一部分投到我的生意里。都是公证过了的。你把儿子送去格拉茨的修道院。要是克山德让你感到无聊了，你就找个情人！只要把钱安顿好，那你的钱多得数不清。否则你光花钱，两年后就没钱了。听我的，我是为你好！”

米茨·席纳格尔根本就听不进去理性的建议。她有的时候在思念一个男人，想着那个高不可攀的骑兵上尉泰丁格。她喜欢遐想泰丁格能退役，然后和她结婚。就是现在，在她这么富有的时候。

珠宝商葛万德给这些珍珠估了价，约值五万古尔登。于是，米茨用珍珠做抵押在埃弗鲁西银行借了一万。这笔账把可怜的席纳格尔吓了一跳，也把她搞得晕头转向。她总是把一千古尔登面值的钞票塞在长筒袜里，把一百古尔登的钞票换成10块金币放在小袋子里。其他一些一百古尔登的钞票换成银币存放在马茨纳夫人那里。

有一天，米茨觉得有必要和泰丁格见上一面。这个念头十分强烈，于是她叫了一辆出租马车去市中心格拉本大道的格林贝格，当场买了四套衣服。其中三套她让人送回家，然后穿上自认为最漂亮的那一套。她来到绅士街,这里有她最熟悉和喜欢的房子。她获悉,骑兵上尉泰丁格已经被调回原驻防部队。一种更强烈的惆怅充斥着她的内心。看来就连金子带来的那种令人痴迷和眩晕的狂喜也没能留住自己心中的情人,她唯一爱过的男人。

现在,米茨考虑是否得去一趟泰丁格的驻防地。她告诉马茨纳夫人自己必须去。"你先给他写封信,"马茨纳夫人说,"没人这么直接登门,不能就这么投怀送抱。不能就这么扑到我怀里,也不能就这么扑到你怀里。现如今,你可比他强。"

米茨·席纳格尔写了一封信,说自己现在阔气了,想念泰丁格,问什么时候可以来找泰丁格。

泰丁格男爵在团部收到了这封信。他觉得这笔迹眼熟,但最近几个星期他正好反感熟悉的笔迹,信没开封就揣在了兜里。他本想晚上再读这封信,但凌晨三点才从咖啡馆回来爬上床。于是,这封信是在两天后才被重新掏出来——其实也是勤务兵在掏空衣服口袋时才发现的。

男爵认为和米茨·席纳格尔重逢实在太痛苦。她让自己回忆起了那些轻率的恶作剧。他宁愿把生命中的这段插曲从记忆里完全删除。但人能把生命中的故事用橡皮擦掉吗?

于是,骑兵上尉泰丁格对书记士官泽诺瓦说——这个人是整个团里很少的几个“有魅力”的人——这么说吧，他想让士官给米茨·席纳格尔在马茨纳夫人处的地址发一封公函，就说骑兵上尉因健康原因请假，要六个月后才会返回团里。

当米茨·席纳格尔收到这封信时，她大哭了很久，觉得自己的生活被彻底摧毁了——就在本该重新开始的那一刻。她决定把儿子接来暂住。儿子或许是个安慰。

于是她搬家去了巴登，在申克街租了一幢房子，租期是两年。珠宝商葛万德买下了那些珍珠。钱由公证人萨克斯保管。老席纳格尔得到了五百古尔登。五百给了马茨纳夫人。理发师克山德也得了五百古尔登。格拉本大道的裁缝格林贝格拿到了一千古尔登。整个世界都满意，只有米茨·席纳格尔例外。

十三

时隔不久，休养地巴登对于改善米茨的情绪明摆着并没有什么益处。之所以如此，有很多原因。主要因为这里有快步马车赛，所以米茨·席纳格尔没法在家里待着。她此前还从来没看过任何一种赛跑。现在她觉得自己不能错过任何一场比赛。就好像某种邪恶的力量在强迫她，不断地向命运发出挑战,这个命运曾把否极泰来的幸运风暴带给了她。

米茨不了解男人的天性,不了解出入这种所谓开门接客的地方的男人的天性,在这种地方,人们对于真实世界的认知可能和寄宿学校的姑娘一样少。因此米茨用来评价男人的标准,只适用于马茨纳夫人那里的一小时客人。她也就难免会把骗子和废物看作是上层社会的正派先生们。她很寂寞,每天都写风景明信片,写给她父亲,写给马茨纳夫人,写给马茨纳夫人那里的所有十八位女房客和泰丁格的驻防团。在给他的明信片上还注明:“请务必转交,谢谢,席纳格尔!”

她的信总是千篇一律:生活很精彩,终于可以享受这个世界。从泰丁格那里没有任何回音。马茨纳夫人时不时地回一封理性而普通的明信片,附带着建议和劝告。她那里的所有女房客一起在一张蓝色镶金边的信纸上写了封回信。信的开头是:“看到你过得很好,我们很高兴,我们经常想起你。”后边是落款:罗莎,格蕾特,娃莉,维基和其他所有人,按照年龄以及她们在马茨纳夫人那里所扮演的角色来排列。每个署名的人都充满期待地等候着米茨,带着某种急切读着她的来信:这与其说是喜悦,不如说是种折磨。

要说到男人,那完全是因为米茨一直坚信,生活中没有了男人就像没有空气一样不可能。当她还在马茨纳夫人那里又穷又迷惘的时候,必须让别人给她付钱。现在她可以不要报酬地去爱。不要报酬地去爱让她感觉很好。有的时候她还给男人钱。有些人来“行动”是为了向她借钱。这里边没有一个男人让她喜欢。男人曾经是她白天和夜晚的猎物,现在她却像一只为自己寻找猎人的可怜的野味。

米茨对儿子的思念曾经很强烈,但现在对她而言这种思念却像是种徒劳和浪费。她不喜欢这小家伙,不喜欢自己的儿子。在重要的事情上,这对她而言是个累赘,因为她觉得无论去哪里都不得不带上这个儿子:去喝咖啡,去看赛马,去宾馆大堂,去看剧院演出,去找男人,去兜风。这小家伙瞪着那双湛蓝色的大眼睛审视着这个世界,安安静静,带着一种阴森森的恶意。他从不哭泣。米茨·席纳格尔回忆起自己在孩童时代经常哭泣。一种仁慈的本能曾经对她说过,不哭泣的孩子会变成坏人。于是她经常无缘无故地打儿子,不过就是为了让他开始哭。可这个小家伙虽然挨了揍,却似乎根本没有感到疼。尽管还说不了几句话,但从那几句蹦出来的话里可以清楚地看出,他想要的无非就是些当下他觉得需要的东西:一张纸、一根火柴、一段绳子头、一个玩具、一块石头。

几个星期之后,米茨承认自己的儿子比其他不认识的孩子更为陌生。自从撞上那场惊世骇俗的机遇之后,这是她生活当中的第二次失望,而且比获悉骑兵上尉泰丁格调任还糟糕。她的儿子也好像被调离了一样。

早在旺季结束之前,米茨和孩子急急忙忙去了格拉茨。她本想甩开这孩子,打算像上流社会那样把自己的孩子安顿好。虽说她手上有不少地址,但也不会去所有别人介绍的地方,而是去了记录在纸片上的第一家。她的儿子,克山德·席纳格尔来到了文理中学魏斯巴特教授负责的低龄男童教养院,这里还带有一所园艺学校。米茨·席纳格尔正打算去南方,既不想在格拉茨久留,也不想回巴登。她觉得要是留在格拉茨,离儿子不远但又不复相见,那太卑鄙了。可是她又不想再见到儿子,暂时不想。也不能回巴登:那里有个利绍尔等着她,在这人身上她可是花了不少钱。上帝才知道,她怎么会和这家伙住在了一起,在过去的三个礼拜里!

不单单是这个男人的等待令她备受煎熬,看起来其他所有男人的等待也是如此。所有人都在等着她,只有泰丁格例外。他不等!

利绍尔也没想过要等米茨回来。当他看到米茨没有回来,就去了维也纳的马茨纳夫人那里,要来了米茨的地址。说有个关于泰丁格的重要消息给她。

他决定再也不离开席纳格尔。是的,只要可能就跟牢她。于是,他去了梅拉诺。

当米茨·席纳格尔在林荫道上看到他时,显得非常高兴。利绍尔穿着那条闪亮的与佩贾切维奇男爵同款的裤子和蓝色的西装上衣,脚蹬暗黄色柔软的纽扣鞋。这些唤醒了她亲切的感觉,但也捎带着一种懊悔。她害怕!她怕自己的富有,怕财富让她承担起来的新生活,怕这个她正轻率前往的巨大世界,但最怕的还是男人。在约瑟芬·马茨纳那里,她蔑视所有男人,蔑视那些熟悉的、陌生的、外国的、本地的男人和流氓。那里是她的地盘,那里是她的家。她既没办法也没有经验去和那些不来买春的男人打交道。她对男人欲火中烧的眼神和手势了如指掌,猜得出男人的话中话和幼稚的笑话。她孤零零一个人,无助也无家,在世界的大海上颠沛流离,没有舵,没有帆,没有桨。她害怕,这是种无以名状的恐惧。她在寻找熟悉的东西,寻找差不多可信赖的东西。她容易把熟悉当作完全信赖。因此她才会逢迎弗朗茨·利绍尔。

利绍尔肯定猜到了她心里所起的波澜。这靠的是一种有把握的直觉,这是某种天性在此刻带来,甚至是制造出来的直觉。这直觉告诉他即将到来的危险、生计、兴趣抑或猎物。他抬了一下金灿灿的巴拿马草帽敷衍地问候了一下,心不在焉地说:“啊,你也在这里?”

“我太幸福了!”她回答道,然后拥抱了他。

就在这一刻,利绍尔的计划成型了,就是那个布鲁塞尔丝织品的老套路。

在那个年代,布鲁塞尔丝织品和珠宝一样备受推崇——女人们对此的追捧甚至更为强烈。

因此,名牌丝织品的仿制品数不胜数。利绍尔的朋友克萨维尔·费雷特就是个做假货生意的好手。虽说这人来自的里雅斯特,但他的货物却来自另外一个陌生且遥远的港口:安特卫普。按照行话来说,他们在那里“申报关税”。但实际上货品来自维也纳滨河大街席尔姆的床上用品店。要是利绍尔有活干的话,那他的工作就是给朋友费雷特搞到买主,或所谓的大买家,就是那些二道贩子和大二道贩子底下的一些小贩。为此他会根据每笔生意的情况得到“回扣”,但从来没有“入股分成”。“你只能凭资金才能来入股,”费雷特说,“没钱就没社交圈。”他又补上了一句。这是施泰德尔咖啡馆里杜洛克牌玩家的寻常智慧。

现在,在他几乎给费雷特白干了这么多年后——就像利绍尔有的时候说的——终于看到了凭资金入股丝织品生意的可能性,就用席纳格尔的资金。

在作出了这个决定之后,利绍尔开始冷落米茨·席纳格尔了。他和一个叫作科恩戈尔德的小姐去旅行,给格莱赛尔女士送花,和布兰德尔女士在林荫道上散步。与席纳格尔约会却迟到,甚至爽约,让她明白,她对他而言根本算不上什么。对,利绍尔甚至还到处说,因为特定原因想马上离开。

在这么说了几天后,他去了因斯布鲁克,然后给席纳格尔发了封电报:“赴重要谈判,明晚等我。”

第二天晚上利绍尔来了。他不仅亲切而且殷勤,很久以来他都没有这样了。他看起来温柔体贴。同时,还装模作样显得十分激动。“天大的机遇。”他说,高兴得上气不接下气地说着。他终于踏上了变成有钱人的路。“你要结婚了?”这是米茨脑子里的第一个念头,否则怎么能一下子变成个有钱的男人?

“结婚?”利绍尔问道,“是的,也许吧!”他做出了思考的样子。

对于布鲁塞尔的丝织品,米茨·席纳格尔只知道这东西挺贵,除此之外便一无所知。她几乎分不清麦斯林薄纱窗帘和新娘子的面纱的差别,就连自己的床上用品店也没去过五次。但在她看来,用 1.8 古尔登买的薄纱卖 5.5 古尔登,这肯定是件不错的事。“我们对半分！成交吧?”“成交。”席纳格尔说。然后她就不再去想丝织品了。人们开始熄灭宾馆大厅里的大蜡烛。台阶和扶手上富丽堂皇的白色散发出一种无以名状的悲伤,而地毯的血红色又突然展现出了一种近似于黑色的华贵。巨型花盆里庞大的棕榈树就像是刚从墓地搞来的,就连暗绿色的叶子也略呈黑色,让人回忆起一种来自远古时代、已经死去并且枯萎的武器。枝形吊灯里的煤气灯发出嗡嗡的响声，散发出淡绿色邪恶的光。略呈红色的大镜子镶嵌在假青铜制品的框子里，对着米茨·席纳格尔。每当她胆怯地往镜子里匆匆一瞥，就能看到另外一个米茨·席纳格尔，一个她自己不认识的，觉得从来没见过的，一个从来没有过的米茨·席纳格尔。

她变得非常伤心。在她简单的内心世界，一道灵光在几分钟里无声无息地一掠而过。这种灵光能让聪明人和明白人感到极度幸福，也能让他们感到悲伤：这是一道醒悟之光。米茨明白了，所有的一切都是徒劳绝望的：不仅是丝织品，不仅是那个利绍尔，也不仅是她的财产，还有她的儿子和那个泰丁格，以及她对家乡、对爱情、对男人和对她父亲虚假的爱的渴望，还包括所有其他的一切……从她自己的心中萌发出来的都是杂乱的思绪。就像当她还是小姑娘时待在西夫环路那冰冷的地窖中散发的气息一样，她当时确信那房子底下等候着的是冬天和所有邪恶的风。

在这个夜晚，利绍尔和她走进了房间。他当然知道，现在无论如何都要想尽办法让米茨信任自己。米茨·席纳格尔也感到了这一点。她累了，既疲劳又冷淡。

在这个夜晚，当她醒着躺在那里时，她决定第二天动身回去。回去？——回哪里？约瑟芬·马茨纳的房子曾经是个家，现在没有了。她回想起了波斯君王那沉重的呼吸、带着微甜香水气味的胡须、栗色泛黄的肌肤、柔软的双手、令人毛骨悚然的眼白。他给自己带来了幸运。她开始轻轻地哭泣。这是种有效的催眠药。——当天空开始发亮,她睡着了。

十四

很长一段时间,约瑟芬·马茨纳周围的人没注意到她身体和性格同时发生了变化。人们只看到她变老了。她自己也知道,尽管很少照镜子。她脑子里仿佛有一面镜子,就像有的人脑子里有时钟一样。几年前,她有时候还会对某位老相好笨拙而且明显的恭维话感到高兴。那都是些毫无意义的恭维话。这些话既没有暗示客人的某种渴望,也不会唤醒约瑟芬·马茨纳夫人心中的某种愿望。这些恭维自然从不嫌多,就像某些社会群体有些特定的习惯做法一样,与年龄无涉。但是,看吧,发生了什么?——就连原先这样一直都有的象征性的恭维话,现在也越来越少了,直到某个晚上就完全消失了。当最后一个顾客离开,姑娘们都已经睡去,连乐师都脱下了燕尾服时,她还是匆匆瞥了一眼收银台后边的镜子。是的,所有的一切都像她很久以来已经知晓的:在斑白的头发中间还露出了些许带有煽动性的撩人的绯红。两道粗皱纹仿佛无缘无故地爬上了鼻梁上边的额头。嘴唇干裂发青。眼皮底下起了很多皱纹,双眼就像两个干涸了的小池塘。脑袋直接就扛在了肩膀上,好像没长在脖子上一样。在她扑了厚厚一层粉的胸脯上,隐约露出黄里透红的污渍,像虫子似的。

从这个晚上起,马茨纳夫人知道生活已经成为过去。她从没有过幻想。她曾想勇敢地去面对老龄,就像以前面对年轻时代、工作、男人和生意那样。她生活中的每一刻,都在为自己做辩解。她在人生中曾听任魔鬼的摆布,而且甚至认识这些魔鬼,知道他们的名字。但是司掌年龄的魔鬼却是她不曾相识的,这恶魔蹑手蹑脚地走向孤独的白发老妪,把她的心肠变得冷酷无情,让她那些时髦念头被一种新的贪婪所填满:贪财。她感觉不到自己变得越来越吝啬,越来越贪财。

这世上当然也会发生点其他什么事情,不过都能被马茨纳夫人用来对自己的吝啬和节俭给出看似合理的解释:这幢房子不行了。世界上的时尚变化得多快啊!马茨纳夫人的生意已经不时髦了。新开了两家店,一家在城里沃尔蔡勒街附近,另一家在海关总署大道前边。那些铁了心跟着马茨纳夫人的姑娘们也变老了——年轻的姑娘没有忠心。马茨纳夫人嘴里的“我的姑娘都是金子”的那个时代去了哪里?那些金子般的女孩儿用小鸟般兴高采烈的声音叫她“芬妮阿姨”的时代又在哪里?现在人们叫她“马茨纳夫人”,姑娘们已经想不起来什么时候挣到过金币了，她们给家里带来的都是些铜钱。“现在只挣得来些零钱了。”马茨纳夫人哀叹道。

这一晚她没睡着。当她躺下时，她觉得自己已经无能为力了，因为恐惧仿佛更容易从上边向她袭来。她重新起了床，气喘吁吁地走向躺椅。她时常哀叹，以为这样能让她感觉放松些。但她经常对自己说：还会变得有多糟糕呢？要是我，约瑟芬·马茨纳，现在就已经开始哀叹的话。她有时候也偶尔服用安眠药，但这药却对恐惧、畏惧、担心无效！——她已经看见自己住进了阿尔瑟格伦德边上的贫民救济站；搬进了巴赫街的老人收容所；在仁慈的修士的饭桌前徘徊；给卖牛奶的女人德沃拉克当临时工擦地板；最后在警察局前，还上了法院；甚至进了监狱。在她看来这一切都自然而然，最终她会因为穷困潦倒而被迫盗窃。她看到了自己在偷东西，感受到了一个窃贼对被逮捕的恐惧。

马茨纳夫人越来越频繁地去拜访银行家埃弗鲁西先生。后者的财产、谙于世故的冷静、诚实可靠，以及声望、年龄：所有的一切都能给她带来安慰。埃弗鲁西先生是一位安静的白发老人，有着爱打小算盘的好心肠（这是世界上唯一不会造成灾难的好心肠）。在那间已显老旧的办事处里，约瑟芬·马茨纳低低地坐在银行家面前的一张不舒服的椅子上。（银行家埃弗鲁西还在使用那种竖置的斜面桌，有个没有扶手的小坐垫,固定在一杆金属螺旋支柱上。)他半坐半靠着斜面桌。为了取悦约瑟芬·马茨纳而围着她转。他尽量把小坐垫旋转到最低高度,可还是明显比这位女顾客要高出一头来。也不是说他一定要看着她的面孔,因为一顶大帽子盖住了她的头。不过仅仅从帽饰上轻微抖动的紫色长鸵鸟毛,埃弗鲁西就可以判断出,马茨纳夫人的态度是同意还是拒绝。"您已经,"他已经是第二十五遍重复道,"用五千买了'信天翁',三千五百买了'无国界',用一万入股了床上用品店,两千入股了申德勒的面包店,这是您自己的生意——我不知道值多少钱——您的公证人知道。您也知道。您已经五十三岁了。""五十二,埃弗鲁西先生!""那更好,"他继续说道,"就算您的生意不行,而您又不想只在那里剪布料,那您还有八年花季就到退休了。我的意思是在床上用品商店。您可以盘下一家制作女帽的铺子——买一家铺子——您有品位的。"向长鸵鸟毛的帽子上瞥去的一眼给银行家埃弗鲁西带来了这个女士帽子铺的主意。

"这非常可靠吗,皇家顾问先生?"约瑟芬·马茨纳问道。

"我可以向您证明。"埃弗鲁西说道,然后就像往常一样,摇了摇桌上的小铃铛。还像平常一样,会计走了进来,打开了账簿。约瑟芬·马茨纳默默地看着上边蓝色的数字、红色的线条和绿色的虚线;所有这一切都令人宽慰。她站了起来,点了点头，说道："皇家顾问先生，您卸下了压在我心头的一块石头。"她终于走了。

有一天，马茨纳夫人突然想起来，根据法律规定她有必要去看看米茨·席纳格尔的床上用品店。在走进这个熟悉的商店前，她第一眼就觉得好像有什么不对劲，觉得要出乱子。她看见橱窗里摆放了两面镶着金边的新镜子，玻璃门上挂了一个大牌子，上边写着"正宗布鲁塞尔丝织品"。当马茨纳夫人在店里看见利绍尔先生时，心开始打鼓。她在自己房子里认识这类先生，真正的叫法应该是"顾客"。"好久没见了，冯·利绍尔先生！"她说道，"是啊，整个世界都离开了我们。我们对先生们来说已经过时了。在我那里一切都规规矩矩，可比海关总署大街前的那家要规矩多了。"

"您知道，人老了，也就变认真了！"利绍尔说道，"那么，您看吧！我在这里努力工作！"

是的，她看到了。马茨纳夫人迅速而敏锐地环视了一下。这眼神早年曾令人感到害怕——在自己的房子里，在她常去购物的那些店铺里，在周围所有地方，就连在区警署也一样，她认识那里所有的警官和密探。她现在又用这迅速而敏锐的目光扫视了一下这个床上用品店。这算是哪门子床上用品店？那些各种各样、形形色色、带着小把手的可爱的小盒子在哪里？那些漂亮而且结实的发夹和小钩子在哪里？床上用品店装点门面的物件,那种华丽考究的所谓的镶边在哪里?还有所有那些无足轻重的小物件在哪里?这都是些捎带上的东西,是和那些真正重要的物品搭着卖的东西。但没有这些东西,根本没法应付周边任何一个裁缝。而这个布鲁塞尔丝织品店是什么?这周边有谁,有哪些顾客能来买这个布鲁塞尔丝织品?不必给她,给约瑟芬·马茨纳解释什么是布鲁塞尔丝织品!她毫不客气地对利绍尔先生说:"您可把这间铺子偷了个干干净净啊!""偷?偷?您说这是偷?"这个年轻人喊道。他擅长而且也热衷于嚼舌头,这个本事已经给他带来了不少莫名其妙的好处。于是,他开始和马茨纳夫人吵了起来,说生意现在多么火爆,他已经从丝织品中赚到了多少钱,还想着要赚多少钱。就像有些人很长时间都靠诡诈来获得好处和金钱,利绍尔偶尔也会忘记需要小心,不要爱慕虚荣。虽说知道自己并没有得到授权把马茨纳夫人的那份钱投入到丝织品生意中,但在他那愚蠢的乐观主义看来,马茨纳夫人不仅会同意这么做,而且还会把自己当作同谋。他完全无视那令人难堪的事实——账对不上,而且,他还把三分之一的利润给用掉了。米茨·席纳格尔从来没让他解释过是怎么回事,那为什么马茨纳夫人会要个解释呢?

马茨纳夫人无法完全掩盖心中轻微的恶心。她靠在了柜台上,要了一杯水和一把座椅。她一小口一小口抿着水,身上铠甲一样的紧身衣勒得要死，她四肢半摊开地靠在了沙发上。渐渐地，她缓过了神来。她从茅草屋顶一样巨大的帽子上拔下来扣帽饰针，当作武器对准利绍尔，说道：“利绍尔，我要看一下账本。我会和我的公证人说道说道。”

利绍尔取来了账本。可怜的马茨纳夫人再次看到了黑色的数字、蓝色的数字、绿色的虚线、红色的线条，但这次她镇静不下来了。“本金在哪里？”她问道，“盈利呢？”“本金正在运转呢，马茨纳夫人。”利绍尔十分小声地说道。合上了账本，他接着说起来。马茨纳夫人已经听不进去任何东西，只听到了一些词如“新时代、新时代做生意的方法、不要死钱”，等等。她提心吊胆地想着，自己的一万古尔登已经打水漂了。

马茨纳夫人一刻都没耽搁就告辞了，没有注意到利绍尔伸出的手。她径直去了邮局。扣帽饰针一直还握在手中。大帽子颤悠悠的。她克服了对支付一笔非正常款项的恐惧，给在巴登的米茨·席纳格尔发去了电报。“速来。”电报上写道。她用嘴唇咬着铅笔，又考虑了一下。米茨·席纳格尔肯定不会来。昂贵的电报有什么用？马茨纳夫人本打算写一张普通的明信片，但又想出了一个好主意。她有因好心而撒谎的才能，这种才能长久以来一直决定着她的行为。“泰丁格明日等你”，她就这么把电报发了出去。

米茨·席纳格尔当然第二天一大早就到了。时隔很久，她又重新踏入了马茨纳夫人的房子。所有的一切都让她觉得陌生。在她的回忆中，这里的一切不仅仅是阔气，而且是金碧辉煌。而现在她早已经习惯了金碧辉煌的房间和房屋。马茨纳夫人的房子就显得寒酸甚至破旧了。屋子里的镜子能晃瞎人的眼睛。沙龙里枝形烛台上的许多水晶玻璃已经掉落下来，让人联想起一棵去掉了部分叶子的树。长沙发的红色长毛绒上被虫蛀出来一个深棕色的大洞。假青铜的镜框已经开裂。锃光瓦亮的钢琴刮破了皮，上边盖着散了线的丝绸盖布。窗帷积满灰尘。但回忆比起期待来又算什么呢？很快她就会见到泰丁格。她的小坤包里装着儿子最近的照片，还有最近一次可怜的学校成绩单。上边行为道德是"不及格"，勤奋是"及格"。直到现在，这孩子在每个年级都留级。而米茨对他爱理不理，最近一次去看也是圣诞节的时候了。在火车站，她儿子先要了一杯热可可，然后两人去了候车室。这孩子喝热可可的胃口不错。接着，他打开行李，自顾自地拿走了上边放着的礼物，然后关上了箱子，喊道："结账！"——这就是她儿子。但在昨天夜里，她编造了好多故事要讲给泰丁格听：克山德是个出色的体操运动员，有着金子般的心灵，是个有天赋的歌手。有一次，他居然救了一个差点淹死的孩子。这也不是编造的故事。克山德把一个孩子从水里捞了出来，就像他习惯捞青蛙、鱼、蝌蚪一样。

是的,所有这些米茨·席纳格尔都想讲。她好像等了很久。马茨纳夫人让她等着。然后,马茨纳夫人终于出现了,穿戴得整整齐齐,不像一般上午那样穿着睡裙。她的衣服勒得紧紧的,还扑了粉,理了发。两人的拥抱有些马虎,亲吻干燥而冷淡。“泰丁格不来了!”马茨纳夫人立刻说道,“公务缠身!”

米茨·席纳格尔觉得呼吸有点困难,重新又坐了下来。“但是,但是,”她在沉默了一会儿后又找到了一个勉强的安慰,“他还愿意见我?”“是的,”马茨纳夫人说,“但他暂时公务缠身。你可以给他写信！你有他的地址。”

米茨还坐在那里,马茨纳夫人恶狠狠地站在她面前,像个乡村警察。

“我有点正经事要和你说,”她开始讲起来,“你欺骗了我,你和你的利绍尔。你们抢劫了我,欺骗了我。都是冲着我的善良。我像母亲一样对待你。我管你叫‘乖孩子’。你们把我的钱挥霍掉了。你这就跟我走。我们去找公证人。你要是敢跑,我就叫你好受!”

米茨·席纳格尔的大脑中一片空白。脑子好像已经坏掉了,心也仿佛死了。在她的内心只有一样还是活的:无以名状的巨大恐惧。这种恐惧有时候能让人清醒。米茨·席纳格尔想起了布鲁塞尔丝织品那件事。她回忆起了所有利绍尔让她签了字的证书。她从没读过一个字。在她的回忆中出现了早就听见也早就消失的一句话，这是利绍尔有一次在那最甜蜜的一刻脱口而出的："要是有人把我抓住，你就会坐牢！"现在，就是这样了。

米茨站起身来，跟着走了。已经被逮捕了，她麻木地跟着无情的马茨纳夫人走着。

十五

在接下来的几个礼拜中，新的力量注入了约瑟芬·马茨纳身上。这些力量没能让她变得年轻，反而更加凸显了迅速衰老的年龄在外表上留下的痕迹。她自己没有注意到这一点，觉得放松、健康、高兴、年轻，看起来就像要去完成一项重要任务，也就是说要把钱救回来。这是她更喜欢的说法，尽管同时也令她感到痛苦，她要为这笔已经失去的钱报仇。一种被巨大仇恨所激发的热情充斥着她，温暖着她，简直是在激动着她。一种蒸腾着的怒火驱动着她。她的白天、她的夜晚都起了变化。原先生活中的那种好脾气、和善、过分粗枝大叶的节奏变了。她睡得好，是那种一夜无梦的健康睡眠。每天早上醒来的时候，她都被重新注入了活力，准备好去做各种事。

她表现出一种令人吃惊的能力，能理解和解释法律，和律师谈话并清楚地理解他们。为了保险起见，她现在有两个律师：一个是皇家法院律师埃贡·希尔贝雷博士，一个是临时串场的戈利茨博士。这位戈利茨博士是招手律师。找这种律师与其说是案子本身的需要，不如说是为了能有趣地而同时也有教益地消遣时光。因为皇家法院律师埃贡·希尔贝雷博士每次和她见面不超过半个小时——一周三次——而戈利茨博士几乎每天都能听她使唤。本来她之所以叫上这个戈利茨是因为对希尔贝雷的不信任。戈利茨告诉她该如何与有名望的大律师打交道，还能给她透露法官的私生活。也是这个人给她描绘如何利用法律提供的机会，以及法律中含有的漏洞。在位于瓦萨街四十三号四层的阴暗事务所里，马茨纳夫人渐渐自修成长为一种懂法的无赖，也在那里获得了从未体会过的欢愉。

马茨纳夫人知晓许多禁忌和本身就遭受唾弃的乐趣。但当她在瓦萨街听说，那些她天生而且一辈子都畏之如虎的法律居然能够像狗一样驯服，这让她体会到了真正的快感。她整个一生都在错误的想象中过日子，以为像她这样的女人都活在法律之外，不管在什么情况下，都任由随便哪个警官的好感或糟糕的心情摆布。在她的心灵深处，依然长眠着对一种合法生存方式的向往。她许多年来都曾希望，如果有钱的话，能够在法律的庇护下过上舒适的市民生活，远离那幢她打算在有利条件下，在对她有利的条件下卖掉的房子，然后作为一个“私人”约瑟芬·马茨纳去生活。没有职业，没有危险，却有很多钱。但现在的危险是，可能没钱能留下来。没钱了！在法律之外生活了如此之久后！这对一个正在变老的女人是多么可怕！她曾设想在暮年终于能够生活在受到保护的市民城区！——现在，虽说法律是向着她的，两个律师对此都很肯定。约瑟芬·马茨纳不是作为不正常的人或违法者在与法律打交道，而是可以说作为法律主人和受益者在和法律打交道。

除了那个招手律师戈利茨之外，老朋友密探泽德拉策克也站在她这一边。唉，马茨纳夫人早就不像以前那样和他打交道了，不再作为一个失去法律保护的人，而是作为一个几乎拥有同样权利的人。她在泽德拉策克位于绍滕环路的办公室里待了好多个小时。在这期间，他的手下在城市里，在帝国各处四下奔忙。这是件大事：假布鲁塞尔丝织品，在维也纳生产的，从这里送到的里雅斯特，再发往安特卫普，然后从那里送回维也纳。就连泽德拉策克也老了，也累了。他不喜欢“上流社会”的工作了。他的三个孩子——都是儿子——长得简直飞快，而他的夫人老得飞快。同样老得飞快的还有他，他自己。他需要一起“骇人听闻的大丑闻”，凭此才可能被提拔。也才最终能闲坐在格拉茨、因斯布鲁克、林茨、布鲁恩、布拉格或奥尔米茨警察局长官的位子上。他在科斯拉维茨出生，虽然早就生活在维也纳，而且因为职业原因也早就跻身高层。但现在年纪大了，奥尔米茨看起来似乎重新成为了一个幸福的大城市，但又不是太大的城市：大小正如他所需要的。他想作为高级警督退休。

这个故事很适合被夸大。命运本身在密探泽德拉策克看来，好像从一开始就给他指向了那桩丑闻。那件事离现在已经多久了啊！当时的报纸说，波斯的沙阿正在准备第二次来访维也纳（泽德拉策克从沙阿那里得到了一枚勋章，按照警察总监的建议，鉴于他为最尊贵客人的安全所做出的贡献而授予他）。泽德拉策克在《克朗报》的私人朋友，警察局的通讯员拉齐克发现，现在正适合把这个故事演绎成一起轰动性的丑闻，对警察的利益而言也是正合适。这个故事拥有所有轰动性丑闻所必须的条件：红灯区、来源神奇的一笔财产。虽说只能暗示，但已经能解释得足够吸引眼球了。米茨·席纳格尔那几年的辉煌年月和现在的没落，利绍尔传奇般的人品，布鲁塞尔丝织品的普遍性意义，揭露这桩多年来由的里雅斯特公司操控的骗局，最后当然还有维也纳警方无与伦比的警觉，这也自然意味着泽德拉策克警官的警觉。对拉齐克警局通讯员而言，这材料已经多得不能再多了！……

当时，整个世界一派歌舞升平。在帝国的报纸上，读到的都是关于皇室人物的报道，关于下一次马车夫假面舞会准备情况的报道，关于卡伦山[1]的短文，关于斯特凡教堂的地下墓穴，关于阿格拉姆[2]的乡村节日，关于勤劳的施瓦本人在巴纳特[3]的烟叶收成的预计，关于伦伯格[4]附近军事演习的报道，关于在维也纳普拉特游乐场举行的由皇帝陛下庇护的儿童节日的描写，关于屠夫、木匠、鞋匠的保龄球协会的报道，还有类似所有在周边世界和远方世界里所发生的和平、快乐和无意义的活动。法院审理和刑事案件在那个时代并不重要。警局通讯员坐在维也纳格瑞金的朔普夫纳餐厅的时间比在绍滕环路警察总局边上的咖啡馆的时间还多。这个关于布鲁塞尔丝织品的故事，每天都被断断续续地报告、装点、充实，用俏皮的讽刺性短文去评论，变成了真正的头号新闻。

无论如何，审判只持续了两天。在九月初，晴朗的夏日正友好地迈向晴朗的秋天。法院大厅里依旧热气腾腾。听众很多。从拘留所提上来的只有一名被告：弗朗茨·利绍尔。他在的里雅斯特的雇主消失了。米茨·席纳格尔小姐没有被逮捕，而是在律师陪同下来的。多年经营正宗布鲁塞尔丝织品生意的著名的赛德曼公司，觉得受到了损害，提出了赔偿的要

---

① 奥地利境内的一座山。——译者注
② 今克罗地亚首都萨格勒布。——译者注
③ 罗马尼亚地名。——译者注
④ 乌克兰地名。——译者注

求。这个公司和马茨纳夫人一样，都是由皇家法院律师希尔贝雷博士提供的代理律师服务。预计米茨·席纳格尔将会失去所有的剩余财产。利绍尔的辩护律师则努力证明，席纳格尔靠着女人的妖冶诱骗了这个率直的情人。席纳格尔的过去很不光彩，她靠一次莫名其妙的东方式机遇一夜暴富，但在几年之中，就将其大部分财产无法无天地挥霍殆尽。她任由自己的孩子——当然是个私生子——堕落，每年只匆忙看望一次，最后还让一个深爱她的人沦落为工具，诱骗他去犯罪。

米茨·席纳格尔对法庭上的程序和对白陈述知之甚少，有的时候还觉得没什么要紧，甚至比不上她在学校的经历。回想起来，这和她在小学的班上的经历一样。要是被提问的话，就要起立。无须回答所有问题，只要回答其中的几个。面对特别难缠的问题，就缩着不吭声。有团东西堵住了嗓子，眼睛充满了泪水，鼻涕邋遢，眼皮被眼泪中咸涩的盐分蜇得生疼。那些经历现在都在这里重现。她多数情况下哭泣，沉默。如果检察官要捉弄她的话，她就尴尬而绝望地说“是的”。如果律师要救她的话，她就说“不”。她只是对男人们那残忍的义正词严感到奇怪，对这种捉摸不定的男性性别感到困惑。要是经验真能够带来认知的话，她觉得自己早就该了解男人了。不过这些男人也都穿着法衣，看上去很奇特，有时候像神甫的助手，有时候又像打扮得隆重的两性人，和以前他们来马茨纳夫人的沙龙时,穿得完全不一样。

利绍尔的辩护律师问他的委托人:"米茨·席纳格尔多久要一次大额数目?""每周至少一次!"他不假思索地回答道。"您为什么要去搞这么一大笔钱?"利绍尔沉默地低下了头。"您不要难为情!"律师喊道,"席纳格尔小姐本来看不上您的。"利绍尔叹了一口气。"这不是真的!"米茨·席纳格尔小姐尖叫起来。但这种绝望的声音令人不舒服,听着就像欺骗。

这是约瑟芬·马茨纳夫人一辈子中最重要的一天。在回答婚姻状况和职业时,她答道:未婚,收银员。"登记为维也纳市维登区一家妓院的老板。"大法官纠正道。马茨纳夫人说,她所经历的是忘恩负义的行为,无以复加的忘恩负义。她说自己对所有的姑娘都很好,然后开始哭泣。除了讨回自己的钱,她对高贵的法院别无他求。她还请求法院法外施恩。今天,帽饰上的紫色长鸵鸟毛被一只淡紫色的鹦鹉形饰品固定在帽檐上,像在强风中一样摇晃着。帽饰别针的针尖从帽子左右两边高耸出来,发出咄咄逼人的光芒。鼓囊囊的淡蓝色丝绸坤包挂在左胳膊上。钻石在耳垂上闪闪发亮。

"您可以走了!"大法官说道,本可以在她说话的中间打断她的。马茨纳夫人还沉醉在自己遣词造句的回响中,没有立刻反应过来。"够了! 您可走了!"庭长说道。她终于明白了,深深鞠了一躬,重新抬起头来喊道:"可怜可怜吧!"

她目不斜视，走了出去。

泽德拉策克警官受到暗示，对米茨·席纳格尔那笔钱的来路保持沉默。他报告——内心感到了些温暖——，因工作需要才不得不长期监视被告。他相信被告只是做事轻率，但不是故意犯法。赔偿要求的总额，所有的都算在内，共计约两万四千古尔登。米茨·席纳格尔的律师解释道，他的委托人用还剩下可供支配的一万五千古尔登做担保。这样，他帮米茨挽回了五千古尔登。在支付酬金后，米茨还能靠这笔钱活着。

尽管如此，她还是被判刑了。利绍尔被判坐三年牢。席纳格尔监禁六个月。

她只是在哭。此刻看来，六个月、一年、十年或终身监禁，这些都没有差别。

米茨的辩护人向她保证竭尽全力让她提前获得自由。"可我根本不想坐牢！"她说道。

在从地区法院去往监狱的漫漫长路上，米茨不再哭泣。过道上散发着肮脏潮湿的洗涤物、漂洗水和残羹剩饭的味道。有人把她从车上拉下来。在一间小房子里给她过称，然后量身高。好心的修女拿给她一件蓝色的罩裙穿上。她麻木地看着另外一位修女把那件漂亮的深蓝色英式外套，那双漆皮纽扣高跟鞋，还有粉色的坤包装进了一个纸盒子里，并在上边挂了一块金属号牌。她必须背对着门坐下。她听见门打开了，但不敢转身去看。有种金属的声响叮叮当当、窸窸窣窣地从后边向她靠近。冰冷的铁和温热的手同时触碰到了她的头。

米茨尖叫了起来。修女握住了她的两只手。周围落下了一团团、一束束淡金色且充满活力的头发。她感到了头皮的清凉。梳子和别针都被修女收走了。

有人拿给米茨一顶蓝色便帽，勒令她戴上。她环顾四周想找一面镜子，但没有，这让她有点奇怪。有人让她起立。她站了起来，手扶着修女的胳膊，脚下的拖鞋在过道的石头路面上踢踏作响。钥匙丁零当啷。昏暗的光线从安装在高处的小窗户里洒进来，整个世界里连一声鸟叫都听不见。

23 号牢房是空的，虽说里边放了两张床。“挑一张吧，孩子！”那位修女说。她没法提供什么安慰，只能让米茨自由挑选右边的或左边的木板床。米茨·席纳格尔倒在了左边的床上，立刻就睡着了。

一个小时后有人叫醒她，这是女犯人玛格达莱妮·克罗伊策。米茨·席纳格尔很快就会知道，她原先是走钢丝的杂技演员，现在是维也纳普拉特游乐场一个旋转木马店的老板娘。

十六

审判都过了两天，马茨纳夫人还有很多机会去尽情消遣这突如其来的声望，还陶醉在区法院法庭上度过的时日，陶醉在审讯、当庭陈述、请求法官宽恕的慷慨且出彩的大声呼吁中。她已经开始陷入各种各样杂乱无章但能够带来慰藉的关于自己未来的想象中。可是马茨纳夫人只能在这个虚无缥缈和梦幻的极乐世界中逗留不到两天，只有这么久。因为这正是报纸有兴趣把一起轰动事件消遣至死所需的时间，而且所用篇幅也会越来越小。马茨纳夫人可不吝钱财，她买来了所有的报纸。就连邻居和熟人都会带来剪报。可到了第三天，就像经过一个邪恶的魔术师之手，关于布鲁塞尔丝织品的话题销声匿迹了。马茨纳夫人在这一天还是买了那么多报纸，但没有发现只言片语谈及与这起案件哪怕稍有一点瓜葛的内容。对马茨纳夫人而言，这就像陷入了可怕呆滞的死寂中，就是夜里墓地和教堂地下墓穴中的那种死寂。不！她不是自己走进这阴森森的死寂中去的，而是被人推进去的。她深深地感受到了被抛弃、遭背叛的悲惨和苦涩的滋味。马茨纳夫人先是吃惊得目瞪口呆，脑子里一片混沌，然后自欺欺人地希望，这一切只不过是一场梦罢了。她继而痛苦地认识到，最终还是要醒来，最后折磨她的是痛苦、眩晕和复仇的渴望。她藏起了这些一字不提的卑鄙报纸，这样她手下的姑娘们就不会读到了。她下楼走进巷子，在楼门口站了一会儿，重新调整好了自己的举止，就像这几个星期一直装扮的那样。她觉得自己沮丧而萎靡，这可不能让别人在自己身上看出来。她走进不同的商店买东西，虽然根本就不需要什么，但有种力量在驱赶着她，去看，去研究那些人，看他们是否会从这报纸上致命和可恶的死寂中冒出点什么念头来。她本不需要纽结面包——她早就没胃口了，觉得这辈子再也不会去咬一口了。她也不需要别针——她不想把旧衣服再改好。她更不需要鞋子的纽扣，不需要新的紧身胸衣，不需要压发梳和欧洲榛子。可她还是买了所有这些东西。她简直是在用一捆捆背信弃义的报纸围绕自己筑起了街垒路障。她的目光落在了包装坚果的喇叭形纸袋上：上边用粗体字印着“布鲁塞尔丝织品审判”。这才过去三天——就用这张报纸来包欧洲榛子了！简直无法想象，还有其他什么大事会托付给这些报纸！这些报纸都被裁剪成大小相同的长方形，像被熨烫过一样，挂在小酒馆和咖啡厅厕所里的钉子上。

马茨纳夫人还是尽量端着惯常的倨傲架势与商家打交道。在她看来，就连这副做派也不能像以前那样镇住别人了。

大家话语中的一种不拘小节是显而易见的。多亏了平时反应快,而且应对老道,她为自己圆了场,但还是开始害怕,怕自己甚至比以前更加微不足道。

“现在,您的目标都达到了,”埃弗鲁西对她说,“都达到了。”这个男人说。他显然只想着钱……

几个星期之后,马茨纳夫人就听天由命了。这幢房子无法继续维持了。她已经不在皇家葡萄酒供应商魏因贝格尔那里买起泡酒了,而是从住在玛利亚希尔夫的鲍曼那里买。何必买那么好的酒?现在好的老客户真是少得可怜。就连这些人在她眼中也发生了变化,简直失去了活力,仅仅成了她自己褪了色而且失去了光泽的写照。客人们面色变得苍白,上了年纪的姑娘的脸和身体明显地衰弱。钢琴师的燕尾服变成了淡绿色,墙纸渐渐从墙上剥落下来。只要坐上沙发,沙发就唉声叹气似的嘎吱作响。镜子上积下很多模模糊糊的污渍。就连打扫卫生的阿姨克莱门缇娜·瓦斯特尔都落下了痛风,没什么事好干了。马茨纳夫人最终还是屈服于时间那残忍的号令。她卖了这幢房子。这幢房子成了海关总署大街上的一个上流社会商号的廉价分支。

分别没有令马茨纳夫人感到丝毫伤感。一天傍晚时分,正是那段天光消失而华灯初上的有限时光,在秋天的半明半暗中,她乘坐出租马车离开了。她没有向四周张望。姑娘们不再属于她了。她们已经归海关总署大街管了。

马茨纳夫人起初以为,生活已经就此终结。但她搞错了,自己也觉得搞错了。因为她非但没有按照自己曾经的念头,回归到一个与世隔绝的平静的保护中,随便去外省的哪个地方,去个没人认识她的地方,反而突然决定留在维也纳,而且是留在维也纳的中心,留在内城里,以一种自然而然的方式。她的心中掺杂着吝啬和贪财,也带着恐惧,怕自己被这个世界所隔离,被更快地交付给老年和死亡。另外,搬去其他地方有可能导致她的资产流离失所。在她看来,要是她离开的话,就等于背叛了自己的金钱,那钱就会变得孤苦伶仃,成了无助的孩子。不,她不想离开!相反,她给自己在城市的中心地带,在亚索米尔高特街租了套房。

虽说马茨纳夫人从儿时起就非常熟悉内城,但在最初的几天里还是有种无家可归的感觉。有的时候她觉得自己根本就不在维也纳。这里的店铺不同,招牌也不同,就连动物——马、狗、猫和鸟都与威登区的不同,好像维也纳一区的乌鸦不会想到去四区找食儿一样。就连她自己都有点害怕她的两间房子,在她看来这两间房子有点太大,装修得也太过破费了。屋子里没有一件家什让她感到熟悉和亲切。看着每一件家具,她心里都不由得想到自己还要支付所谓磨损费。虽然这笔数目事前就已说定，但还是有种新的恐惧向她袭来。摸一摸家具根本不会有什么磨损，但折旧费却会不断攀升，这都是那些不明不白的合同里的诡计。为了让自己在陌生的环境里感到更习惯些，马茨纳夫人从埃弗鲁西的银行里取出了五百古尔登现金，一半是金币，一半是钞票。这下她晚上回到家时，至少知道家里有点好事等着自己。漫长的白天，她无所事事地在街上闲逛，在城市公园或者市政厅广场的条凳上度过昏昏欲睡的几个钟头。有个少校的寡妇搬家去了格拉茨的女婿家，于是把房子租给了她。在这里，马茨纳夫人体会到了什么是社会声望。这是女房主在女管家、住户以及佣人们那里所享有的某种社会声望。虽然注册信息上写着“未婚”，但也是“私人身份”。马茨纳夫人看起来富有，没人认识她。她的举止有教养，有半打好衣服、三套帽盒以及一套用上好亚麻布做的中规中矩的内衣裤。女管家把房间打理得很整洁。她有的时候在抽屉里寻找信件或纸张。可连张照片都没找到，更别提存折了。最后大家放弃了搜寻并确信，这位新租客是个单身、富有而且谨慎的人。将来有一天，大家还会知道关于她的更多的事。

马茨纳夫人有一口从自己父母那里继承来的旧箱子，是口结实的用铁皮包裹的滚轮箱子。她把钱藏在了这里，钞票放在钱包里，金币放在一个银色的网袋里。每当她回到家，就会从坤包里取出钥匙，打开挂锁，把挂锁的铁栓从环中退下，掀起沉重的箱子盖。她先打开钱包，再取出网袋，吸一口气，感到有点伤感，觉得钱太少了，但又想到，这其实只是整个财产的一个零头而已，这样呼吸又轻松了下来。她放下帽子，关上箱子并上了锁，然后下楼去女管家那里，每天晚上都让她帮自己解开衣服后边的纽扣，然后套上件丝绸披肩重新回到楼上。走在楼梯上的时候，她还经常会觉得把所有的钱都放在银行里，实在是太草率了。本来该把更多钱拿回家里来的。她决定明天再去找埃弗鲁西商量，但这可需要非同寻常的勇气。她总是会掉头，又找女管家买一杯扎啤，欧克茨姆啤酒或皮尔森啤酒——如她所说，为了能睡着。但其实是为了今天有面对明天的勇气而举杯。

第二天上午，马茨纳夫人坐在了埃弗鲁西的办事处，但已没有了勇气。埃弗鲁西高高在上地坐在转椅里，柔和睿智的声音慢慢落在她的大帽子上。于是她不再怀疑，也不再担心她的钱。“就算您将来一百二十岁了，马茨纳夫人，”埃弗鲁西说道，“也不会饿死，还能有场体面阔气的葬礼，有四匹黑马拉的灵车。如果您愿意，还能留给谁点什么！”

“谢谢！感谢您的答复！”马茨纳夫人于是说，“告辞，皇家顾问先生！”她靠近转椅，抬手伸向高处递给他。要是暖和的话，她去朗德尔的城市公园，坐在百叶箱边上。在这样令人安慰的日子里，她会在稍晚些时候去维普陵大街上克里格酒店的小酒馆。

这一年的秋天漫长温暖，亲切地呈现出银白色。在人民公园的餐厅里，德意志骑士团的小乐队在下午演奏音乐。下午五点整，小乐队开始“集结”。但要是早来一刻钟而且点一杯加奶泡的咖啡的话，就不用付听音乐的五个克鲁泽[①]附加费了，而只要付三十克鲁泽，再加十五克鲁泽买一块咕咕霍夫蛋糕。虽说有点小破费，但仍然可以接受。这个小军乐队给马茨纳夫人带来了一种买不来的快感：一种忧伤的快感。这同时也是约瑟芬·马茨纳一辈子里最有诗意的时刻。也就是说在这个时刻，她能体会到悲伤带来的那种可怕和亲切的战栗。这是种令人感到舒服的痛苦，确认所有的一切都已过去，令人感到慰藉但同时又令人毛骨悚然。所有的一切都已过去。她可以享受所有的苦难，可以沉迷于所有的苦难。音乐演奏的是早就被忘却的曲调，波尔卡、马祖卡，都是来自约瑟芬·马茨纳的少女时代，她还是个小姑娘的那个时代。那时，她还曾想成为火车站站长安格尔的妻子。她不爱他，早就不爱了，还怎么爱！但她爱自己的年轻时代，也爱自己挥霍那个年轻时代的方式。所有其他的姑娘，那些她后来在布达佩斯的燕妮·卡卡托斯那里“工作”时认识的姑娘，都在某处沉沦

---

① 奥地利及南德部分地区使用的货币。——译者注

了。马茨纳夫人怀着伤感的心情想着所有这些姑娘。而她把自己变成了一位“阁下”，算是个人物，有些本事。那现在呢？——啊，骑士团的乐队唤醒了甜蜜柔和的过去，让年龄变得和顺，让苦难变得可爱，使忧愁变得美好。音乐演奏完毕，穿着军装的乐师把乐谱架、乐谱、乐器收拾好。他们演奏的音乐还会在空气中回荡很久，就好像旋律留在了云霄。人民公园里的树叶已经枯萎，变成了金黄色的叶子在沙沙作响，和马茨纳夫人心中的声音保持一个步调。这是种友爱而带着慰藉的无奈：现在怎么办？现在怎么办？

一天黄昏，当马茨纳夫人享用咖啡、咕咕霍夫蛋糕和音乐后，突然听见了一个声音：“你好！芬妮阿姨！”——这是上流社会的先生那种高傲的带鼻音的声音。她觉得自己一定是在梦中。她抬头看了看。是的，这是张熟悉的男士的面孔，但她一下子想不起来，这张脸到底属于谁。她突然站了起来。回忆把她拉了起来。她站了起来，就好像还在自己的那个沙龙里或者坐在收款台边上。是的，是的，就是他：泰丁格男爵，虽然他穿着便装。他没有摘下绿色的猎人帽，只是微笑着。他的牙齿还像以前一样洁白光亮。但就在这没有变化的洁白光亮中，马茨纳夫人发现有的地方变了。一秒钟后她就知道：男爵的八字胡斑白了。人们说花白了。

马茨纳夫人站在那里，出于对骑兵上尉的尊重，也是出于对变化了的八字胡的某种敬畏。男爵飞快地四下里看了看。因为在四周没有看见熟悉面孔，于是他问道："能坐下吗？马茨纳夫人。"随即坐了下来。他摘下了绿色的小帽子。现在马茨纳夫人看到，男爵的头发也斑白了，比八字胡白得更厉害——几乎全白了。她自己一直都还站着，现在是由于吃惊而不是出于尊敬。岁月过得这么快？或者岁月在有的人身上过得比在另一个人身上更快？或者男爵病了，或者不幸福？"您坐下吧！"他说道。马茨纳夫人小心翼翼地侧身坐在了椅子边沿，用手肘支撑在小桌子上。这让她看起来像位女士，符合周围的环境。

"那么，您那里还是那么热闹吗？"骑兵上尉开始说。

"我那里？那幢房子已经卖掉了，男爵先生。我不再是老阿姨芬妮了。我现在也不是'马茨纳夫人'！我现在像二十年前一样，又是马茨纳小姐了。我住在亚索米尔高特街，单身一个人，再也没人跟着我叽叽喳喳了。唉，男爵先生，原先那些日子啊！是吧！现在真是孤单！"

她停了下来，抽泣起来。

"说啊！说啊！"骑兵上尉快乐地说，就好像期待着在这段开场白后跟着许多轻松愉快的故事。

马茨纳夫人按照来龙去脉仔仔细细讲了起来，几乎做了一个军事报告。当她讲到丝织品的故事时，停顿了几次。"米茨·席纳格尔，男爵先生，您知道的——”她说道，然后又沉默了一段时间。

对，对！米茨·席纳格尔这个名字唤醒了骑兵上尉各种不愉快的感觉。

“我在高等法院还请求了对她的宽恕。”马茨纳夫人接着讲。她本希望这里能得到点赞扬，只要一点认可就行，微不足道的一句话，或一个肯定的眼神。但骑兵上尉看来把这句重要的话给当耳旁风了。他突然目光呆滞地盯着枯萎的树冠。一片宽大干枯的金黄色栗子树叶慢慢悠悠地旋转着落了下来，停在马茨纳夫人宽大的帽檐上，就好像泰丁格的一个眼神把这片叶子摘了下来。他看着紫色天鹅绒上的黄色叶子。为什么他现在想起了卡格兰城区？为什么这么突然地想起了卡格兰？

“现在她坐牢了！”马茨纳夫人说道，然后又开始抽泣。是的，泰丁格想了起来。那是几个星期前，文书处要他给一份单子签字。那是封挂号信，在信封上有个红色的章子：“已阅！”这个章子闻起来有“无聊故事”的味道，比信函本身还要强烈。那是个廉价丑陋的蓝绿色信封，让人同时回忆起贫穷和法律。骑兵上尉先是签了字，心不在焉地打开了信，只向印在信纸上的抬头扫了一眼。上边写着“卡格兰女子监狱”。他对此兴味索然。他这辈子都没什么特别的好奇心。这样的一封信，用这么可笑、可怜而且无聊的通信地址，属于那种无法解释的现象，泰丁格男爵一直无法摆脱，比如管账的账房布兰德尔的来信、出纳赖特迈尔的账单、某个来自奥伯恩多夫市长的多余的通知，因为他的地产在那里。这都是些神秘的现象，和爱情没有关系，和维也纳社会没有关系，和公务没有关系，和马匹也没关系。所有这些已经不再是无聊了，而是“令人厌倦的”！——这是无聊的最高级。

“您接着说，接着说！”泰丁格嘴里说着，但已经决定不再去听。他花了许多个星期，才重新振作起来去维也纳。上次因沙阿而起的灾难性丑闻后，他被调回原驻防团。自那以后，他又一次被这种强烈、危险而神秘的、不可名状的痛苦所攫住。这是种非同寻常的感觉，混合着痛苦、羞耻、渴望、爱情和迷茫。在这一刻，骑兵上尉清楚地感受到了自己的轻率。悔恨不断地折磨着他。身体几乎都能感受到悔恨那锋利的牙齿。他徒劳地扪心自问，为什么这辈子会做这件事，而忽略或者搞砸了那件事。自从被淘汰出局，所有的一切在他看来都毫无意义。他试图尽力把回忆转向军官学校，转向母亲，转向父亲那里。但回忆不听他的，继续向前追溯，总是驻足在 W 伯爵夫人前，在沙阿前，在有魅力的科瑞里达·帕吉达扎尼和那个可憎的戴着大礼帽的泽德拉策克面前，在四个人那里驻足并紧紧围绕他们。这个耻辱的故事早就被埋葬了，没人知道这件事。上校不知道，同袍也不知道。但这对泰丁格自己有什么用呢？在他的生活中有那么一段时期是难以启齿的。但这件事在血液里转圈——就像某个陌生的躯体，有的时候会来到心脏那里，挤，戳，在里边钻孔。这种情况下只有三条出路：要么逃去维也纳，去那辉煌的所在和耻辱的诞生地；要么喝醉；要么——一枪崩了自己。战争本可以是条出路。但整个世界到处都是自鸣得意、慢条斯理和目空一切的和平……

是啊，现在他知道，米茨从监狱里给他写了封信——给他，从监狱里——这就和当时那个令人作呕的密探泽德拉策克的亲密问候差不多。他随时都有可能再重复一遍那样的难堪。怎么才能防止这件事发生？就凭可怜的泰丁格对文明世界的法律所了解的那么点儿东西，他知道一个服刑人员要是把信寄到自由世界来，那典狱长肯定读了这封信，自然也读了席纳格尔的上一封信。泰丁格一直还盯着那片旋转落在马茨纳夫人紫色帽檐上的金黄色叶子。啊，他不是喜欢抒发诗意，可现在这一刻，他开始感到对这片可怜的小叶子的一种奇特而可笑的柔情。这当然预示着秋天！他已经看到过多少次干枯落叶宣布秋天的降临？但这片叶子，这片特殊的叶子告诉他，只告诉他一人，泰丁格，他的秋天来临了。他感到一身寒意。

泰丁格突然听见军刀的叮当声,害怕有认识的同袍在马茨纳夫人的桌边见到他。马茨纳夫人一直还在哭哭啼啼地诉说着。泰丁格抽出了表,突然说:“我必须要走了。明天这个时间碰面——但在哪里?”他考虑了一会儿——哪里安静还不会被人看到?——对了,是的,他想了起来,然后说道:“在格吕茨纳宾馆!可以吗,马茨纳夫人?”“全凭男爵先生吩咐。”她回答说。“结账。”泰丁格喊道,然后戴上帽子。他也替马茨纳夫人结了账。但令她吃惊而且伤心的,是看到服务员还是算了五克鲁泽的附加费,虽然她在音乐演奏开始前一刻钟就到了!

泰丁格漫不经心地给她递过去四根指头。她站起来欠了欠身,那片叶子从帽子上落到了桌子上。

然后男爵就消失在人民公园的暮色中。

十七

泰丁格男爵这辈子第一次知道什么叫作采取行动。军事上不会采取行动,所有的一切都已经安排好了,没什么麻烦。就算有,那也是某种规定和军令造成的结果。这些规定和军令把这种自己造成的混乱同时消除。但在平民生活中却经常需要采取行动,必须时不时地做些什么准备,因为法律看起来没有调节人们生活的责任,相反,会给生活带来混乱。这样的思绪让骑兵上尉一整个晚上都无法入眠。他很早就醒来,秋日的破晓恰好来临。他昨天还想起了警察局的法医施蒂阿斯尼博士,这个人是泰丁格所属龙骑兵团的后备役主治军医,每年都进驻参加训练。对泰丁格而言,根本不可能去找仅仅是间接打过交道的特派员汉德尔男爵。原因很简单,因为他还从来没见这位特派员穿过军装。而他和施蒂阿斯尼博士到底曾在赌场的多米诺骨牌桌前比邻而坐。

警察总局令可怜的泰丁格男爵感到不舒服。他穿着便装,所以门口的两个门岗无丝毫敬意地上下打量着他。那些挤满了过道的警探用不经意但却咄咄逼人的眼神盯着他。他可能随时都会遇见泽德拉策克,那个密探。这真是"难堪"而且"无聊"。在一张棕色的条凳上,他不得不和那些在他眼中被归入请愿者一类的人一起,等待了痛苦的一刻钟。"医生有请!"办事员终于说道。

"啊,是男爵!"警察局的法医边说边站起身来,圆滚滚的一身富态,两条小短腿冲着骑兵上尉疾走过来。泰丁格想象中的他可不是这副模样,他很难再见到期望中的施蒂阿斯尼博士。便装的施蒂阿斯尼博士用一根黑色的带子系着一个单目内窥镜——这让骑兵上尉有点不知所措。"你好! 医生!"

他用一种痛苦的声音打了招呼。医生刚从医院来,身上嗅得出碘酒和氯仿的味道,简直就是个药铺。在他的马甲小口袋里,体温计尖锐的水银头反射着微光。泰丁格有点迷惘地坐下,这位医生问起了团里其他同袍的健康状况。骑兵上尉重复说道:"多谢,非常好!"——再加一句:"医生的记忆力可真是不一般啊!"自打他走进驻防地的火车站,想要离开部队驻扎的这座小城,就会想不起来大部分人的名字。

带着请求还要等上这么长时间才能排到,真是一场彻头彻尾的折磨。这话该如何说起呢?"有个姑娘,医生,你知道的,是那种原罪,她现在关在你们这里。"泰丁格刚一张嘴,施蒂阿斯尼博士就认为这件事和所谓"秘密疾病"有关,甚至是被禁止的那种"接生活动",要是用他的话来说。他首先详细询问了一下,这才从泰丁格断断续续的话语中把事情的来龙去脉拼接起来。就好像他不得不把线头一个一个地打结连上。当他终于明白怎么回事的时候,稍许有些奇怪,但也还是放下了心来。他准备在当天上午就和骑兵上尉去卡格兰。"不,亲爱的医生,请立刻动身!"泰丁格说。再多等半小时,对他而言实在是勉为其难。男爵现在几乎就站在这个无聊的卡格兰监狱前,突然觉得已经能够切实感受到所有即将面临的恐惧!他!被关进监狱里!这真是令人毛骨悚然!施蒂阿斯尼博士说得轻巧!当然,不是每个人都像警察局的法医一样天天去监狱。必须尽快把这件事解决掉。

在去卡格兰监狱的路上,泰丁格在车里忧心忡忡,一言不发。车子飞快地跑着。当他们抵达时,无聊、痛苦和恐惧令他心力交瘁,几乎处于一种麻木状态。

典狱长斯梅卡尔行政专员戴着一副镶着金边的眼镜——连这副眼镜也没吓到不幸的泰丁格。他被介绍给典狱长,伸手握手,竭尽全力也才糊里糊涂地把所有发生在自己身上和周围的事情交代了个大概清楚。就好像从遥远的远方,他听见典狱长在说他不可能禁止某个犯人写信。对,这不可能!他非常理解男爵先生的"棘手问题",但是,正如他所说的:规定如此!……不过他会向犯人席纳格尔施加影响,让她不要再继续写信了,除了给西夫环路的父亲和格拉茨的儿子。但最简单的方法是男爵先生直接和她谈话。这一点没有哪条规定不允许。行政专员斯梅卡尔可以立刻让人把席纳格尔叫来,就叫到这个办公室来,就现在,他自己正好出去巡查半个钟头。还没等泰丁格完全搞明白,施蒂阿斯尼博士已经脱口而出:"太棒了!"因为沉重而悲痛的心情,泰丁格前所未有地感到身心俱疲。这时,行政专员已经按铃交代了任务。他从挂钩上取下帽子,说道:"那么,半个小时,男爵先生!"施蒂阿斯尼博士也说:"我到院子里转转!"两位先生消失了。连开门、关门的声音都没人听见。

就剩下泰丁格一个人在典狱长的房间里,他站在墙边的陌生表格和安静的绿色文件夹之间,在一个钢制的墨水瓶对面。这罐墨水瓶可怕地张着恶魔般的黑色大口。

一名看守走了进来,立正,旋即退了出去。米茨·席纳格尔从那扇开着的门走进了办公室。她显然被吓到了,先转了一个身,就好像要重新回到走廊里。然后似乎意识到了什么,僵硬地站在那里,挨着门槛,用双手遮着脸。有人告诉她去典狱长那里。当她看到泰丁格的时候,首先想到要逃跑。就好像身处一场灾难中,旋即又面临可怕的事实,发现所有的出路都被封锁了。一种热切的喜悦流遍了全身,同时又是一种热辣辣的羞耻。她在那里站了几秒钟,双手遮挡在眼前,就好像要是放下手,就看不见泰丁格了,他就会消失。在用双手遮住的眼睑后边,她极力留住泰丁格的样子。终于,她把手放了下来,但眼睛还是闭着的。她感觉自己下一刻就要哭了,因此而感到难过,但也同时希望能哭上一场。

泰丁格这辈子还没这么手足无措过。他站了起来,但没有走向席纳格尔,而是冲着墙走过去。他的头脑里一片空白,盯着那些毫无意义的表格看,手里摆弄着绿色的便帽和灰色的手套。几分钟过去了,他那惯常且自然而然的轻浮和镇静才得以恢复。“啊,是你,亲爱的米茨!让我看看!你还好吗?”他用原先柔和且带着鼻音的轻快语调说道。这声音在米茨听来倍感亲切。为了能够听得更清楚,她睁开了眼睛。“坐下,米茨!”泰丁格说。她顺从地坐下来,坐在了椅子沿上。双手交叉放在膝间,就像个学校的女学生。泰丁格心想,现在稍微恭维她一下应该比较好,但无法在当前这种状况下啊!比如你看起来气色不错啊,这完全不合适。“谢谢,”米茨结结巴巴地说,“多谢你,多谢男爵先生来,抱歉写了那封信。”对了,当然,那封信是他在这里的原因,但要说得好听点。“真是太好了,”米茨几乎无声地说道,“我陷入了这么悲惨的境地,写信要你来,你就来了。这真是,真是那么的——高贵!”她激动万分,好不容易才找到这个词。就像突然获得了自由,从内心里蓦然涌出泪水。泰丁格灵活地靠了过来,米茨透过泪水看到靠近的泰丁格。一位穿着灰色日常便服的天使飘然而至。当他生硬地站在米茨面前时,他一直都还不知道该说些什么。一个陌生的声音突然操纵起了他的声音,这是他还从来没有过的声音。泰丁格跟着这个声音说道:“很高兴收到一封令人愉快的信。我当时在办公室就读了。你知道的,我这人其实是个好人。”他还想接着说,甚至想说希望能收到更多这样的信,但舌头一下就打结了。他意识到本来想说的正好与此相反。所以在他看来,下一句话应该用个“但是”来转折才合适。“但实际情况是,你知道的,”他接着说,“泽诺瓦,我说的是那个文书士官,他每天都收到一大摞信,然后急急忙忙拆开这些陌生人的来信，所以我请求所有的朋友和熟人不要再给我写信，除了——”他停顿了一下，那个陌生的声音突然变得大起来，几乎暴力地操控了他，而他跟着说，“在邮件上边标注 H.v.T.留局自取！”

“在邮件上边标注 H.v.T.，”米茨重复道，“留局自取！”泰丁格看了一眼她头上暗蓝色的女士小帽。他站在米茨面前，膝盖碰着了她那身有条纹的长罩衫。她的帽子激怒了他，这顶帽子是用上浆的纤维织物做的，本来是用来做麻袋的。他回忆起了海伦·W 伯爵夫人和这两个女人的头发。突然，他用两根手指粗暴地扯下了那顶帽子。同时，米茨·席纳格尔用双手护住了头，又开始痛苦地抽泣。米茨的头发被扎成粗糙僵硬乱蓬蓬的一束，高高地耸立着。泰丁格尽了力才没有重新后退一步。恐惧和同情充斥并淹没了他。是的，同情！在他生命中第一次感受到同情。他感到自己就像一个被自己的侥幸吓到的人。他用羞愧的手抚摸着这束粗糙的头发，也对自己这么做感到奇怪。他不再是原来的那个泰丁格，他迷失了，堕落了。而这种堕落给他带来了新的未曾认识的快感，就像悬浮在空中。“你什么时候能出来？”他问道，同时又把那顶可怕的帽子盖在了米茨可怜的头上。“我不知道，”她抽噎着，“最好是，我就待在这里了！”“我看看有什么能做的！”泰丁格说。“谢谢，男爵先生！”米茨说。

泰丁格不敢再看她一眼。突然觉得自己是有过错的，只是不知道为什么，怎么回事。席纳格尔也许感觉到了。她突然猛地站起身来。“我能走了吗，男爵先生？”她问道，在脸上，在眼神里，在声音里，同时显现出了尊严和妩媚。

“在邮件上边标注 H.v.T.留局自取。”泰丁格说。她的木底凉鞋先在办公室的木地板上啪嗒啪嗒响起来，然后又在走廊的石质路面上响起来。泰丁格不再四处瞧，转身面对着墙，脑袋里空空如也地看着那些毫无意义的表格。

他现在才想起来，本该问问自己儿子的情况。现在到底在哪里？——啊，他心中可一点责任感都没有！只是觉得痛苦，因为这太没有礼貌了。同时，他还隐约地回忆起，比如万德少尉曾经有个私生子，不得不每个月都支付一笔固定数目的费用。为什么他泰丁格到目前为止从没有为这个孩子付过钱，他对此无法解释。这和那些无法理解的“法律条款”有关。这让他感到有点痛苦，但不知道是什么原因。他只是觉得无法忘怀米茨·席纳格尔那剪短了的头发。就连他的右手似乎也得到了某种记忆。甚至右手的手掌会一直保留着对米茨·席纳格尔那粗糙僵硬的发束的回忆。

当泰丁格和施蒂阿斯尼博士重新坐在车里行驶在回城的路上时，他开始不由自主地说些毫无意义的话，讲些童年的活泼、快乐，甚至是幼稚的事情。有的时候他听到自己在说话，就好像自己已经老了，感觉到自己说话的可笑之处。他必须宽容地对待自己。他由两个泰丁格组成：一个年轻愚蠢，一个老成聪明。

下午，泰丁格思绪混乱，带着烦乱的心情驱车去和马茨纳夫人见面。他详细听她讲述了关于丝织品和整个诉讼过程。令他自己都感到无比震惊的是，他居然明白了这个生意是怎么回事。

在马茨纳夫人面前，他觉得有点恶心。他第一次感觉到恶心和无聊之间的差别，甚至能对马茨纳夫人的问心无愧感到吃惊，因为他发现纯粹是她对钱财的贪婪导致了这一切。他觉得自己被以一种奇怪的方式排斥，同时又受到吸引，无药可救地陷入了一场“陌生的故事”。当马茨纳夫人在讲述的过程中提及泽德拉策克这个名字时，骑兵上尉感到了恐惧。他匆匆结了账，然后走人，留下莫名其妙的马茨纳夫人。“我的地址，男爵先生。”她喊道，然后匆忙从小包里抽出一个信封，在背面写下了地址。

骑兵上尉礼貌地把地址放进了钱包。

马茨纳夫人一直待到晚上很晚。秋天夜间的空气清凉、萧瑟、生硬。当马茨纳夫人站起来走向有轨马路时，感到脑袋里一阵轻微的眩晕，心中打了一个寒战。她认为这是自己还没习惯喝酒导致的，当然也是男爵给她带来的激动造成的。

在乘坐有轨马车的路上，她决定喝一杯菊花茶。

十八

第二天，马茨纳夫人继续着熟悉的生活，一早醒来就头脑清醒。从发现对这个世界彻底失去兴趣后的那天起，她就再也不读报纸了。与男爵的两次见面直到今天都还能给她带来些慰藉。每天大概九点钟，女管家来打扫房子时，会带来《克朗报》和《新闻时事报》上的最新消息。虽说她的小费给得很节俭，而且申报的身份是未婚，但女管家还是称她为尊敬的夫人（大多数情况下，马茨纳夫人都避免用这个称呼）。

这样的一天暂时与原来已经逝去的时日并没有什么区别，明亮而亲切，秋日的时光一直如此。当女管家在帮她把衣服系牢时，马茨纳夫人正在制订计划。她想先去埃弗鲁西银行，然后找公证人，最后去警察总局，好最后再见一次泽德拉策克警官。她觉得告诉泽德拉策克自己和泰丁格男爵见过面，这很重要。

当仁慈的秋天把大街笼罩在柔和的、银色的、充满希望的气氛中时，马茨纳夫人觉得泽德拉策克越来越重要了。她也更急于向某个懂得欣赏的人炫耀自己和男爵的会面。她迈着坚定的步伐，走进了绍滕环路的维尔茨咖啡馆。泽德拉策克警官每天十一点到一点都在那里和其他警官玩杜洛克牌。谁知道怎么回事？一切皆有可能。也许男爵因为一项重要任务来维也纳，身着便服。为什么穿着便服？也许泽德拉策克知道些内幕？也可能对他而言获得点消息很重要。他经常来马茨纳夫人的住处询问上流社会的什么人昨晚在这里。报纸的编辑们也坐在咖啡馆里，拉齐克也在其中。也许报纸对马茨纳夫人的故事有兴趣。

维尔茨咖啡馆里此刻恰好是两场牌局的中间休息。泽德拉策克正和牌友吃着布拉格香肠就辣根，再喝上一小杯。有人发自内心地向马茨纳夫人大声打招呼："好久不见，芬妮阿姨！"她点了一杯浓缩咖啡配罂粟籽小面包，咂吧着嘴，嚼着松脆的小面包，同时就开始讲她的故事："对了，泽德拉策克先生，您会吃惊的！我正好好地坐在人民公园——结果谁来了？当时音乐正响着：'天上的云彩静静地飘'——结果谁来了？……"

"是啊，是啊！"这位警官一再重复着。报社编辑拉齐克在纸壳上记下了泰丁格启程的日期，保不准有什么用。"非常感谢！"泽德拉策克说。马茨纳夫人站了起来，就像一个卸去了负重的气球，可以骄傲、自由地升入更高的空间。她飘向门口，然后去埃弗鲁西那里。

但皇家顾问今天没在事务所，这是三十年来头一遭。那个会计，一个变了样的、看起来几乎陌生的男人，接待了马茨纳夫人。他告诉马茨纳夫人，皇家顾问先生昨天夜里突然被送进医院做手术，盲肠的毛病是件关乎生死的事情。

“那我的钱会怎么样？”马茨纳夫人喊起来。

“哪些钱？”会计问道。

“我的，我的！”她喊道，然后重重地跌倒在沙发上，就好像身体突然重了一倍。

“镇静，请您镇静，”那个会计说，“银行还是银行，马茨纳夫人，就算发生最糟糕的情况——上帝保佑此事不至发生！——那您的钱还是您的钱！”

“我宁愿自己去医院看看，”马茨纳夫人说道，“我要去打听一下。”在她的声音里已经可以听出眼泪和一颗破碎的心。一团混沌的雾霭在她眼前翻腾。“地址，地址！”她喊道。有人给了她地址。尽管脚在颤抖，心在狂跳，但她还是奇迹般一眨眼就来到外边，抬手招来了一辆马车。“哈泽尔迈耶医院！”她尖声喊着，就好像在叫“着火了！”

那位皇家顾问埃弗鲁西死于盲肠手术后不到一刻钟，马茨纳夫人到了。有人冷淡地、公事公办地告知了她，就像医院平时的风格。

马茨纳夫人昏了过去。她是在巡诊室里醒来的，周围是强烈的铵盐气味。她扶着护士的胳膊，踉踉跄跄走下楼梯。

脚还能感受到地面,右手还能拿着伞把,左手提着小手袋。但她的思绪已经无从着落。就像一群变得狂野的鸟儿在上下翻飞,在一种似乎无声的噪音里,它们的脑袋和翅膀互相撞击,突然消失,又会突然返回,形成了新的迷惘。她的心脏不再跳动,而是在翻滚搅动,上上下下。有人询问她的地址,把她送上了一辆车,然后把她交给女管家。她被带进了屋子,躺在了沙发上。她的头脑还足够清醒,能说:"让我自己待着,我想睡觉!"大家让她一个人待着。马茨纳夫人走到箱子跟前去看钱。她把钱拿出来,那个皮夹子和小袋子,然后把这两样东西都塞进了长筒袜里。那个银色的小袋子让她感到舒服,从小腿肚滑落到踝骨,像个可爱的小动物。她倒在了靠背椅上睡着了,内心渴望着睡上一个礼拜,一个月,一整年。

但她当天傍晚就醒来了,太阳还没完全落山。她的额头发烫,太阳穴麻木而沉重。一个接一个的冷战跑过全身。她站起身来,气喘吁吁地来到门前,打开门,用尽全身的力气喊道:"斯梅里克夫人,斯梅里克夫人!"连自己都感到奇怪,居然能喊出声来。女管家来了,解开了她紧身衣的束带。旋即,马茨纳夫人的身体就像一种不成形的不明物质,从包裹着她的白色亚麻布里溢了出来。她不许别人碰她的丝袜。

斯梅里克夫人觉得到了该叫医生的时候了。虽说觉得这位病人根本不明就里,但她也告诉了马茨纳夫人。结果她错了。马茨纳夫人只是问:“上门巡诊多少钱?”“半个古尔登!”女管家说道,“上次医生来给少校夫人看病,我知道就是这个价钱。”“那就叫他来吧!”马茨纳夫人说。她心里只想着要在没人在场的情况下脱下塞着钱的长筒袜,然后藏在床上的垫子下边。

医生来了。马茨纳夫人已经脱了衣服躺在床上,几乎感受不到藏在垫子底下长筒袜里的钱。在她看来,自己已经不知在这里躺了多久,并且在等着什么。她的脸发烫,会短暂地觉得自己的脑袋已经不属于身体了,她的身体冰凉,像一团冰。她终于听见了钥匙响,想了一会儿自己到底在等谁,谁会现在上门来,但已经想不起来了。她约莫看到女管家和一个陌生男人走了进来。她约莫知道,这是女管家和一个陌生的先生——但她觉得同时看到米茨·席纳格尔走了进来,后边跟着的是泰丁格男爵。这个世界真是大变样了!现在有人成双成对地进来,简直不了解这个世界了。那个医生——或者就是泰丁格男爵?——向女管家——或者这就是米茨·席纳格尔?——示意到外边去。医生靠近床前,从背心的小口袋里抽出了一个闪闪发亮的东西。马茨纳夫人喊了起来,但随即又平静了下来,就像被医生身上散发出的香烟和苯酚的味道催眠了一样。

医生在她全身上下仔细地检查着,敲一敲,闻一闻,握住她的手。他的触摸既难受又舒服,既令人愉快又令人难为情。他的抚摸使马茨纳夫人的情绪平静下来,同时也缓和下来。医生走开了,像一片昏暗的星云停在洗脸盆那边的某个地方,像个孩子一样在那里噼噼啪啪地戏水。门开了,女管家再次出现,这次真的是她,而不是那个让人怀疑是米茨变作的人。医生也就是医生,和泰丁格男爵无关。医生和女管家说话,马茨纳夫人也听得清清楚楚:"胸膜炎！发高烧。我叫个护士过来,大概半小时后到。您能等她来吗?""好的,医生先生!"女管家说道。她留在了那里,坐在床沿,紧挨着马茨纳夫人。女管家的脸变花了,模糊了,消失在了朦胧的一团中。当护士进来时,马茨纳夫人已经什么都不知道了。她讲起自己孩童时代那些幼稚的事情。

第二天早上,她觉得好些了。医生对此毫不怀疑:因为她立刻就询问医生出诊的价格。"半个古尔登!"医生说。现在——她认为——要是觉得还需要医生更频繁地上门,那最好现在就商量好了。为了能让医生心软,马茨纳夫人也讲了银行家埃弗鲁西的死使她的财产陷入危险,会让她失去"最后的"财产。好的,医生和蔼地说,只需要再来几次,现在也还不必请神甫。最好在治愈之后,再商定出诊费。

只要医生在屋子里,马茨纳夫人就一直轻松开朗。但当他走后,自己脑子里还能想起的医生说过的所有话里,就只剩下“神甫”这一个词了。突然，她觉得刚才那个好医生是假的，是个骗子，还阴险狡诈，来宣告她即将死亡。是个鬼怪！很多很多年来，她都没这么想过。鬼怪！她回忆起了自己首次领受圣餐。“耶稣啊！”她这辈子经常这么喊，也说“耶稣——玛利亚和约瑟夫”，但从来没有想过什么。为什么医生刚才提到了神甫？为什么他说，现在还不必想着要个神甫？如果他这么说了，那不是说明正应该反过来，要去想着神甫了？——死亡？要来了吗？——死亡是什么？——是一种圣餐仪式，但死亡也许穿着黑衣而不是一身素白。

马茨纳夫人仅仅吃了点大麦粥，然后就睡着了。她梦见了自己的首次领受圣餐，梦见了自己的父母，接着又梦见了那场官司：法官、检察官、律师、陪审员。她大声喊了好几次“我请求宽恕”——晚上烧得更厉害了。午夜来临前她请人叫来了神甫。这是一位朴素的男士，被人从睡梦中叫醒，所以他比白天更显普通。他已经很久没有照看过濒临死亡的人，尤其是没有遇见过发着烧的病人。他没有明白马茨纳夫人对他说的是什么。

比如，马茨纳夫人问神甫，是否认为她一生所从事的职业会把自己打入地狱。当被问及到底从事的是什么职业时，她又说自己是威登街上那家马茨纳夫人沙龙的房主。神甫不明就里，说房主并不是罪孽。然后她又说自己未婚，但在神甫眼中这也并非罪恶。马茨纳夫人累了，闭上了眼睛。神甫以为她睡着了，但她其实还醒着。尽管发着高烧，她还是能够清楚地思考。对死亡的无比恐惧驱散了混乱纷杂的思绪。对人生彼岸的恐惧令她头脑清醒，让她的心灵愉悦。在她一生中，由罪恶引起的影响给她带来可怕和绝望的想象。而想要推卸或至少减轻此种影响，那她所能设想的第一种办法就是金钱，用钱可以赎罪。马茨纳夫人紧闭双眼，理性地思考着如何通过馈赠来偿还自己的罪孽。她这罪恶的一生，她的妓院，那场导致米茨·席纳格尔被关进监狱的官司，还有那些她狡猾且不公平地从手下姑娘身上扣除的零碎钱，以及其他一些在基督教教义问答手册里被当作罪恶且记录在案的普通恶行。比如卑鄙的诽谤、不敬上帝的话语，这种话她这一辈子可没少说。她已经决定告诉这位令人尊敬的先生，想要把钱留下来做慈善，还有一部分留给米茨·席纳格尔，算是种弥补吧，这姑娘想必失去了所有的一切。对，所有的钱！虽然银行家埃弗鲁西已经死了——她想着在天上的什么地方还要去找他——虽然她不信任那个两面三刀的会计，但银行里肯定还留下了些什么！一些，不多！办葬礼当然还要留下些钱来。她想着，那应该是场体面的葬礼，然后又起身坐在了垫子上。就像是在朗诵曾经背诵过的东西，她又快又流利地告诉这位受人尊敬的先生，会把自己三分之一的钱留给穷人，三分之一给教会，三分之一给米茨·席纳格尔。她明天一大早就会叫来自己的公证员。神甫点着头。马茨纳夫人用一种让人听起来隐藏着信任的语气询问神甫,他觉得办一场那种头等葬礼,就是用四匹黑马来拉灵车的葬礼大概多少钱。神甫回答说那家叫“敬意”的丧葬公司肯定知道。问他们也许更简单。做安魂弥撒不会超过一个古尔登,这相当于是种管理费。现在,她准备好了面对死亡,神甫开始了工作。马茨纳夫人用学校女生一样的清亮嗓音说道:“我心怀悔恨与谦卑,为我的罪恶做忏悔。”

马茨纳夫人重新跌倒在床垫上,立刻就睡着了。整个夜晚她都睡得安详无梦。第二天醒来时,她还有点低烧,但就像在健康的日子里一样清醒,充满了行动的力量。她立刻就让公证员过来。不用省钱了,让女管家叫了一辆马车。马茨纳夫人面对死亡所做的准备就好像其他人准备进行一笔“大宗额外交易”。她让人取来一顶蓝色的睡帽和一件带着浅蓝色镶边的紧身睡衣。她就这么一身打扮见公证员。

马茨纳夫人先问公证员,那些放在已经升天了的埃弗鲁西的银行里的钱怎么样了。公证员让她放了心:根本没有危险,钱很安全。马茨纳夫人只要求公证员起草一份遗嘱,由她如实按照昨天夜里对神甫的许诺进行陈述。公证员记录在一张纸上,他从皮包里取出墨水和羽毛笔,挨着桌子坐着。他首先缓慢谨慎地写下了一些字体精准的平常的套话。当他要落笔写下数字的时候,转过身来问马茨纳夫人:“您清楚自己有多少财产吗?”她不知道。“准确地说,”公证员又在纸张里翻了一遍,说道,“三万二千古尔登和八十五克鲁泽。其中您在两个星期前从埃弗鲁西的银行取走了一千古尔登!”“多少?”马茨纳夫人问。“三万二千古尔登零八十五克鲁泽!”公证员重复道。

这么多钱——而她要去死!她怎么会生病?难道这场病不是场错乱的梦?这些医生懂些什么?难道这不全是埃弗鲁西的死讯所造成的恐惧的结果吗?谁说她一定会死的?哪里写着?要是她还活二十年,或者我们说还只有十年好活——这时间难道还不够立一份遗嘱吗?“您肯定吗,公证员先生?”她问道。“绝对肯定。”他确定地说。她靠回垫子上,仔细想了想,想了相当长的一段时间。公证员手拿抽出来的羽毛笔停在了纸上一厘米的地方。

马茨纳夫人终于作出了决定。她直起身来,面带愧色地说道:“我只想把这个屋子里的一千古尔登捐出去,暂时!如果有必要的话,我会请您再来一次。这笔钱分成三份,公证员先生!三百给穷人,三百给教会,三百给米茨·席纳格尔。还有一百用于支付各种费用!”她并不知道“各种费用”到底是什么,只是这么一说。她觉得凭这一点就能唤起某种慷慨大方的印象。“各种费用?”公证员说,“这一点必须详细说明。”——他建议：“丧葬费和墓碑！”此刻，这两个词在刚才还做好了赴死准备的马茨纳夫人听起来是那么可怕。

公证员立刻就落笔写了下来，缓慢而决绝。在马茨纳夫人眼里，他的身形显得模糊不清；他的头、他的面孔也一样模糊。他要思考不同的事情——或根本无须思考。他是个公务员，这是个封闭性的职务。谁又知道这个封闭性的职务在奥匈帝国的一个公证处是干什么的？

马茨纳夫人屏住了呼吸，尽情享受着整个过程的庄严隆重，同时还有心中秘密的小庆幸：她还有很长一段时间能活。这么说吧，她这次体验了一把死亡经历。整个世界——包括昨晚的神甫算在内——都为她的死亡高兴。只有她知道自己还会继续活着。这算是什么生活！这是个从彼岸返回的新生者的生活。

“那您剩下的财产呢？”公证员问道。

“我们以后再说！”马茨纳夫人说。她用公证员递给她的羽毛笔签了字。公证员小心翼翼地把这张纸夹进一个加了亚麻衬里的厚信封，然后从档案袋里取出了蜡烛和火漆，在信封上加了封印。这一幕令人联想起为死者点着的蜡烛，马茨纳夫人闭上了眼睛。当她听见公证员吹灭火漆时，才重新睁开了眼睛。“再见！”公证员说，她冲他笑了笑。

马茨纳夫人吃了一碗大麦粥，胃口很好，于是又想吃点干的。她很想吃炖肉，再来一扎波兰的欧克茨姆啤酒。她没生病，根本就没病。她只是在想，装病要再装上一段时间，一天、两天。但当天晚上医生来时，马茨纳夫人已经认不出来医生了。她额头上是豆大的汗珠。睡帽用橡皮筋绷得紧紧的。她觉得自己戴了顶皇冠，于是急切地请求："把皇冠从我头上摘下来！"她模模糊糊回忆起了昨天赦罪的一幕，于是又加了一句："耶稣的荆冠！"但是没人注意到她说了什么，现在体温计显示的是四十摄氏度。

马茨纳夫人突然喊了起来。感到脊背上有一种刀割似的疼痛，就好像有人拿剑，双刃剑，插入了她的肋骨。她大张着嘴，只剩下了吐气。她想喊些什么：空气或者窗户，但立刻又忘掉了。她觉得很热，感受到了一种说不出来的恐惧。她用力敲打着被子，转动着眼睛。医生让护士到药店取氧气，他自己准备给病人注射吗啡。护士带着氧气罐回来了。就在这个时候，马茨纳夫人坐了起来，然后又立刻倒了回去。她的眼皮轻轻颤动了一下，手指在被子上扑打了一下，右手随即瘫在了扶手上。约瑟芬·马茨纳安息了。

秋天落下了最早的几场雨。这当中的一天，人们埋葬了马茨纳夫人。这是一场三等葬礼，有两匹黑马拉着灵车，但没有那种身穿制服的服务人员，制服上有用金属丝线编织成的滚边。根据规定，公证员在报纸上刊登了一则普通的启示：

"寻找继承人!"

两个月之后,有个马茨纳夫人的侄子前来申报,这是一个在捷克萨兹种啤酒花的人。他过着富裕的日子,对命运就如同对马茨纳姑姑一样,没有心存半点感激。

卡格兰女子监狱收到通知,说女犯人米茨·席纳格尔作为死去的单身女士约瑟芬·马茨纳指定的受益人获得三百古尔登的遗产。

警察局通讯员拉齐克在报纸上读到了这一则简讯。在他富有想象力的脑子里于是形成了一个计划。他在绍滕环路上的维尔茨咖啡馆和自己的朋友警官泽德拉策克说了自己的想法。

十九

到处都是一派歌舞升平,祥和得甚至令人难以忍受。就连官方有责任报道最乏味事件的《警讯》,每天也覆盖不了两页半的内容。整个警察局的通讯员都意志消沉地坐在维尔茨咖啡馆里,被令人发指的平静所折磨,因这波澜不惊的和平时期以及对轰动新闻的绝望而无所事事。只要门一开,这些人就会从纸牌上抬头望去。如果密探中的一个人从维尔茨咖啡馆出出进进,那大家就会用紧张的眼神盯着他,就好像眼睛已经能够窃听到耳朵还偷听不到的东西。“有什么事吗?”五六个男人会同时问起来。那个密探没有摘下上过浆的帽子:这是他没有想坐下来的信号,也就是说没什么好讲的。大家又漠然地埋头继续打牌。只有通讯员拉齐克在默默地关注着一件事不放,可从他的外表上什么都看不出来。他也装模作样地和别人一样,好像在这个痛苦的和平时代里被绝望搞得身心俱疲。在此期间,他拉起各种线索,织成一张网,然后再拆开,把彼此远隔的东西系成一个紧密联系的结,又把本来相互联系的东西重新拆解开来,因为他单独需要某个特定思路的一部分,以此来形成其他的链条和变化。只有他才会从银行家埃弗鲁西和约瑟芬·马茨纳的死讯中嗅出一种关联。要是没记错的话,当年是这位银行家埃弗鲁西接受了席纳格尔那些著名珍珠的抵押,甚至都已经卖到安特卫普去了。虽说根本无法在珍珠、波斯人、沙阿、马茨纳、埃弗鲁西和席纳格尔之间炮制出什么直接联系,但间接的关联才值得投入精力,也意味着收获。再往远里说,当时在那场让人倒胃口的欺骗中,受害人是那个愚蠢的穆斯林,泰丁格男爵也陷进去了。不错,那个已经安息了的马茨纳夫人在暴亡前还曾经来维尔茨咖啡馆小坐!“材料”是足够了。拉齐克,留意!拉齐克心里说道。

一天上午,当警官们坐在桌前消沉地玩着杜洛克牌时,拉齐克深深地叹了一口气。“怎么了?”酒保问,“你又想写诗了?”在这个圈子里,这是种侮辱。这里还有几个记者可以回忆起拉齐克那本火灭烟消的诗集。“要是想到死亡的话,一个人的确会变得忧伤,”拉齐克说,“那个升天了的马茨纳夫人坐在这里是多久前的事?现在虫子已经开始啃咬她了。那么多钱,可她留下了那么多钱!”其他人只是点头。“到了该死的时间了,”泽德拉策克说,“新时代来了,她已经跟不上了。海关大街上的那栋房子——”“她生命中的最高潮,”拉齐克说,“就是沙阿。你还记得那些珍珠吧?后来到底去哪里了?”“在埃弗鲁西那里,”泽德拉策克回答说,“这家伙也死了!”“是啊,要是我们现在有这么个故事,”拉齐克又开始说,“沙阿再也不回来了?”“我记得《国外新闻报》里有奥斯皮茨博士的一篇文章讲过这件事。”“我们没听说过。”泽德拉策克说。他在说“我们”的时候,专门加重语气强调了一下,几乎是用郑重的口气。“埃弗鲁西肯定卖了这些珍珠吧?”拉齐克漫不经心地问,紧接着突然喊起来,“大王!伙计们!”他把牌摔在了桌子上,就是为了让这个问题所附带的重要性消失在嘈杂声中。“她把珍珠给了委托代理葛万德,在橱窗里放了好几个月。我和我们的珠宝专家法尔卡斯警官经常去看。有一天这些珠宝不见了!”

谈话逐渐停止,大家继续打牌。习以为常的冷漠气氛又重新降临在咖啡馆里，就好像夏天那严重的潮湿被一阵带有欺骗性的小风一吹，没有解决任何问题，又调头回来了。

拉齐克输给凯勒二十五个克鲁泽，这是他想要输掉的。他迷信，在每个任务前都要给神灵上供。他突然站了起来。"今天有人请我。"他说着，然后立刻消失了，没有打一声招呼。

拉齐克先去了瓦萨街，为的是误导咖啡馆里的朋友。因为他知道这些人包括他自己都会出于本能，出门窥探一下离开的人，至少要看看他走的方向。然后他在韦灵街拐弯，跳上了一辆有轨马车去了剧院大道，在那里下车。随后他走进克恩滕大街，再往珠宝商葛万德那里走去。拉齐克想和葛万德先生本人谈话。葛万德先生当然认识这位编辑。他坐在商店中的一切所构成的背景里：这是间狭长、裱糊成绿色的办事处，前边堆放着张着大嘴、包着深蓝色天鹅丝绒的大箱子、小盒子，里边装着所有发光、闪亮、熠熠生辉的奇珍异宝。他锁上所有小匣子，挪开放大镜，接待这位拉齐克编辑。

"荣幸啊，商务顾问先生！"拉齐克说。

"编辑先生！"商务顾问葛万德说道，"我有什么可以效劳的？来根雪茄？您请坐。"当商务顾问弯腰想取出下边木盒中的弗吉尼亚雪茄时——放在上边的塔布克雪茄肯定是给更好的客人的，比如生意伙伴、顾客、贵族——他还用警惕的眼睛观察着拉齐克的手。当放雪茄的匣子终于摆上桌子时,他才喘了一口气。

两个人先聊了会儿在这个平静时代为数不多的新闻。似乎《国外新闻报》里最近提到波斯的沙阿要再次来访。提起这位君主,商务顾问美好的回忆被唤醒了。这指的是埃弗鲁西交给葛万德代销的席纳格尔的珍珠项链。在店里放了很久也没买家。安特卫普来的代理人海尔波恩最后把项链带走了。珠宝商佩尔勒斯特买了下来。他们挣了两千古尔登,两个人。这串珠子值五万古尔登。圈子里的人说,那个佩尔勒斯特后来卖了六万古尔登。一千古尔登可不是笔小数目。对了,波斯的沙阿要再来。现在,上帝啊,又可以有钱挣了。商务顾问葛万德变得高兴起来。“商务顾问先生也许知道,”拉齐克开始说——他通常都是用第三人称开始——“商务顾问先生也许知道这串著名的项链最后落到了哪里?”

商务顾问讲了所有他知道的。他保证回头找同行佩尔勒斯特打听那些珍珠后来的下落。一周以后拉齐克就会得到确切的消息。

两个人聊了一会儿风和天气,又说了些宫廷社交和不景气的生意。葛万德说往年这个时节生意都还“兴隆”。

“那么,马上就圣诞节了!”拉齐克说。

他用这句话安慰了珠宝商并与之告别。后者已经开始希望那个穆斯林沙阿恰好就在这个基督教的节日来到维也纳。他睁着的眼睛看到了一个梦幻国度，到处都是圣诞树的东方。

几天后，拉齐克就知道了沙阿那串珍珠的去向。但是他决定，对《克朗报》的读者不能像那个想象力贫乏的同事凯勒一样，傻乎乎地把整个故事直来直去都讲了。相反，这个故事要谨慎地编排，必须要编排。

拉齐克先预告说有一系列文章报道，题目是"德黑兰的珍珠，上流社会的风流内幕"。他像重要的小说家习以为常的那样，从一件简单的事实讲起：用一则报道开头，约瑟芬·马茨纳——拉齐克写道："有一位约瑟芬·马茨纳——刚刚死去。"在一个设问句"谁是这位约瑟芬·马茨纳"之后，他接着描述了那幢 1857 年建造的房子，描述那里的女房客和来访者，以及来自上流社会的常客。当然不会提及姓名，但有清楚明确的特征。这一系列文章同时也刊载在庸俗的小册子上贩卖，虽然与报纸上的版本如出一辙，但用一种彩色的封面，上边有个惹人喜爱的半裸姑娘躺在一张绿得发亮的软躺椅上。妩媚多姿，引人遐想。她无精打采地躺在那里，但同时显得争强好斗。这种小册子一般在烟草铺子和纸品店里卖，中学生、浣衣女和管家才会买，就算他们在《克朗报》上已经读过了。但报道里根本就没有提到过珍珠，而这正是标题每天都在预告的。

在这几个星期里，拉齐克每天只来维尔茨咖啡馆几分钟。他不太喜欢那些同事和警探。他感觉得到这些人有些羡慕他，但也觉察到这些人不再把他当自己人看待了。这些人不是“作家”，发挥不出“想象力”。他们只有“报道”，大的、小的、头条，但没有“故事”。在像现在这样一个贫瘠的时代，抠抠索索费力地拾起那点可怜的每日新闻，报道些什么捅刀子、三胞胎出生、从五楼窗户跳楼之类的事。拉齐克背叛了这个职业。他连玩杜洛克牌时的那些指手画脚的看客都算不上。

拉齐克经常梦见自己暴富，然后就辞职不干了。他都快五十六岁了，嘴里剩下的牙齿不多，顶也秃了。老婆还年轻时就已经过世，女儿和他的姐姐一起生活在波杰布拉德[①]。他没什么好担心，但手头略紧，欠了点小钱，债主有些烦人，利息涨得有点危险，酒保都不让他赊账了。啊！他的内心渴望上流社会才有的美味佳肴。他钟情昂贵的生活方式，赛马、安静的餐厅，享受那里傲慢的侍者的服务。在那里，面色冷淡、手势严肃而有节制的上流社会人士享受菜肴和饮料，然后乘坐着封闭的马车回到比之前还冷清、还要封闭的家中。每当拉齐克离开维尔茨咖啡馆，离开那些密探和同僚，还有油腻的扑克牌以及由咖啡、欧克茨姆啤酒、便宜卷烟以及热的咸面包混合而成的味道，就觉得自己好像有失体面，沉沦了下去。很明

---

① 匈牙利地名。——译者注

显,他走的是下坡路:从在皇家剧院有一席之地的诗人,到法庭速记员,再到警察局通讯员,在业内管这个叫"下坡路"。三十年来,伯恩哈德·拉齐克的名字还是头一次被印出来——不是在报纸上,而是在有彩色封面的小册子上。拉齐克把这些小册子寄给了在波杰布拉德的姐姐和女儿。他自己最后还剩下什么?一条放在糖罐子里的《克朗报》摘记:"昨天,我们多年的同事去世了……"然后就什么都没了。维也纳魏林格的墓地也就几个肘尺[1]大小。他在伦勃朗街住的"小房间"也比这大不了多少,甚至也比墓穴亮堂不了多少,因为光亮"照进"了房子里的过道。拉齐克也从来不会节省,还会搞丢自己挣的那点微薄收入,比如赌赛马或玩牌。给他的稿费是每行两个克鲁泽。他有时候对自己说"一招制胜!"——拉齐克,只要来个"一招制胜"!

接下来的几天里,拉齐克觉得十分孤单,甚至有点痛苦。因为在他看来并非是自己躲开熟人,相反,是熟人在回避他。此后,他开始每天早上在宾馆"保证金"的单子里研究新到客人的登记。在所有悄悄去过马茨纳夫人那里的"上层社会的一万人"中,他只对泰丁格男爵感兴趣。拉齐克还不是十分清楚,该找什么借口才能接触到这位骑兵上尉,以及该给这位什么样的建议。他只知道必须和泰丁格谈一谈。此外,还知道

① 德国旧长度单位,约60—80厘米。——译者注

自己在十一月十五日有一笔三百古尔夫登的借贷汇票到期，这是欠布洛克茨纳的，那个“吸血鬼”。这几天，拉齐克就好像位于人生的十字路口。一种无以复加的狂妄自大充斥着他的大脑。这让他有时觉得自己要么现在，要么永远都不会作出具有决定性的抉择。

有一天，拉齐克真的在那个“保证金”的单子中发现了骑兵上尉的登记表。他和原来一样，住在“帝国饭店”。拉齐克立刻上路，就算还不知道对男爵有什么好说的。对，他还并不清楚，但已经踏上了去帝国饭店的路。包里装了几本他的那些彩色小册子，在路上他不断取出来，看着扉页上自己的名字。名字的黑色粗体字被印刷在了绿得发亮的那个躺着姑娘的沙发底下。他心里想着那十一月十五日到期的三百古尔登借贷。那个“吸血鬼”布洛克茨纳在他看来比平时还丑陋，还危险。虽说他认识这个人已经两年了，也掌握了让他平静下来的技巧——按他的说法：“掰断他的毒牙”。

对泰丁格男爵而言，接受拜访并不是件令人愉快的事情。他不是特别喜欢那些认识自己的人，这些人一般都很无聊。如果本就没打算见面，那就连那些不无聊的人也至少会变得“沉闷”。当有人递上拉齐克的名片时，泰丁格先吓了一跳。拉齐克这个名字已经在内心唤醒了一种令人难堪的想象。在伯恩哈德·拉齐克这个名字底下写着“编辑”。这是那种被泰丁格男爵当作是“不祥之兆”的一类工作。除了军报,他不读其他的报纸。对了,要是在烟草铺子买香烟,也会瞥一眼那些堆得丑陋不堪,闻起来带着新鲜墨汁刺鼻味道的报纸。他并不知道这些报纸里有什么东西,以及这些东西到底为何存在。他要是在咖啡馆里看到那些坐在一堆摊开的报纸前的先生,几乎就会怒不可遏。现在居然要和一个真的编辑碰面!简直无法想象!泰丁格把名片又放回了金属托盘,对服务生说:“我无法见面!”——他深吸了一口气。

但还没过三分钟,已经有个人站在了面前。这人秃头,灰白面孔,留着一副阴沉沉下垂着的灰色八字须。“我是报社编辑伯恩哈德·拉齐克。”这个陌生人说。他声音虚弱,让骑兵上尉回忆起了一种伤感扫兴的斯宾奈琴,也许是儿时在什么地方玩过的。

“您找我干什么?”泰丁格问道。

“我想请男爵先生听听我要说的,”拉齐克回答道,“出于对您的利益考量。”他添了一句,声音更轻,几乎都像哭了。

“好,——怎么了?”泰丁格说。他决定什么都不听。

“要是男爵先生允许,”拉齐克开始讲,“这个故事不简单。是件警方的事情,我们私下里说——”

“我不想私下里说什么。”骑兵上尉打断他的话。虽说已经不打算听下去,但还是不得不把这个悲伤的男人的声音挤进耳朵。这个声音有种非同寻常的力量。“信任，男爵先生，不是我要说的，”这个声音继续说，“因为此前不久有个叫约瑟芬·马茨纳的死了。”——这个名字有力地冲到了泰丁格的耳边，他感受到了这个力量就像身体某个部位对太阳穴的冲击。“啊，她死了？”他问道。拉齐克的眼神中闪现出一丝快意。“死了，”他接着说，“简直令人难以相信啊！马茨纳夫人给那个叫席纳格尔的，就是正坐牢的那个，留下了一小笔钱，在她那一大笔财产中实在只算个零头儿。”拉齐克停顿了一会儿，他等着。骑兵上尉虽然未置一词，但很明显流露出了一种感兴趣的沉默，这让拉齐克感受到一种鼓励。他的声音变大了。虽然还是站在大厅的小桌子前，就像某个服务人员，但他已经敢用双手支撑着那张空椅子的皮质靠背，看着就好像手可以坐下来一样。泰丁格注意到了这一点，一开始有点不耐烦，但在接下来的一瞬间也就无所谓了。他虽说并没有承认这个扫帚星以一种令人讨厌的方式引起了他的兴趣，但发现要是这家伙继续直挺挺地站在这里的话，会引起注意的。于是他说：“请坐！”拉齐克随即落座，动作之快连泰丁格都对自己的邀请感到后悔了。泰丁格的银色烟盒打开着放在桌子上。他本来有兴趣取一支烟，但这家伙坐在这里——难道也给一根？泰丁格清楚地知道如何与平级、上级、下级和服务员打交道，但对编辑却无从下手。他决定再多想一会儿，先给自己点上一根烟,然后才让给这个编辑一根。

拉齐克缓慢而带有敬意地抽着烟,就好像这种“埃及货”是一种特别可口的烟草。他从自己的包里掏出小册子,放在桌子上。“我主编的,男爵先生!”他说道,“请,只需看看开头!”“我不读这种小册子。”泰丁格说。“那请允许我读一段?”拉齐克问道。还没收到回复,他就读起来了。现在什么都无所谓了,泰丁格心想。但是,看吧,就在这句“谁是这位约瑟芬·马茨纳?”之后,他就像孩子一样来了兴致,以一种毫不掩饰的快感,向前俯过身去,听着马茨纳夫人那幢房子如何建起来的故事。作者把那些常客的标志性性格特点都用他们姓名的首字母标出来。让泰丁格感到欣喜的是,他认出了这个或那个曾经的朋友和同僚,那些“无聊的”“无所谓的”和“有魅力的”人。当拉齐克停顿下来,谦虚甚至是担心地问道:“我可以接着读吗?”泰丁格鼓励道:“接着读,接着读,先生。”

“这是第一集!”当第一本小册子读完后,这位作者说道。“卖我一本!”泰丁格说。“男爵先生,请允许我无偿奉送一本。”拉齐克说道,随即用铅笔敲了敲金属的桌沿,命令服务生:“墨水和笔!”很快一切都摆好了。拉齐克用羽毛笔蘸了蘸墨水,在三本小册子上都写上了题词:“作者伯恩哈德·拉齐克敬赠骑兵上尉泰丁格男爵”。

“多谢!”男爵说道,“给我寄来后边的,我喜欢读。”

“我真是受宠若惊，男爵先生，”作者回答道，“但有个问题，我想破了头，也不知道该如何往下写。”

“什么？”泰丁格喊起来，“您可是了解得特别详细，可以算是知根知底啊！”

“当然，当然，男爵先生，”拉齐克回答道，“但这可花费不少，我正在找有兴趣的人！长话短说，我想找些钱，这样才能把刚开始的工作继续下去。这么说吧，生活对我这种人着实不易啊！”拉齐克叹起气来，脑袋斜在了左肩上。泰丁格对他颇为同情，递给他一根烟。这家伙有点意思，他心里说。“你写这本书需要多少钱？”泰丁格问道。拉齐克首先想到了一千古尔登，但一种突如其来且又使人愉快的惊恐掠过了心头。三百古尔登给那个吸血鬼布洛克茨纳，然后还剩七百，这就是“一招制胜”，这就是“一招制胜”，拉齐克！紧接着，他那贪得无厌的想象力突然将数字翻了一倍。两千！他的想象力说。看着用数字和字母分别写成的数目，看到了二十张蓝色一百古尔登面值的纸币。他感觉到自己的手发烫冒汗，同时又有一股冰冷的寒意沿着整个脊柱窜上来。他抽出了手绢，这个动作让泰丁格反感，宁愿闭眼不见。拉齐克在桌子底下擦干了手，轻声低语道：“两千，男爵先生！”

“这东西值两千古尔登？”泰丁格问道。他对钱的价值不是那么熟悉，但知道比如一匹马值多少钱，一套军装多少钱，一桶勃艮第葡萄酒多少钱，一小桶“拿破仑”多少钱。几年前他曾在蒙特拉罗输了一千古尔登。但是这么一本又小又薄的册子！——不过呢，这个家伙倒是有点意思，有意思！如果他还能把那些人的名字写进去，那才带劲！

“你为什么不写出这些人的名字，而是用名字的首字母？”骑兵上尉问道。

“因为后边，因为后边——男爵先生——男爵先生也会在故事里出现！”拉齐克又低声说道。

“当然不能出现我的名字！”泰丁格说。

在泰丁格的生活中还从来没有——在这一刻他觉得生活十分漫长且经历丰富——感觉到痛恨。但突然间，就是现在这一刻，他第一次想象到一种狂喜，就是把那些被他所痛恨的“无聊的人”的名字和头衔写进这么一本漂亮的彩色小册子里；他也感受到了针对那些“无聊的人”的痛苦，就是这些人把他从维也纳调回到驻防地的。这是种无辜幼稚的痛苦，与其说是憎恨，不如说是个玩笑，是种任性。

“我也可以写出这些先生的名字来，要是男爵先生希望的话！”拉齐克说道。

“好！”男爵说，“太棒了！”

拉齐克静坐着。心脏在狂跳，四肢突然像灌了铅一样沉重。但同时，他也能感觉到自己的念头像一群横冲直撞的鸟，轻轻地在他可怜的脑袋里乱成一锅粥。每个念头一个古尔登,两千古尔登。

泰丁格男爵问道:“两千,是吧?”

“是,男爵先生!”拉齐克低声说。

“明天来取!”泰丁格说。

拉齐克费力地站起来,深鞠一躬,嘟哝着说:“您的恩德我终生铭记,男爵先生!”

“上帝祝福!”泰丁格说。他把三本小册子放进了包里。

就像往常习惯的一样,他拍电报给那个像经济学家一样“无聊的”管家:“两千古尔登汇帝国饭店”。

两千古尔登到了,但有一条附言:“遵命汇款,紧急信件已寄出。”

男爵把这封令他厌恶至极的电报撕碎,他讨厌“紧急信件”这种措辞。他把钱塞进信封,命令门房,把这个信封亲手交给“昨天下午来的那位先生”,然后登上了一辆双套马车。他很久都没去过维也纳的格林津区了。明天他就要赶回驻地。

二十

平时泰丁格一上火车就会立刻睡着,但是今天他却在读拉齐克的小册子，包括作者已经念过的第一集。他想象着整个世界都会和自己一样怀着激动喜悦的心情阅读这本小册子。明天他会在团里讲述自己的文学发现，也许会在赌场里读上那么几段，当然是上校不在场的时候。如此快乐的思绪一路伴随着泰丁格抵达了驻防地。

当泰丁格下车时，已经是晚上。一场无聊且清冷的细雨轻柔却缠人地滴洒下来，裹住了暮色中站台上那盏可怜的黄色煤油灯。一等座候车室里也弥漫着一种令人感怀的忧伤。餐柜上的棕榈树上挂着细长厚重的叶子，就像矗立在秋雨之中。两盏汽灯算是火车站的新式样和骄傲，透过损坏了的安全网播撒出无穷变换着的淡绿色浑浊光线。汽灯还发出可怜的嗡嗡声，像是种痛苦的呻吟。就连侍者奥托卡尔白衬衫的前襟上也有一处不知哪里搞的可疑污渍。骑兵上尉的神采奕奕成功抵消了所有这些悲伤。奥托卡尔上了一杯轩尼诗来"热乎热乎"，还递上了菜单。"今天有肝泥丸子汤，男爵先生！""别吹了！"泰丁格愉快地说。每当他这么说的时候，其实表达的都是正相反的意思。奥托卡尔当然知道。所以他还上了一份松脆的腿肉配辣根，还有李子做的丸子，专门做的。"别吹了，上菜！"泰丁格说。白兰地让他来了兴致，更增添了胃口。他站起身来，现在才脱掉身上的外衣。奥托卡尔匆匆赶了过来。从外衣右边的口袋里滑出了拉齐克那部作品的彩色边缘。奥托卡尔贪婪的眼神立刻就捕捉到了。“上流社会的风流内幕。”侍者随意地说出了口。要是骑兵上尉说“别吹牛了!”,那大家就可以随便和他聊天。“啊,您也读了,奥托卡尔?”泰丁格问。“回男爵先生的话,我每天早上读《克朗报》!那里边有这些故事,新鲜的,就像刚出炉的面包!”

“啊,是这样。”泰丁格说。他吃饭的心情很好,觉得腿肉“很棒”,李子做的丸子“很有特色”。然后就着李子酒喝了杯黑咖啡,决定暂时在候车室里坐着,直到维也纳的晚班火车11:47抵达。有的时候车上还会下来某个晚到的同袍,虽说这多半是那些后备役团的军官,龙骑兵和他们一起驻扎在一个驻防地。有的时候会有这样的心情,这样的夜晚。只要还在车站,那就是说并没有回到驻防地。外边也下着令人讨厌的雨。这座城市里的马车没什么用,车夫也不那么正规,所以还是坐着好。奥托卡尔拿来了纸牌。泰丁格觉得这不太合乎礼仪。奥托卡尔给他铺牌,站在对面,欠着身思考着。餐巾搭在手臂上,就像一块指示牌。奥托卡尔嘴里不停,他还年轻,想着要“完善自我”。他在维也纳学的当服务员,想很快就回维也纳。在维也纳才会发生像那本小册子里和《克朗报》上刊载的故事。对,有些上流社会人士被描写得那么露骨,一下子就能对号入座。“看吧,都认得这些人!”泰丁格喊了起来。是的,奥托卡尔说道。汉夫先生——那个火车一、二、三等座乘客都来的车站饭店承租人——什么都知道。当年沙阿访问维也纳时，他正好是维也纳威登区的餐厅老板。他知道那幢房子和珍珠的故事。这是当时整个街区的唯一话题了。“是的，就连男爵先生……”奥托卡尔未加思索地脱口而出。他沉默了下来，就好像突然在紧张地思考着纸牌游戏的结局。

“您说什么？”泰丁格问道。

没办法，奥托卡尔只能讲。其实大家都知道泰丁格的故事。奥托卡尔甚至不得不把餐厅老板从账房间叫出来。餐厅老板，就是那个汉夫先生讲述了细节，但没有提及有关男爵的事情。他兴高采烈地讲着，就像早就等着有机会讲些只有他们才知道的事情。“您怎么知道这个故事的？”泰丁格最终问道。餐厅老板欠了欠身——泰丁格觉得凑得太近了——小声地，几乎就像是与一个知道内情的同谋在耳语：“泽德拉策克警官是我的老交情，男爵先生！”

骑兵上尉突然觉得这个世界变了，或者更确切地说是开始揭开其本来就丑陋恐怖的面目。他这一辈子只有一件令人尴尬的丑闻，这件事多年来一直压在他的心里，既令人讨厌又让人深感后悔，令他如鲠在喉。他不能和这个世界上的任何人提及此事，但现在这件丑事终究还是找上门来了，连餐厅老板都已经知晓。也许同袍们，至少是那些阴险的预备役军官也在聊着这件丑闻。泰丁格看到了密探泽德拉策克那丑陋的身形，他在台阶上的那一瞥又出现在了眼前。稍微举起的大礼帽，其貌不扬的脸上一双玻璃般明亮的眼睛，令人想起淡蓝色的小灯泡；向上卷起的淡金色八字须彰显着一种轻浮的傲慢，下边黄色的大板牙清晰可见。

餐厅老板还在喋喋不休，但泰丁格已经充耳不闻了。他突然听见自己此前一直没留意的雨点击打在站台玻璃顶发出的忧郁的敲打声，还有淡绿色的枝型煤气吊灯那哀怨的嗡嗡声。

虽然汉夫还激动地沉浸在自己的讲述中，泰丁格已经站了起来，让人帮他穿上外套，戴上了便帽，叫人把行李和账单送去“黑象宾馆”。他像丢了魂一样走了出去。要不是靴钉叮当作响，人家还以为他是羞怯地溜了出去。

约瑟夫皇帝大街从火车站直直地通往城市中心的市政厅，街上悄无声息，只有这场凄风苦雨驻足于此。骑兵上尉泰丁格孤零零地和这场雨以及这条街待在一起。

到目前为止，糟糕或者说更为严峻的设想及预感还不曾降临。泰丁格可以用一种十全十美的方式化解令人不快的气氛，或者说是无聊的气氛。这次他陷入令人不快的境地，就像现在置身于约瑟夫皇帝大街的夜雨之中。原来每次从维也纳回来时，他都会先去赌场“重新融入集体”。今天他几乎是逃进了“黑象宾馆”。施托金格中尉和费尔希中尉也住在那里。泰丁格绝不想碰见他们，于是立刻钻进房间，没有像往常那样去“晚间大洗漱”。十五年来，他像执行一场庄严的仪式一样来完成这件事。“算了！”他对勤务兵说道。这个勤务兵还像往常一样把梳子和刷子，还有牙刷、润发油、保护头发的网套、凡士林、可可脂铺开摆在椅子上。骑兵上尉仅仅让他把靴子脱下来。“去睡觉！”他随后说。自己躺上了床，还穿着裤子和长筒袜。他不敢脱衣服，也不知道为什么这辈子第一次害怕夜晚。他仿佛希望白天和傍晚能够延长。他害怕夜晚。我睡不着，他心里想，但还是马上就入睡了。他陷入了梦乡，就好像有人对他催眠了一样。

尽管如此，泰丁格还是有理由害怕这个夜晚。因为很久以来，他梦中第一次时而出现可怕的东西，时而出现不可名状的悲伤。比如他看到了自己沿着铺了红毯的大理石阶梯走下去，而迎面走来泽德拉策克，轻轻抬了一下大礼帽；而他自己，泰丁格，同时也成了泽德拉策克；他自己也抬了抬大礼帽；他自己迎面走来。他走上台阶，同时又走下台阶。他突然站在了卡格兰监狱典狱长的办公室前。那个警察局的法医问他：“哪里不舒服？你怎么不报告我团里的健康状况？”可怜的泰丁格无法回答，还害怕警察总监随时都会走进来说：“我根本就不认识泰丁格男爵。”远处又出现了海伦·W伯爵夫人，像米茨·席纳格尔一样剃了头，在向泰丁格索回所有信件。他只能说，这可能是场可怕的误会，因为他从没有收到过W伯爵夫人的信，更没有挂号信。“伯爵夫人，”他说，“请您问问文书处的书记士官泽诺瓦。”“太晚了，太晚了！”她喊起来，然后泰丁格就醒了。勤务兵把他叫醒了。

起晚了，已经七点差一刻，没时间让人伺候他刮胡子了。泰丁格命令两个军士，莱舍克和坎卢克前来报告，因为这两个人大前天没刮胡子就出现在练兵场上。职业和军人的操守折磨着骑兵上尉。同样，他自己也必须穿上靴子、制服，戴上军帽，然后赶去兵营。整个骑兵连已经跨上了马鞍，没时间点名了。雨还在柔和却无情地下着，就像昨晚的雨一样。雨把昨天和今天连接在了一起，就好像它们之间的太阳没有重新升起一样！就好像再也不会有太阳升起一样！……

团队正在集合。刷着黑黄条纹的宽大双扇大门豁然开启，军人跨马而出。在马鞍上，泰丁格才重新觉得的的确确是醒过来了。现在他才发现所有可怕的事都不过南柯一梦。马鞍和马靴的靴筒带来温暖，让人感受到了胯下马的热血。今天他稳稳当当地骑在那匹栗色的母马上。这匹马叫瓦利。他爱这匹马，尽管这匹马不像那匹叫皮拉得斯[①]的白马那么聪

① 希腊神话中福喀斯王斯特洛菲奥斯与阿伽门农的姐姐所生的儿子。——译者注

明。泰丁格给那匹马起了这么个名字,因为他一直以为,皮拉得斯是个希腊哲学家。瓦利有点慢,有时候倔强,还需慢慢调教。大腿轻柔地一夹对她从来都没用。她情绪化,不愧是位女士,会瞬间从迟钝变得欢闹。但他还是喜欢这匹马。

当泰丁格在林间草地下马时,几乎重新变成原来那个普通的泰丁格。他听了汇报,不剃胡子是要严厉惩罚的,每人三天隔离禁闭。“不刮胡子,对一个下级军官而言简直是件丑闻!”他说道。这时候,他不由自主地意识到了自己那扎人的下巴。值更官似乎也看到了,随便!现在是控马训练、骑马训练、枪骑兵训练。骑兵上尉泰丁格今天特别的“纠缠不休”!

无论如何,泰丁格在四个小时之后重新返回兵营。他默不作声,有点尴尬地站在文书处。那里有一封挂号信。又来了。必须在登记本签字。书记士官泽诺瓦今天的脸色严肃得可怕,与往常签发挂号信完全不同。这封信又厚又重。要是把这封信丢进纸篓,肯定会发出令人不快而且不合时宜的响动。在黄色的信封上写着“奥伯恩多夫市政府”。泰丁格男爵对自己说,宜早不宜晚。他撕开了信封,读了起来。

市长的官方信件通知泰丁格,有个叫亚历山大·阿洛伊斯·席纳格尔的未成年人作为泰丁格男爵先生非婚生子在市政府登记,并询问其生父及生母——未婚的米茨·席纳格尔——的地址。现附上经纪人的一封信。这其实并不是一封信，而是一份学校的算术作业，就像有人狡猾地给赫拉尼采[1]的军校生布置的作业。泰丁格仅看懂了最后一句话，写着："综上所述，请允许我以最尊敬和最诚挚的心情告知男爵先生，只有男爵本人尽快亲自到场，此事才可能有回旋余地。"泰丁格决定把两封信都交给聪明的好人泽诺瓦。他早就知道自己会用上泽诺瓦。"亲爱的泽诺瓦，"泰丁格问，"您有便服吧？""是，男爵先生！""那好，有件事要劳驾一下，今天穿上便装，大概六点钟的时候，按照命令，我在'黑象宾馆'的会客厅里等您。告诉我，这些人到底想让我干什么。"

二十一

当天晚上，遵照命令，泽诺瓦着便装来到了会客厅。他比穿军装看起来还要严肃。泰丁格第一次看这人穿便装。他不再是那个书记处的士官泽诺瓦，不再是下属，也不是上级。此外，他也不是个平民，而是介于不同世界、不同人种之间的某种东西，独特而令人费解，但无论如何都显得阴森森，散发着不幸的气息。泰丁格不由得咽了一口唾沫，总之，还有希望。"亲爱的泽诺瓦！"泰丁格开始说，"你喝白兰地吗？"就好像泰

---

① 捷克地名。——译者注

丁格现在的幸福取决于泽诺瓦是否喜欢喝白兰地一样。“当然,男爵先生!”泽诺瓦说道,甚至微笑了起来。真搞不懂,一个人会产生什么样的变化。泽诺瓦肯定不是个无聊的人,也显然不是个顺从的人,更不会是个无所谓的人。要不是这么严肃,都可以把他当作是“有魅力的”。他们喝着白兰地。泰丁格清楚地感到白兰地并没带来更多的勇气,“现在,”他问道,“您能告诉我点什么好消息,泽诺瓦?”他突然看到了泽诺瓦的真实面孔。这张脸生硬冷漠,在便装白色的衣领上显得比在卷起的军装短外套绿色翻领上更加生硬和冷漠。他高高的额头上有无数道皱纹,在眼皮底下和太阳穴边上还有更多的褶子。是的,他的头发好像自己突然就变得斑白。这是一位年长、严肃、谨慎的先生。

“男爵先生,”这位谨慎的先生说道,“很遗憾我没有好消息要向您汇报。您愿意仔细听我说吗?男爵先生。”

“当然,当然!”泰丁格说道。

“是这样:第一点与市长有关。他告诉您,亚历山大·阿洛伊斯·席纳格尔逃离了格拉茨的教养院,后被村警队抓住,现在市长那里。这个年轻人现年十四岁,在村警队队长艾希霍尔茨的陪同下来找市长。格拉茨的教养院已经有六个月没有收到付款。教养院院长设法打听到他母亲,米茨·席纳格尔小姐目前正在卡格兰监狱服刑。孩子他妈写信给市长直接回答说泰丁格男爵是这个男孩子的生父,还曾去监狱探监,肯定会关照这个孩子。但这孩子把信给偷了,后来在他的衣服里找到的。他自己却不承认,还询问母亲在什么地方。他的监护人是那个米茨·席纳格尔小姐的父亲,但现在住在维也纳莱恩斯区的养老院里,已经瘫痪,在西夫环路的铺子已经交由第三方保管。他还让人告诉市长,孩子的父亲泰丁格男爵先生,到目前为止没有支付过抚养费。——鉴于以上情况,目前市长将这个男孩子交给了您的账房管家,以免引起更大的丑闻。现在大家等着您的决定,男爵先生!"

"米茨从来没要过抚养费啊,"泰丁格说,"可惜!——我该怎么办,泽诺瓦?"

"如果允许我多嘴的话,先把那个孩子送回格拉茨,暂时把账还了。大概有三百古尔登。"

"是的,亲爱的泽诺瓦,我就这么做。"

"现在,第二点,男爵先生,"泽诺瓦等了一会儿,接着说,"第二点非常令人不愉快。经管人请您原谅,但他觉得告知您如下一些事情是职责所在。上次给您往维也纳汇了两千古尔登,这可能会对您以后提取现金造成不良影响。男爵先生在过去四年中开销两万五千古尔登。目前还剩大概五千古尔登的现金。一万三千古尔登用来支付您堂兄策努迪男爵的汇票。"

“真是个无聊的人,那个策努迪!”泰丁格说道。

“可以这么说。”泽诺瓦回答道。他挺喜欢这个骑兵上尉,就像现在这个样子,兴致不错但却没心没肺。脑子里空空如也,让那个脑壳看起来显得空空荡荡。那些琐碎的业余爱好和幼稚的癖好,还有那些脱口而出且毫无章法的意见。泰丁格是一个平庸的军官,对战友、士兵、升迁都无所谓。泽诺瓦搞不懂这个人的内心世界,是什么驱使男爵这样的生物做出那么多无聊空虚,甚至对自己有害的事情来?而泽诺瓦自己对世界和人类的思考比整个团都多,包括上校在内。他觉得泰丁格简直就是自然界的一个谜。他哪怕就是个彻头彻尾的笨蛋!哪怕是个彻头彻尾的坏蛋!哪怕就是个狂热的玩家或情人!或者哪怕能让人看出来因调职而受到的打击和伤害!尽管如此,泽诺瓦对自己说,这个人肯定不幸。也许经历过巨大的不幸,以致丧失了思考和感知的能力!也许正有一个这样的不幸在等着他,而他已经知道了,于是迎面而去。否则谁还能在听到这种消息时无动于衷?他就那么坐着。有人告诉一个成年人他没钱了,结果这个人只是回答:“真是一个无聊的人,那个策努迪!”

“您庄园的情况不妙,”泽诺瓦接着说,“抵押金额现在是三万古尔登——这是我在信中得知的——同样有一部分是您堂兄欠的账。根据我的理解,他应该早就把自己应得的那份给透支了。您去世的伯父大人很显然同意您的堂兄在未经您授权的情况下支取现金甚至是举债。是这样吗,男爵先生?”

“是的,那应该没错!”泰丁格说,“我总是说可以,他也总是那么无聊。他把所有钱都花在小男孩儿身上了。泽诺瓦你说,你能理解一个人在小男孩儿身上可以找到什么乐子吗?”

“不能理解,男爵先生,”泽诺瓦生硬地说,“但这不重要。更重要的是,您的庄园三年没有进账了。两年前您让人把那一小片红杉林给砍了。伐木工的钱一直都欠着,只付了一笔订金。一年前的五月下了场大雪,种子给毁掉了。今年的收成实在可怜。住人的房子也破损了,最近十年没人在里边住过。牲口的情况就更不用说了。现在需要两匹老马,但没钱。”

“够倒霉的!”泰丁格说道。他拍了一下手,又点了两杯白兰地。

泰丁格两大口饮尽,接着就沉默了。他心中已经开始升起一种对泽诺瓦的轻微愤恨,但同时又感到巨大的信任和一丝感谢。这里还真有这么一个人,接下所有读信、思考和盘算的活儿。这是个聪明人,这个泽诺瓦。也许他现在这么对自己,就和所有聪明人做的一样,如同当年数学教授耶利内克上尉在士官学校对泰丁格所采用的方法。这些人先用无聊的事情吓唬人,折磨一个人,为的是之后用良好正常的劝告,使人重新振作起来。无须真正受折磨，只要装作受折磨就行了，然后一切又会恢复正常。

这次泰丁格算错了。因为当他又用面对聪明人时的老套路问文书军士："我该怎么办？"

泽诺瓦回答道："帮不了您了，男爵先生！"——这算是聪明人的哪门子变种，这个泽诺瓦。

两个人沉默了很久。泰丁格又点了一瓶波尔多白葡萄酒。他看了看墙上的钟，离晚饭还有一个钟头。

当他开始喝第一杯的时候，泽诺瓦开口道："男爵先生，请允许我有话直说。"泰丁格点了点头。"那么，您现在该把那匹白马卖了！"

"谁？皮拉得斯？"泰丁格喊了起来，"要卖也是卖瓦利！"

"不，瓦利卖的钱不够，最后还是要卖那匹白马。这样就有钱买两匹老马了。您恐怕要请个假回庄园，叫人修缮房屋，然后和抵押债权人谈谈，和市长也聊聊，还要给小席纳格尔安排个新的监护人。我觉得您要请三个月的假，男爵先生！您可再也不能给您的堂兄签字了，这一点毫无疑问。否则我觉得前景十分黯淡。那您肯定要被调去步兵！"

"什么？去后备役？我不会踢正步，亲爱的泽诺瓦！"

"该说的都说了。"泽诺瓦说。他也看了看墙上的钟。"请允许我告辞，男爵先生！""不，泽诺瓦，留步！"泰丁格说。

在这一刻,他流露出祈求的眼神,就像一个要被人扔进小黑屋的男孩。“没问题!”泽诺瓦说。

骑兵上尉走到挂着外套的衣帽钩前,取出了拉齐克的那本彩色的小册子。“您知道这个吗? 亲爱的泽诺瓦?”

泽诺瓦随手翻了翻小册子,这里读读那里看看,然后又合上,说道:“恶心,男爵先生!”——“恰恰相反!”泰丁格喊道。然后他说书里的所有人物都“十分写实”。自己认识那个作者拉齐克。他最后的两千古尔登就给了这个作者。

“再没比这更糟糕的了!”泽诺瓦说。

泽诺瓦从书名上已经猜了个八九不离十。自从泰丁格返回原驻防地的那天起,周围就有人在讲泰丁格的故事。作为一个有着长服役期经验的军士,他认得那种人性弱点所特有的变异。这种变异尤其在军队的某些同袍身上显而易见,那是种异想天开的幸灾乐祸。早在泰丁格还没有被遣返原驻防地之前,团里就有些先生阴阳怪气地讲了泰丁格的故事,都是些明显令人难以置信的事情。大家羡慕他在维也纳的职位。但当他像其他所有人一样重新返回部队后,人们又开始打听他是因何种原因被解除了特殊任务。那个火车站餐厅老板讲了些事情。自从那些文章在《克朗报》上刊登后,跑堂的奥托卡尔也含沙射影地暗示。“您是不是给他付了钱,让他不要在故事里讲出您的名字?”泽诺瓦问道。“没有,”泰丁格回答道,“他知道我什么事?”“有没有什么对您不利,但却可能被他知道的事,男爵先生?”

泰丁格无话可说,觉得现在比昨天晚上在候车室里还糟糕。尽管收到两封信,但他今天白天已经将昨天晚上忘记,已经开始后悔向泽诺瓦询问化解的办法。按照多年来的经验,对付那些信件更好的办法其实应该是置之不理。但在过去的这段时间里还是有些情况变了,只是不知道什么变了。万不得已,能想起来的也就只有变化开始的时间。这一点可是清清楚楚,就是泰丁格看见米茨·席纳格尔剃了的头的那一瞬间。是的,自那以后,所有的一切都那么艰难,简直是无药可救的混乱!就算他有力气向泽诺瓦讲述所有的事情——包括那个“丑闻”——在这一刻也由于无能,无论如何都无法串出有逻辑性的哪怕仅仅是两句话。“如果您允许,男爵先生——我就走了。”他听到泽诺瓦说道。“不!”泰丁格喊道,“千万别走!我只是现在没法说话。必须想一想,亲爱的泽诺瓦!”但是他什么都想不了。眼睛空洞,像两个蓝色的玻璃珠。就连什么都不想也令人心力交瘁。他喝着酒,抽着烟,几次都徒劳地试图发出微笑,逼着自己找个笑话、轻松的话题或一个故事,但根本没用。泰丁格就这么糟糕地一言不发,但这令他同时感到羞耻。对了,在赌场和同类在一起时,他在任何情况下都能找到些得体的话说。和他的同类!他紧紧攥住了这个词,这让他明白,之所以陷入这般境地,是因为泽诺瓦不是“他的同类”。就那么一瞬间,他以为又找回了平衡、稳固和镇静。带着那种对部下说话时傲慢的友好态度,泰丁格说道:“您讲点什么,亲爱的泽诺瓦,比如讲讲您的人生。”“我的人生没什么意思,男爵先生!”泽诺瓦说道,“我到今天已经服役十三年了。我原来是个金匠。但那是很久以前的事了。我没有结过婚,二十二岁自愿参军的,因为我爱的姑娘嫁给了别人。”“这可不好受啊!”泰丁格掺和一句。“是的,男爵先生! 这是我这辈子唯一的痛苦,也是最后一个。”“稀罕!”骑兵上尉喊道,“您父母还在世吗?”“我没有父母! 母亲死得早,是个厨娘。我对我父亲一无所知,我是个私生子。”“有意思,”泰丁格重复了一遍,“您是自己长大的?”“我在米格利茨[①]的城市孤儿院长大,十六岁的时候去做学徒工。”“您是个聪明人,泽诺瓦,”骑兵上尉说,“您到底为什么不去考个会计?”“我想考,”书记士官泽诺瓦说,“虽然我最高也就晋升到文职上尉军衔,但因为我是私生子,所以还有些其他的困难。我有个朋友,在军事部的审计处。”“那么肯定可以的!”泰丁格安慰道,“您的人生很有意思,泽诺瓦! 您其实是个,怎么说来着? 人民的孩子! 这我从来没想到。”“是的,”泽诺瓦说,“人民的孩子。我想象的要比这个低一等。我只知道自己是个厨娘的孩子!”

---

① 捷克城市。——译者注

泰丁格想起了父亲家的那个老厨娘。她叫卡罗利妮，上了年纪。每当泰丁格回家的时候她就会哭，复活节、暑假和圣诞节，每年哭三场。泰丁格突然说——连自己都不知道说话的声音怎么那么大："亲爱的泽诺瓦，刚才我在想，我没法和您完全放开地聊天。现在我知道了为什么：在您面前我感到惭愧。我羡慕您。我非常想和您换个活法！"泰丁格自己都被这句话吓了一跳，被自己的坦率。首先是因为他这么脱口而出，对自己的想法做出解释。他突然发现了一个事实；他这么多年来第一次脸红，就像当年还是个孩子的时候，因为说谎而被人逮住。泽诺瓦说："男爵先生，您无须羡慕任何人，也不用和别人交换。您只要一直对自己真诚就好了。——而且今天也这么对我！"他加上了一句。"是的，泽诺瓦。"骑兵上尉说。泰丁格心中泛起一种强烈的悲伤，同时也是一种强烈的喜悦。"我们饭后在塞德拉克那里我经常坐的地方见面，您知道吧？您会来吧？两个小时后我离开赌场。"他握了握泽诺瓦的大手，感觉就像只是触碰到了一块温暖而有活力的肌肉，觉得有什么善良和强大的东西从手掌中流出，还有些说得出看得见的东西，就好像泽诺瓦的手说了些好消息似的。

二十二

塞德拉克的餐厅在铁路道口的后边，在所谓的沙山对面，去那里需要半个钟头。庄园的佃户经常在那里碰面，还有粮食贩子、养马场的马夫。要说上流社会的人士，那只有偶尔来的两位兽医。在这里保证不会碰见穿制服的人。当泰丁格离开赌场的时候，天上飘起了柔和的雪花。“抱歉，我有个约会。”他对门口的乔赫中尉说。“她叫什么？”乔赫问道，但是泰丁格已经听不见了。这是今年的第一场雪。无论是平常的还是突如其来的自然现象，都未曾给泰丁格留下过什么印象，但现在他第一次感受到了一种小男孩对这种柔软、轻巧且亲切的雪花的喜悦。这场雪懒散而悄无声息地飘落在他的便帽和肩头，飘落在整条通往沙山的街道上。他觉得今天的这第一场雪对他而言意义非凡。泰丁格轻快地穿过这片细蒙蒙的雪。铁道路口的栅栏锁住了。他不得不久等。在其他日子里，他肯定会说铁道“无聊”。今天他甚至怀着享受的心情在等待。他有种感觉，站着的时候被雪覆盖得更厉害。一列看不到头的牵引拖车滚滚而过。那些静悄悄的车厢里都装了些什么？是动物、木材、鸡蛋筐、粮食包、啤酒桶？我今天满脑子都想什么呢！泰丁格对自己说道。世界上有这么多像我们这样的人，根本不了解有些东西，而有那么多像泽诺瓦一样的人，母亲是个厨娘，自己在孤儿院长大，却知道很多东西。牵引拖车没完没了。这些货车也能装载行李，就像当年波斯君王那么晚才抵达的许多箱子。泰丁格突然想起了那个有魅力的卡洛·帕托米努斯。这人现在德黑兰干什么？那里兴许也会下雪。这家伙真幸运，没有丑闻让自己感到内疚，没有米茨·席纳格尔，没有无聊的堂兄策努迪，没有挂号信，没有管账的账房，没有庄园经理人！——现在火车过去了，铁路道口的栅栏重新升起，就好像缓慢费力地在抗衡着雪花轻飘飘的重量。我有什么说什么，当泰丁格看到那个小饭店的两扇窗户透过飘雪发出亮光时，暗下决心。

泽诺瓦已经坐在了那里，正读着几本彩色小册子。泰丁格在门口的时候就看见了这些小册子。他的手伸进了外衣的口袋，不自觉地想，泽诺瓦桌子上放的那些小册子难道不是我的？啊，不！泽诺瓦读的是其他的小册子。“哈，您还是被我说动了？”泰丁格问道，“您看的和我的是一样的吧？”“不，男爵先生，正好相反！自从您回来后，在很短时间里已经出版了新的两集。很遗憾！”“让我看看！”泰丁格说。“等一下，男爵先生，”泽诺瓦说，“这不是好事。对您不是好事！”

两个人一起喝着佛士佬矿泉水，泽诺瓦变得多快啊！刚才下午还是另一副模样。改变了他的不是便装,他还是穿着同一件灰色便装西服。他比骑兵上尉年轻点,但稀疏的亮金色头发在球形炉的光照下已经看得见灰白的斑驳。灰色眼睛里那敏锐的军人光泽已然消失,留在了军营,和军刀、军帽、军装一起。现在看着泰丁格的是一双悲伤、忧愁和审视的眼睛。他几乎无法承受这眼神,也无法下决心称其为“无聊”。他根本不知道,该把这个泽诺瓦归入哪一类。这个人不符合任何一种类别:既不算“有魅力的”,也不算“麻木的”。在这个泽诺瓦身上到底有些什么,没人能说得清,就像没人说得清刚才关着的车厢里到底装了些什么一样。尽管如此,和他坐在一起也挺好。所有他讲的那些可怕的东西,听起来都好像是种安慰。

“您是第一个,”男爵开始说起来,“听我讲那件‘丑闻’的人。”“没必要,男爵先生,”泽诺瓦说道,“我知道这件事,都写在这本小册子里。每个识字的人都能看到。您的名字虽然没有写在上边,但对您的描写很清楚。”

泰丁格变得面无血色。他站了起来,又坐了下来。伸手去够短外套的领子。

“请您镇静,男爵先生,”泽诺瓦说道,“我在这里的烟草铺子暂时把所有的小册子都买下来了。”他从桌子底下拉出来一个大袋子。“可要好好合计一下,但我看不到什么出路。明白说吧：这个拉齐克可不是个谨慎的主儿。他写道，比如‘地位很高的皮条客’。大家可以相信，地位很高的人物，包括您，男爵先生都是受益者。这简直太可怕了。”

他沉默了很长时间。泰丁格喝得很匆忙，但都是一小口一小口地呷。泰丁格有这种需要，至少不能让手闲下来。他想说点什么，想用话语逃避那些深深埋藏在底下的东西。但事与愿违，他讲出了那句一直萦绕在脑海里的话：“我完蛋了，亲爱的泽诺瓦！”

泰丁格现在能毫不费力地面对泽诺瓦那悲伤的眼睛。这是他的安慰，他唯一的安慰。“完蛋，男爵先生，还没有。您不认识什么叫完蛋。您所生活的那个世界，对不起，不可能有真正的完蛋。真正的世界非常大，完蛋的可能性也根本不一样。但那还不是您以为的完蛋。您只是受到了威胁。那个记者算是某种威胁，但非常愚蠢。消除他的危害肯定很容易。这种小册子肯定不会进入上流社会。读者读什么都一样。但危险还在，就是这个作者自己跑去找上流社会——就像他来找您一样。我不相信别人也会给他钱。但他自己抱有这样的希望，这种希望是由您产生的。”

“我该怎么办，亲爱的泽诺瓦？”

骑兵上尉看起来就像个憔悴的小老头，咬着自己的嘴唇，看着自己的手指头，就好像在研究这些手指头是否还是自己的,或者属于一个完蛋了的陌生人。

“请您允许我和那个拉齐克聊聊,”泽诺瓦说道,“我想明天起请三天假。”

毋庸置疑,所有的事情都会摆平的。泰丁格又恢复了明朗愉快的心情。泽诺瓦,这个聪明的好人,他会过去,去说,去安排一切。还有其他的事情,得去把那个小席纳格尔送回格拉茨。庄园里的事也都会运转有序。得卖了皮拉得斯。明天操练完后立刻跑一趟邮局。在留局自取里也许有米茨从卡格兰寄来的信。从现在起不用再害怕信件,害怕签字了。长话短说,再也不用害怕那些发生在军营外、赌场外、维也纳帝国饭店外和“上流社会”外的可怕的事情了。泰丁格现在的的确确相信,经过昨天之后,他一下子老了许多岁,获得了很多痛苦的体验,并克服了许多困难。所有的一切都要感谢这个泽诺瓦,要感谢他是个人民的孩子!

“人民好啊!”泰丁格大声说。

“您不了解人民,”泽诺瓦说,“人民!这个人民由很多人组成。而人有好有坏。”然后他站起身来,这么做是为了让泰丁格来不及再留他半个小时。现在,泽诺瓦这么站着,穿着带天鹅绒黑领的便装外衣,左手拿着上过浆的帽子和手套,手杖挂在手臂上。他这已经是第三次让泰丁格想不起他就是泽诺瓦了。他又变了,陌生,强势,还带点可爱——无论如何——

又有点无聊。但他的手强壮、温暖、意味深长。就像这个晚上,在他离开后,泰丁格感到了一种思念。这令泰丁格恼火,因为有人把他一个人撇下了。

泰丁格又喝了一瓶,看着最后一拨客人离开。他的心头又盛开了希望与慰藉之花。所有的事都会摆平,他心里想。雪还一直在下,越来越稠密。今天是什么日子?十一月。雪让他想起了圣诞节,于是泰丁格想:到圣诞节就万事大吉了!

这一夜他睡得很踏实,无忧无虑亦无梦。

第二天早上,雪已经积得很厚,冻得硬邦邦。泰丁格今天要骑一骑皮拉得斯,因为告别的痛楚令人颇为伤感。皮拉得斯的马蹄在打扫得空荡荡的铺石路面上打滑,显得有点危险。军号声断断续续,令人麻木。“皮拉得斯,”泰丁格在训练场下马时说,“皮拉得斯,这是最后一次了!”他拍了拍这匹白马的脖子,从子弹袋里掏出一块糖,放在了这个动物的牙齿间。他抬起的手长久地停留在那温暖柔软的鼻孔和那又凉又热且充满感激之情的大舌头前。泰丁格觉得今天没力气再把皮拉得斯骑回军营,就命令卫兵把这匹马送回去。他把骑兵连交给了中尉乔赫,自己在十点休息的时候离开。他给费斯特蒂奇少校打了报告,迈着大步飞快赶往城里。他越走越快,搞出尽量多的动静,为的就是麻痹自己的悲伤,也为了麻痹自己对来信的一点恐惧。这些信肯定在留局待领那里等着他。

那里只有一封信,已经放了三个星期,上边盖着卡格兰令人讨厌的图章。原文是:

尊敬的男爵先生!

您能想到我,令我万分荣幸,心中也充满了由衷的喜悦。我过得还好,这里的修女也挺好的,我现在被安排做缝纫活,这里可以唱歌。我不久就会被释放,今天还是十月。

致以亲切崇高的敬意,米茨·席纳格尔

泰丁格在邮局大厅里读了两遍,这封信写在一张粗糙的灰纸上。这种纸一般都用来做包装袋,字体也被墨水滴脏,变得走形了。泰丁格被感动了,被这封信,更被自己来取这封信而且还读了两遍的力量。主要是因为与皮拉得斯告别而感动。在塔塔柯窝的“早餐店”,他点了鲱鱼和李子烧酒给自己提提神。他还想在离开本地去维也纳之前到文书处看看泽诺瓦。泰丁格决定不去赌场吃午饭,而是在外边塞德拉克那里用餐。空气像玻璃般晶莹清冷,寒冷但却舒服地吹拂着骑兵上尉甜蜜的伤感。太阳把后背晒得暖洋洋,透过军装上衣可以感受到。看起来世上的一切都美好而规矩。不会再有意外了。就好像昨天不仅已经和泽诺瓦说过那件糟糕的事情,而且也已经办妥了。这感觉就像考试以后。

二十三

遗憾的是霉运飞快地冲着泰丁格迎面而来,使他根本就来不及从当下的释然转换到绝望,连吓一跳的时间都没有。也不知道怎么回事,如同着了魔似的,泰丁格听见了泽诺瓦在文书处报告的声音。又是原来那个书记士官泽诺瓦了,穿着军服。当骑兵上尉七点半进来时,他立正站好。眼睛中又流露出了老练洒脱的职业目光。他用往常职业的语调说道:“报告骑兵上尉先生,我向上校请了三天假;上校命令骑兵上尉先生立刻前往文书处报道。上校先生正等着!”“稍息!”泰丁格命令道,“您可以坐下,泽诺瓦!”他自己先坐在了写字台上。“那个老家伙想干什么?”泽诺瓦的眼睛里闪烁了一秒钟与昨天身着便装时稍微有点相似的眼神:“男爵先生,上校先生火气很大。他今天收到了一封军事部发来的挂号信。我看到了,就在二级军士长的桌子上。男爵先生——”文书军士就再没什么好讲的了。“嗯,说啊!”泰丁格说道。泽诺瓦又一次跳起来立正。“报告骑兵上尉先生,上校命令,骑兵上尉立刻去文书处。”

“啊,明白了!”泰丁格嘟囔着,虽然还是不明就里。他走了出去,穿过院子。那个老家伙有的时候埋伏在窗帷后边。穿过院子必须踏着有力的步伐,并要向在院子里的士兵的每次敬礼回礼。也许他听说——泰丁格对自己说——我想出手皮拉得斯。这老家伙一直都喜欢那匹白马。

泰丁格走进文书处,几乎都快认不出来卡沃克上校了。这是一位个子不高,胖乎乎的粗壮汉子,长了个圆咕隆咚的脑袋,红彤彤的鼻子,灰白色的短八字须,加上两只小眼睛,里边好像只有两个黑眼珠子似的。上校短小的胳膊插在更短的袖子里,前边直接连着红扑扑的粗大的手,让人想起了某种蒙上了皮肤的榔头。不过卡沃克上校现在看起来消瘦了。他的鼻子泛青、苍白,而手几乎就是白色了。一撮斑白的头发像个长了刺的三角形插在短粗的额头上,一条粗壮的青筋横穿过短粗的额头,这看起来明显预示着一场雷霆之怒。上校走到他的写字台前,一只手撑在腰上,仔细地盯着这位骑兵上尉。后者就像一尊纹丝不动的彩色纪念碑。这个老家伙没说“稍息”,更谈不上说“你好”。泰丁格开始渐渐觉得不舒服了。他无法思考。上校的小眼睛滑向了泰丁格,上下打量着,上上下下。这持续了一段时间,大概两三分钟之久,安静得连骑兵上尉和上校的怀表的嘀嗒声都听得见。

上校终于发话了——说话声音小得令人感到奇怪:“骑兵

上尉先生，您认识一位 W 伯爵吗？财政部的司长。”泰丁格感觉到膝盖变冷，冰冷的感觉沿着靴帮的边缘开始，现在膝盖根本就没知觉了。大腿像是坐在冰雪堆上，立正站直实在困难。“是，上校先生！”“那您认识一个，一个，一个叫拉齐克的什么报社编辑？”“是，上校先生！”“那您现在知道为什么站在这里了？”“是，上校先生！”“稍息！”上校命令道。骑兵上尉把右腿向前伸出。“您可以坐下！”卡沃克上校说道，给他指了指一把光秃秃的木头椅子。

“多谢！”泰丁格说。他等着。“我说请坐！”卡沃克吼道。骑兵上尉坐了下来。上校在地毯上来来回回地踱着步。时不时地交叉着双臂，又时不时地甩开。手捏成拳头，揣到裤兜里，钥匙发出当啷的声响，再把钥匙掏出来，缠绕在拇指的戒指上，随后又把钥匙放回去。他看起来变得越来越消瘦，越来越苍白和不真实。十一月的下午，办公室里洒下了第一抹暮色，院子里刚下的雪透过窗子形成了发亮的反光，削弱着那一抹暮色。

“说话！”上校喊了起来。这既是一声牛吼，又是一声尖叫。“解释清楚，骑兵上尉先生！”

“上校先生！”泰丁格说，“这是件令人不愉快的丑闻。我正是因为这件事才被遣返回原团队。”

“令人不愉快，令人不愉快！”上校喊道。“可怕，不幸，这是一件——”他终于找到了一个词，“骇人听闻的丑闻！对！

不是令人不愉快,是骇人听闻的丑闻！对我而言是件骇人听闻的丑闻！对我们,不,骑兵上尉先生,对我的第九团！不是您的,啊,不！我容忍不了,容忍不了这种,容忍不了这种人在我这里。我是一个普通的前线军官,对,普通的前线军官！我从来没被调动过。我在维也纳也没有朋友,也不认识什么阁下！对,我就是约瑟夫·玛利亚·卡沃克上校,一个普通的上校,懂吗？骑兵上尉先生,您要受到惩罚！给,这些信！”上校来到写字台后,高高举起握紧的拳头,挥舞着军事部的来信。“您知道,这上边写着什么？”“不,上校先生！”泰丁格说。现在他的额头上已经冒出了汗。脚在靴子里发烫,但在靴帮以上,在膝盖里,冰冷透骨。他的心脏在狂跳,也许透过厚重的短外套围巾都能看见。“您听着,骑兵上尉先生！当您从那个特殊任务返回团里时,我当然知道,您干了什么不入流的事。这个故事被埋藏起来了。但现在,您不能让人去做这种事,这种下三滥的事！您简直,简直——您去那个家伙的圈子里,那个家伙,我就这么说吧——然后给他两千古尔登。您参与了他的下流活动,他的肮脏勾当。我说的是肮脏勾当——然后这家伙去找司长 W 伯爵,想从他那里也搞点钱,还说您已经给他付过钱了。遗憾的是司长先生已经瘫痪了,我是说肌肉瘫痪,已经两个月了。而伯爵夫人被写进了这本狗屁故事书。伯爵也不可能和你动手,就算他是一个健康人也不可能干这事儿。他给他的朋友，军事部长阁下本人写了封信——我说的是给军事部长阁下本人——然后我，然后我！自从建军以来——我已经无话可说了！您随便吧，骑兵上尉先生！"

泰丁格跳了起来。"上校先生！"他喊道。"立正！"卡沃克命令道，然后命令："稍息！坐下！"泰丁格又坐了下来。

上校吼得那么响，在兵营左半边的所有楼道里都能听见。副官冯·登格中尉在门前站了有一会儿了，手里拿着几个文件夹，还有准备好的今天的口令，为的就是随时都能说自己刚想敲门。卫队长施泰纳和文书处的两个秘书透过连接两间屋子的门，把每个字都听得一清二楚，虽然这三个人都装模作样，好像完全沉浸在登记簿、逃兵通缉令、警队报告和行动计划中。甚至在院子里，在食堂，连玩纸牌的军士们的喧嚣声都停了下来。十一月晚间飒爽清冷的空气将上校咆哮的每个字都清楚地传递了出去。那是军营里上帝的怒吼声，一种官大一级的自然现象。大家立刻就知道和泰丁格有关。这不仅因为大家都看见他去了上校那里，不！大家都读过拉齐克的小册子。泽诺瓦并没有把所有烟草铺子里的小册子都买下来！一种巨大的恐惧和巨大的悲伤攫住了所有人，虽然泰丁格男爵对他们而言根本无所谓。他不适合这个团，也和这个军营不搭。团里那些土里土气，来自布科维纳、斯洛伐克、巴奇卡的人从来没见过维也纳的沙龙，当他们看到泰丁格男爵的时候,却都确信他的确属于一个沙龙。虽说如此,现在大家可以清楚地想象泰丁格所受的煎熬。军人的团结精神让骑兵连和团队形成了一个家庭。上级就如同父亲和兄长,下级就如同儿子,新兵就像孙子,警卫就像叔伯,士官就像堂兄弟。整个食堂都安静了下来,连纸牌都散乱光亮地摆在桌子上。

这时候上校突然沉默了下来,他的沉默比刚才的嘶吼还可怕。他把自己的声音和词汇用完了。他,连他自己都觉得膝盖被冻住了,开始踉踉跄跄,不得不坐了下来。上校双手抱住了脑袋,对着桌子上的纸而不是泰丁格说道:"退役,退役,骑兵上尉先生!我不想要荣誉法庭!听见了吗?我会说您接受了退役。团里的军医卡里尔,我和他已经说过了,非常清楚您的健康状况有多么糟糕。您精神受损,失去了理智。退役!我不想看到带着这种品行的调动,明白吗,骑兵上尉先生!"

骑兵上尉泰丁格站了起来:"是,上校先生!我明天会申请退役!"

上校感到心中的疼痛,想站起来,但又觉得太虚弱。他把手伸过桌子递给泰丁格,说道:"好好过,泰丁格!"

二十四

泰丁格和书记士官泽诺瓦一整夜都坐在塞德拉克那里。

就连泽诺瓦也被命运的迅疾变幻搞得头昏脑涨。他既是厨娘的孩子,也是军队的孩子。就算了解军营之外真实世界里的艰辛,现在也无法小觑泰丁格所经受的苦难。泽诺瓦头昏脑涨,今天所有的人都一样,从上校到新兵。世界上有很多不幸,但这里的不幸是军营中看得见、摸得着的不幸。大家在这里睡觉、居住、生活。昨天他还能和骑兵上尉聊天,给他建议和帮助,今天就哑巴了。泰丁格也没了声音。有的时候他只说:"想想看吧,泽诺瓦!……"但自己也不知道泽诺瓦到底应该想些什么。墙上的钟表嘀嗒作响,黑色的指针不知疲倦地走着,均匀地滑过数字,从不停歇,就好像表盘上只有分钟的格子。两个男人经常同时向钟表望去,同时也在面对永恒的时间法则时清楚地感受到人的软弱无能。这种无能也包括面对所有其他法则,无论是已知的还是未知的。时间流逝着,这都是生命中的一部分。泰丁格把人生中的一个、两个、三个或者十个钟头浪费了,背叛了,无法再去修正。

最后的客人已然离开,球形玻璃灯里的煤油眼看着越来越少。他们让人拿来蜡烛和葡萄酒,继续坐着。灯完全熄灭后,可以看到雪的银色光亮从窗户反射进来。夜间的寒风冷冷清清,窗框咯咯作响。虽然彼此无话可说,但两个人都知道要等着第一道曙光的降临。在夜间不能离开另一个人,他们都在等着。

“我会陪着您,男爵先生,”泽诺瓦终于开口说道,“您明天请假,我陪您去维也纳。我本来就必须去朋友那里,就是在审计总署的那个。我想还是一月的时候考一次试。”“是的,当然!”泰丁格说。

塞德拉克的老板睡在了柜台后边。有的时候在梦中会含混不清地说些什么。泽诺瓦说:“这家伙睡得可真香!”可什么都没听的泰丁格回答说:“是啊,他的气泡矿泉水真不错!”“啊,不过我真想来一杯好啤酒!”泽诺瓦说道。接下来又是一片沉静。两个人徒劳地试图躲进一场无关痛痒的谈话。他们不去想说什么,仅仅是为了不去听钟表的声音而说话。都是些毫无意义的誓言,没有关联的空话,愚蠢的小谎言。两支蜡烛都烧得只剩下三分之一。外边,在窗户前,雪已经开始变成淡青色。寒风的歌声更加响亮,天空愈加苍白。泽诺瓦走向柜台,叫醒了塞德拉克,付了钱。

他俩慢慢向城里走去,走向军营。当他们踏进军营,卫兵立正敬礼时,泰丁格说:“明天我就退役了,永远!”“他最后一次对我立正敬礼了!”泰丁格接着说。没人给立正敬礼,这算多大点事儿啊!泽诺瓦心想,但他同时又感觉这么想不公道。一段生活就此结束了。就像一个死人离开了躯体,那么一个士兵也会脱下军装。平民,平民:这是一种未知,也许是可怕的人生彼岸。

九点钟军官汇报时，泰丁格立刻得到了“因健康原因休假”的批示。随团军医卡里尔在服役记录上专门注明了是危险的因过度疲劳引起的精神错乱。他们也解除了泰丁格与团队告别的义务。下午两点四十，他已经身着便服和泽诺瓦一起乘上火车。火车六点钟抵达。泽诺瓦草拟了退役申请书。在欧根亲王酒店的写字间里，泰丁格把申请书抄了一遍，用公文的斜体字，距离信纸抬头四指，边距三指。他缓慢地签上名字：“阿洛伊斯·弗朗茨·冯·泰丁格男爵。”这完全不同于他平常的签字，他那么缓慢小心地把字母写在上边，就好像签的根本不是自己的名字，而是一个陌生的名字。

泽诺瓦在大厅里等着，拿到这张退役申请书后仔细地读着。给人的感觉就好像他必须小心地查看，只是为了不要马上再看到骑兵上尉。最后他把申请书折叠了起来。

泰丁格说：“现在我不是长官了，泽诺瓦！”

他从马夹袋里拿出一块怀表，一只金表。这是从商务顾问葛万德的珠宝店里买来的，背面刻上了泰丁格和他伯父名字首字母的花体字。这是伯父送给他作为被赫拉尼采军校录取的礼物。“拿着这只表！”泰丁格说。这是他第一次送人礼物——除了钱和花他还没送过别的什么。泽诺瓦注视他良久，摘下了自己的一块硕大的银色怀表，然后说：“这个给您，男爵先生！”

当他看到泰丁格在等着，摊开的手中拿着这块银色的怀表，加了一句："如果您需要一个朋友的话——"

"我今天回庄园！"泰丁格说。他把这块表放进背心的口袋里，动作很快。"您处理这个申请，把两匹马卖了。是吧？我不喜欢这两匹马。回头来信。感谢您，亲爱的泽诺瓦！您有我的地址！"

"旅途顺利！"泽诺瓦站起身说道。

"我的行李！"男爵叫了一声。他起身去火车东站。

二十五

泰丁格的庄园位于卡切特里门塔行政区，要去那里并不容易。庄园被大雪覆盖的喀尔巴阡山所环绕，需要换两趟车。从卡切特里门塔火车站出来还要开六公里半的上坡路，到了上边后，还要再开半公里的下坡路才能抵达。那个地方叫萨门科，但泰丁格一直管那里叫"捕鼠器"，在他孩提时代就这么叫了，要是伯父在假期邀请他去的话。市长文克是个德国人，属于萨克森移民中少数溃散后留在当地的一个。管账的账房来自摩拉维亚，农民是喀尔巴阡地区的俄国人，已经聋掉了的男仆是个匈牙利人，但已经完全忘记自己是从哪个地区来的了，以及什么时候、为了什么。他的记忆里留下的最后印记是布达佩斯的造反和他的东家——老男爵的死。护林员是个来自加利西亚的鲁提尼人，乡村警队的警官是个普莱斯堡人：这是远远近近唯一能和泰丁格偶尔在小酒馆里说上两句的人。

已经是十二月初了。冰冻不仅出现在周围的山峰，而且也降临在山谷的庄园里。乌鸦黑乎乎一动不动地挂在覆盖着积雪的冷杉树上。要不是它们会冷不丁地振翅而飞，并且开始大声地呱呱叫，人们有的时候会以为这都是些被施了法术的果实。大家只能把住房简单维修了一下（泰丁格回来得这么快，而能用的钱却那么少）。管账的账房给工匠只付了一半工钱——他们已经非常了解这个账房，知道再也见不着此前许诺的"过了圣诞节"再给的余款。另外，这里有两次圣诞节，罗马天主教的和俄国人的！房顶上这里或那里加了新瓦片，但原先的窟窿还在。当人们在这么多年后重新开始生火时，原来的门框、窗框都弯了。门闩不合适，门锁也对不上了。巨大沉重的柜子里吱吱嘎嘎作响，里边的木条和抽屉都已经变形。在书房墙上松松垮垮的钉子上，斜挂着策努迪家族先祖老旧阴森的画像。在大得夸张的餐厅里蔓生着霉菌。游廊上空荡荡的窗框被用灰色、蓝色和白色的大纸板堵上。厨房里有两只老蛤蟆筑了巢，男仆约斯茨用冬天里少见的飞虫喂着它们。只有灶台被点着,这种飞虫才会爬出来,被约斯茨立马发现。当男爵抵达时,看到的正是令人吃惊、尴尬的一幕。但是大家都想,他最多住一个星期,到周围大概看看,然后就离开。当人们从村警那里得知泰丁格打算在这里常住,对,甚至得知他已经退役时,大家开始憎恨男爵。这是一种特殊的憎恨,是种注入了恐惧的憎恨。人们不了解他。到目前为止他一直都轻浮放荡,这是肯定的:谷子、大麦、小树林和钱都被挥霍殆尽。而现在,当他显然知道自己一贫如洗后,他就不会收敛点吗?他不是因此而离开军队的吗?如果他愿意——有那么多事情需要说明。葡萄酒窖怎么了?是谁一会儿说蝗灾,一会儿说收成差劲,还有卖树林的抵押款是怎么回事?

第一晚就住在小客栈里,据说卧室还没有安顿好。泰丁格不得不睡在乡村旅店。几个农夫还坐在那里,在敞开的黏土大壁炉边上,挨着巨大宽敞的褐色桌子。旅店老板杨科围着男爵蹑手蹑脚地走着,虽然他知道泰丁格既没有什么要说的,也没兴趣听些什么。农民习惯了大声说话,或者干脆就沉默。他们不懂什么是小声说话,更不是为了男爵才大声说话的。他们偶尔还会敲烟斗,但不是像一般那样在桌沿上,而是在桌子下的靴筒上敲。而现在村警走进门来,在男爵面前站得笔直。然后男爵向他伸出手,请他入座,两个人甚至一起喝起来,这一下周围的农夫完全安静了下来。他们低下头,只是偶尔偷偷地向那桌瞥上一眼。男爵和村警讲德语,其他人也就懂个十分之一。但大家好像害怕去听,哪怕这两个人讲的是斯洛伐克语或鲁提尼语。泰丁格把农夫们的默不作声当作是自然而然的事。自从他拥有了这座庄园,包括在此之前,一共也许只来过十次,农夫们总是这么默不作声。但是村警知道这些人是多么的喧闹。他对男爵说:“他们之所以沉默,是因为害怕男爵先生!”害怕——怕我!泰丁格心里想。“我可没对他们干什么!”他说。“是的,正是因为如此,男爵先生!”警官说道。“这真是令人难堪啊!”泰丁格说。村警走了过去,用斯洛伐克语对农夫们说,男爵希望大家不要因为他而不出声。这几乎就是一个命令。人们三三两两说些本来根本不想说的东西,然后又陷入了沉默。老板端来了炖肉和啤酒,泰丁格和村警吃了起来。

门突然打开了,一个年轻人走了进来,径直来到泰丁格跟前。男爵停住嘴,手里还拿着刀叉,看着这个自己觉得不认识的年轻人。“你好,克山德!”村警说。所有的农夫都知道这是男爵的非婚生子,大家都抬头看着。连那些背对着泰丁格坐着的人都转过身来。他们和男爵并非更熟悉了,但好奇终究战胜了恐惧,再加上很多人幸灾乐祸。现在来的肯定是众多债主中的一个。农夫们都知道庄园主债台高筑。“您的儿子?”泰丁格问村警。“不,”这个年轻人说,“我是您的孩子,男爵先生!”“啊!”泰丁格说,“您是席纳格尔!”——“是!”年轻人说。泰丁格仔细端详着他。他穿了件绿色的丝绒西服,袖子有点短,有一双红色、开裂且大得夸张的手掌,指甲脏兮兮的。脑子还能运转,泰丁格努力去寻找自己和这个年轻人之间到底有什么相似性。不行,怎么都找不到。这个年轻人的眼睛像蓝色镶了红边的瓷器,不停地撇嘴,耳朵红彤彤的,脑袋剃光了,所以看不出来头发的颜色。沾上了墨水的蓝帽子上有个皱皱巴巴破旧的漆皮帽檐,他不停地用丑陋的拳头揉搓着帽子,没法安静一秒钟。两只脚来回交换着支撑身体,有的时候站着也会前后摆动。泰丁格还从没见过类似的生物。他已经打算明天就离开。

“好,席纳格尔先生,”泰丁格说,“您想要什么?”他的声音还是和平常一样,还是原先男爵——和骑兵上尉——的声音,缓慢、随意,但也还是清晰响亮。年轻人向后踉跄了一步。“我想知道我妈怎么样了!”他说话的声音很响亮,泰丁格觉得这个声音好像变成了红色,就像他的拳头,就像他的耳朵。这家伙真是令人讨厌,他心里想着。然后一把将炖肉推开,喝起了啤酒。“您想要什么?”男爵又问了一遍。“想知道,我妈怎么样!”克山德重复了一遍。男爵考虑了一下,但并没有去想米茨·席纳格尔的情况,而是在想自己该如何称呼:您母亲女士或您母亲小姐!他根本无法硬邦邦地说“您的母亲”。

“我很久都没有听到席纳格尔小姐的消息了。”他最后说道。

“但是她的地址？”年轻人问。

“您不是在格拉茨的学校里吗？”男爵问道。

“是的，但他们把我赶出来了。我妈没付钱。我也干了些傻事，根本就不想回去！”

村警津津有味地吃光了炖肉，喝干了酒杯，现在又叫了一杯啤酒，狠狠地咂上一大口。他的脸突然变成了酱紫色，用几乎同样颜色的手绢擦干了八字胡。然后站起身来，把手绢塞进兜里，甩了克山德一个耳光。年轻人踉跄了一下。村警又坐了下来，平静地说：“克山德，你要和男爵先生用恰当的语气说话。要不然我收了你，两年后你才能从局子里放出来。你知道规矩点吧？”

“是，警官先生！”

“那给男爵先生道歉！”

“我向您道歉，男爵先生。”克山德说道。

农夫们异口同声地拍着大腿狂笑起来。

“来，老板，”男爵喊道，“给这小伙子些吃的。放在那边！”他接着说，“吃完了，您就回家，去找账房管家告诉他，您明天回格拉茨！”

“谢谢，男爵先生！我还有句话说！”

“什么?”

“圣诞节的时候我还能再来这里吗?”

“可以!”男爵说。

“请允许我直说,男爵先生,”村警说,“这小子不成器。”

“不是他的错!”男爵回答说。

“我知道,”村警说,“上流社会总是把这些小混混想得太好。我们的地方长官先生,要是我向他报告政治颠覆的情况,他总是说不会那么糟糕。”

“这是个人民的孩子!”泰丁格说道。这一刻他想到了泽诺瓦,想到了他也是个私生子,也许也是哪个泰丁格的私生子。谁知道,都乱套了。

克山德吃完,站起身来要走,又停下脚步,说道:“请您原谅!”然后递给男爵先生一个信封,行了一个令人倒胃口的可怕的女士屈膝礼,然后走了。泰丁格把信封递给村警:“他要干什么?”

村警念了起来:“尊敬的男爵先生,那个账房不老实,市长也知道。账房的老婆拿了所有绣着皇冠的桌布、餐巾、床单,还有那个带着皇后肖像的盛鱼的盖碗。请允许我出于感激向您汇报这些事,克山德·席纳格尔。”“很遗憾,但这都是真的!”村警说。泰丁格说:“这真没办法!”他出神地望着天,已经知道自己不属于这个世界。

自从这第一次与儿子见面，泰丁格就知道自己恨这座庄园、这个地方、这幢房子，也恨对死去的伯父策努迪的怀念和他儿子——那个无聊的堂兄，恨这里的山、冬天、账房、被偷了的餐具，甚至还有那个聋子约斯茨。房子里的供暖不那么有效。当卧室里生的火在夜间熄灭后，就会突然变得冰凉潮湿，根本没有个过渡。枕头和床单散发出潮湿的寒气，闻起来像腐烂的草料。圣诞节越来越近，这是个令人难以忍受的节日，充满了所有恶棍假仁假义的祝福，到处都伸出贪婪攫取的手，到处都是化了装的农家小子和纸做的天使——这个地区使用俄历，所以圣诞节有大概三个星期。而现在那个年轻的席纳格尔还威胁说要再回来。

没那个村警，就根本不可能细看这个孩子。两匹马已经卖了，席纳格尔下学期的学费付了。泰丁格男爵其实还有足够的钱继续在维也纳待上几个星期。当然要节俭些，不能住在帝国饭店。每天晚上，当泰丁格离开杨科的小旅店踏上寒冷的回家之路时，肚子里都已经灌满了斯拉夫的李子酒。于是，他以为今天就能收拾行李，明天一早套上一架马车，就可以离开了。但当他踏进自家屋子，先点亮蜡烛，再点着灯，这时候恐怖和厌恶就攫住了他。泰丁格讨厌夜间家具的影子、墙上的霉斑、咔嚓作响的门窗。他很快躺了下来，趁着火还在炉子里烧着，陷入昏昏沉沉的睡眠。他醒来得晚，喝一杯菊苣根做的代咖啡，再来一小杯本地的葡萄酒，然后穿上衣服，茫然而漫无目的地走过附近的地方，盼望夜晚的到来。他走去小旅馆，等着村警，和偶尔也过来的市长及账房几乎不说一句话。再喝几杯，勉强有勇气能自己回家。泰丁格男爵属于那种在军队的纪律中长大，一辈子都等待命运的安排，就像等待上级的命令和指示一样的人，这种人并不少见。

有一天来了这么个指示，要骑兵上尉在十二月十四日上午九点三十分，去位于维也纳第二卫戍部队医院的仲裁委员会报到。这是因健康原因而申请更长假期的结果。大家都急着把这个骑兵上尉打发走，否则检查结果不会这么快就送到仲裁委员会。泰丁格感到伤心、痛苦和自卑。

十二月十日，泰丁格就已经上路。出门前他告诉账房："我二月再回来！情况就不同了！"他在火车站与村警队的警官告别时说："我相信您会把那个小伙子，那个席纳格尔送回格拉茨。他可以在账房那里待一个星期！"当车站站长发出开车的信号时，泰丁格从车窗里对他友好地挥挥手，心中怀着感激之情，就好像站长是为了男爵才让火车开动的。

二月的时候回来，男爵心里想——心中充满了一种完全莫名的肯定。他也对自己说：到了二月我就是全新的一个人了；另外，二月的时候春天就快来了。

泰丁格想，要是在维也纳能见到那个好人泽诺瓦就好了。

他在普莱斯堡转车的时候发了一封电报:“希望在维也纳见您,欧根亲王酒店。”他满怀希望地面对仲裁。

“检查结果”写道:心室扩张,高度神经衰弱,心肌衰弱,不适于现役。连身体检查都没做。维也纳第二卫戍部队医院的主任医师只说了句“你好!”,然后在纸上签了字。

“祝一切顺利,骑兵上尉!”他还说了一句。这简直就是哀悼。

就这样!这就是和军队的告别。泰丁格男爵沿着韦灵大街走着,心不在焉地穿过融化了的污秽的雪地。生平第一次不是军人了,自从可以思考以来,第一次不再是军人了。还能是什么呢?那就是平民了。大街上到处都是平民,但他们早就是平民了。而他则是平民中的一个新兵。“和军队的告别”被折叠起来放进了钱包里。

变成平民可不容易,对我不容易,对你也不容易。平民也许有上司,但没有上级。平民可以随便去想去的地方,无论什么时候。平民没有用手中的武器捍卫自身荣誉的责任。没有勤务兵,一个平民也可以起床:平民有个闹钟。泰丁格走着,就好像要使自己更平民化些,心不在焉地走在污秽的雪上,向左一拐来到了绍滕环路,想进咖啡馆里坐坐。他不再像以前那样隔着橱窗扫上一眼,看看和自己的社会阶层是否相符。平民可以做所有的事。

泰丁格在绍滕环路上随便找了一家咖啡馆走进去,在警察总局边上。这是一家小咖啡馆,是所谓的人民咖啡馆。在不多的几张桌子边围坐着六个戴着帽子的男人。所有人都戴着直直的帽子,玩着杜洛克牌。和我无关!泰丁格心里想着,眼睛向窗外阴暗的冬日望去,喝着加了掼奶油的咖啡。

又进来了一位客人。泰丁格以为不过就是随便进来了个人,和飞进来一只苍蝇没什么区别。

这个人没有摘掉帽子,用一根指头敬了个礼,然后坐在了那群玩杜洛克牌的人边上,开始看热闹。就在泰丁格喊"结账!"的时候,那个人突然跳了起来,转身看了过来。泰丁格觉得在哪里见过这个人。那个人摘掉了帽子,走上前来说道:"男爵先生不认识我了?男爵先生?"

是的,这就是写小册子的那个男人,泰丁格立刻就认了出来。"我可以坐下吗?"拉齐克问道,而同时也已经坐了下来,接着就讲了起来:"今天这个世界!我完全看透了,那些懦夫,无赖!那些高贵的上流社会!他们每个人手上都肯定至少有一条人命,都是凶手。有特权的凶手。他们有勋章、钱和荣誉。可您看看,男爵先生,我是多么潦倒。"拉齐克站了起来,在他的裤兜上弹了一下,翻了翻他的外套,指着破了的衬里,抬起脚来指了指开裂的鞋面皮革,摸了摸衣领,说道:"我一个星期都没换过了。""这真糟糕!"泰丁格说。"男爵先生是个天使。男爵先生，您是唯一对我好的人，”拉齐克说，“我想吻您的手。”拉齐克说着弯下了腰，泰丁格赶快把手藏在了口袋里。“不，我懂，我知道自己不配，”拉齐克说，“但请您允许我讲一下那些骇人听闻的恶行，好吧？”“好！”男爵说道。“我带着我的书去找 W 伯爵，他现在瘫痪了，赞美上帝，这真是现世报啊！我和他就像当时和男爵您一样说话。但很遗憾，伯爵有条胳膊还健康。他抬起胳膊按了铃。仆人走了过来，然后伯爵说：‘叫秘书。’然后秘书来了，伯爵说：‘按规矩招待一下这位先生。’我和秘书讲起来，毫无疑心，像个无辜的孩子——当我到家时，那个保安队的洛特布赫站在那里对我说：‘拉齐克，我必须逮捕你！’然后，嘁里咔嚓，书被没收然后禁售了。他们把我从报社扔了出来。现在我只能靠着那边的几个家伙过活，他们也是保安队的！”

“真糟糕，编辑先生！”泰丁格说。

“男爵先生还这么友好地称呼我的头衔。”拉齐克说着，已经听得见喉咙里的哽咽声。“要是允许我报答您的话，我这里有个药品的小代理。”他掏出一个小瓶子，倒出来点粉末，“人会失眠，有的时候，我知道，男爵先生，医生不给开处方！”

就在这个时候，那六个男人站了起来，抬了抬戴得僵直严肃的毡帽。最后一个人说：“抱歉！”把小瓶子和粉末装进了包里，然后命令拉齐克：“走！”拉齐克站起来，鞠了一躬，跟这些男人走了。跑堂的来到桌子前。“对不起,男爵先生,警督泽德拉策克让我捎话给您(他说男爵先生没有认出他来),那个编辑拉齐克做可卡因生意,警察局利用他,而且——而且,让我告诉您,男爵先生不应该支持他!”

“谢谢!”泰丁格说。他走出了门,招手叫了一辆马车,命令道:“卡格兰!”

当他踏进监狱让人通报典狱长时,心中有种感觉,就像自己来这里是自愿接受关押一样。典狱长还是原来的那个典狱长,立刻就认出了泰丁格。“我留男爵先生单独在这里。”他像上次那样说道。“不,请别!”泰丁格说得是那么肯定,典狱长坐了下来。“我不想单独和席纳格尔小姐说话!”

门被打开了,席纳格尔走了进来,她像上次一样停在了门槛那里,抬手挡在了脸前,泰丁格向她走了过去。“你好,米茨!”他说。米茨看了一眼写字台后的典狱长,吓了一跳,不由自主地弯下了身。“您走近一点,米茨!”典狱长说,然后对男爵说:“她非常好!三月就自由了”“然后你想干什么?”泰丁格问。“啊,男爵先生真是太仁慈了!”米茨说。在泰丁格眼中她和上次看起来不一样。他把米茨的便帽向上抬了抬,金色的头发倾泻下来。典狱长说:“我们不是那么残忍,男爵先生!”

“谢谢,行政专员先生!”米茨说着,并再一次别扭地行了屈膝礼。她从蓝色的衣服里掏出了一块手绢，擦了擦眼睛。但她的眼睛干干的，男爵看得清清楚楚。他的心中没有半点波澜，这和上次不同。他想往好处想，也许席纳格尔仅仅因为典狱长而有了变化，或者是因为长出来的头发。“你儿子来我这里了！”泰丁格说，“我把他又送回格拉茨了！”“克山德！”米茨喊道，“他现在怎么样了？”泰丁格本想回答“可惜不像我”，但他说：“很好，真的很好！”——米茨这次是真的哭了起来，但她这次是用手背把眼睛擦干的。此外她很快就止住了哭声。她用一种生硬又冷淡的响亮声音请求离开。

“请！”泰丁格说。她被带了出去。

“她感觉很好，男爵先生！”殷勤的典狱长说道。“当然，这看得出来！”泰丁格说，“您非常乐于助人。”“永远乐于效劳，男爵先生！”典狱长站起身来。“乐于效劳！”他重复了一遍。

马车还等着。泰丁格明显感到什么东西被打碎了。同时又觉得完全无法，也从来没能，将来也不会理解这个杂乱无章的世界。这就像他坐在赫拉尼采军校的数学作业前一样。他不再是个军人，但还没成为平民。这两者有关联吗？他不知道一个人是好还是不好。要是有人这么问他的话，他就没法说拉齐克是好，是软弱，还是卑鄙；也没法说米茨好，堕落，还是坏。他甚至不能说她儿子——顺便想到这也是他自己的儿子——是不是个滑头或者并非无药可救。起码在泽诺瓦还没回来前不好说。

显然这是多事的一天,"命运坎坷"这个词是他在什么地方读过的,一下闯进了男爵的脑海中。在宾馆里,有人告诉他,泽诺瓦少尉刚才来了。

身穿军服的泽诺瓦已经是第四次变身了,比穿便服还让人觉得陌生。现在,因为他不再肩扛中士军衔,而是有了一般是年轻人才有的少尉军衔。这让他看起来显老,比实际年龄要老很多。他自己也肯定感受到了,不再像军人似的走路,看起来像后备役:穿得有点不合适,既不是便装,也不是军装。一个文书少尉没有靴刺。一个人的靴子上安了十三年马刺后,要么就穿便装,要么就根本不走路了,就如同没有了双脚!泽诺瓦讲这一切的时候,用的是种真诚的,几乎是痛苦的严肃。泰丁格完全理解。典礼服不再配筒状军帽,而是戴平顶帽,活像个地区专员。泰丁格懂得这种痛苦。还要再过很长一段,他们才能停止一起谴责这种可笑的、让文书军官遭受强烈不公的勤务条例。泽诺瓦拥有的那些聪明才智在这里没用。十三年的骑兵生涯就像大自然一样强大。他是个文书少尉,一名老气横秋的少尉。

这一夜,他们不免又为兄弟之情而举杯。他们手挽手回到了宾馆。文书少尉泽诺瓦第二天要去一个遥远的驻防地,去需要文书少尉的那个地方。那是第十四狙击营，远离整个世界，在挨着俄国边境的布朗迪。

两人很晚才醒来，几乎没有时间说话，更没时间重新回到昨晚那种亲密无间的气氛中。“谁知道，什么时候我能再见到你！”男爵说。“谁知道，我是否还能见到你！”泽诺瓦说。他们拥抱并亲吻了彼此的脸颊。

男爵孤零零地留下来，成了孤儿。他漫无目的地走着，这种漫不经心渐渐滋长成生活的主旋律。泰丁格不会再遇见老朋友，享受着长久的心不在焉和漫无目的的游走。他胃口全无，喝酒也没滋味，就连找女人也没有快感。他在人流的喧闹中享受着毫无意义的孤单和偶尔没有喜悦的快感。

泰丁格有的时候会想起米茨·席纳格尔，想到三月。有一个晚上他给典狱长写了封信，听说席纳格尔三月十五日会刑满释放。他对米茨没有什么特别的感觉，对三月十五这个日子也一样。那起码是个日期，一个固定的点，一个界限。他不安的思绪有的时候会在这个日期前中断，在一个界限前。

二十六

这一年春天来得早。还是三月，太阳却已经温暖得像五月。花园里的金链花凭借骤然且饱满的力量绽放开来。乌鸫的声音盖过了城市里其他所有嘈杂。栗子树淡绿色的叶子眼见着就变宽变大，花朵散发出刺鼻、自负和夸张的香气。甚至连灵巧敏捷的燕子在这一年看着都更为亲切。它们从行人的头顶子弹一般地飞过，如同空中的和平之箭。从卡伦山不断刮来的阵阵和风吹进城市。城墙和铺路石心怀感激而且含情脉脉地用自己特殊的气息迎合着这阵风。当夜幕降临时，在城市的每个角落都可以看见沐浴着落日余晖的施特凡大教堂的尖顶。闻起来像苏醒了的洋接骨木花，像敞开大门的面包房里新鲜出炉的面包，像拉车的马前放的麻袋里装的燕麦，像市场里新鲜的洋葱和小红萝卜。

在这样的一天早上九点四十，米茨·席纳格尔被女子监狱释放了。几个星期以来，她的出狱对泰丁格而言都是不急于返回庄园的一个理由。

有的时候，泰丁格一个人坐在维也纳郊外宾馆的花园里。那里早熟的花已然盛开。如果葡萄酒让他伤感，而空气让他轻快的话，他会默默自言自语。他提出自己无法给出答案的问题。这不是良心在折磨他！米茨是否因为他才沦落进了马茨纳夫人的那幢房子，对此他根本无从顾及，因为他在一个绝望女人的命运中看不到什么不幸。他只认得无忧无虑的妓女。看起来生活给这些女人带来的欢乐远比给其他那些女人多,比如各部委员和司局长的夫人们、烟草店里萎靡恶毒的女售货员、哭红了眼的厨娘、被男人抛弃的市民家的闺女。此外,通过那场令人恶心的"丑闻",他甚至还让米茨过上了几年童话般的生活。而他自己却因此失去了荣光和无忧无虑的生活,差一点还丢了荣誉和声望。他为什么还要关心米茨?他爱她吗?——当然不是。心在泰丁格身上属于萎缩了的器官。

男爵不知道答案。只是觉得对米茨和对那件"丑闻"有种无法理喻同时又解脱不了的干系。虽然所有的这些事都无法理解,但在他看来已经结束并封印了。而对已经结束并封印的事情根本没什么办法。

当泰丁格三月十五日一早去卡格兰女子监狱的时候,几乎克制不住多少带点喜庆的心情。他已经忘记,自己是唯一打算去接席纳格尔的人。对男爵而言,这好像是某种仪式所强迫的愚蠢行为。另外,乘马车穿过清晨的各种喧闹也有助于消除泰丁格在愉快的宿醉后刚萌发出的念头。

他好像完全自然而然就来到典狱长的办公室接席纳格尔。因此她被提前半小时从班房里提出,身上穿了件棕色的外衣,这是她去年秋天收到的。席纳格尔手中托着大毡帽,里面装着酸樱桃,因为她担心这种帽子现在已经不流行了。她的头发之前很短,重新长得茂密的美丽头发焕发出生气勃勃的光芒。苍白的容貌看起来瘦弱但却高贵。泰丁格心想，现在她看起来确实像海伦！

“我可以省去平常的道德说教，”典狱长微笑着说，“米茨·席纳格尔，男爵先生以如此高贵的方式关心着您，所以我肯定再也不会在这里见到您了。男爵先生，我随时愿意为您效劳！”

车在外边等着泰丁格。“你想去哪里？”他问道。米茨先是忧心忡忡地四下里看看，显然她想着谁。“我还必须等等，”她说，“莱尼要来。您接我来得太早了！”这是个责备。自由、春天、等着的马车和泰丁格看起来都无法带给米茨喜悦。“谁是莱尼？”泰丁格问。“我的朋友，男爵先生！！我们俩一起坐牢。莱尼是作为堕胎帮凶被抓，她是个正派的泼妇，这个莱尼。我们俩处得很好，她四个星期前就释放了。她说话算话，会来的。”

就在这一刻，男爵看到了一个既魁梧又显眼，还招着手的身影迅速向这里赶了过来。而且立刻就可以听到这副身形的动静，尖锐的喊声已经先传过来。可以越来越清楚地听到有人在喊“米茨”的名字，而且这人是个女性的样子。这个女人穿着一件黄色生丝套装，戴着一顶亮绿色车轮般大小的帽子，黑卷发向前凸起，脚踩一双黄色纽扣靴，拎着雨伞、皮毛围巾、小手提软皮包。这是玛格达莱妮·克罗伊策，普拉特公园一座拥有许可证的旋转木马的主人。两个女人热情地亲吻对方。“您是那个男爵先生,我早就知道了,您不用对我说什么。我知道米茨所有的事。这是我们的车吧?那我上车了。我们先去你老爹那里,他瘫了,否则他也会来的。”还没等泰丁格明白发生了什么事,自己已经坐在了反向的位子上。在米茨和莱尼对面。他有点腼腆,非常不舒服,提着膝盖,头耷拉着。扑面而来的不仅有泰丁格听不懂的黑话,还有晴空霹雳般的叫喊和暴风骤雨似的抚掌大笑。两个女人说的是种方言,男爵还从来没有这么近、这么努力地听过这种方言。这让他同时回忆起了轮子的滚动、猫叫和号角。后来,车终于抵达了西夫环路。

米茨曾在这里作为波斯皇帝的“姘头”华丽地驱车路过。女管家当然还活着,理发师克山德已经结婚并且搬家去了布鲁恩。商店重新开张了(现在属于一个年轻男人)。不过就在这一天,老席纳格尔离开了莱恩斯的疗养院,因为他不想让女儿获悉自己的“耻辱”。在屋里,正靠着打开的门,坐着瘫痪了的老席纳格尔。昏暗的背景中,海泡石的烟斗就像骷髅的骨头一样发出荧光。男爵心中有些回忆被唤醒。他在这里第一次遇见米茨。老席纳格尔只有胳膊还能动,连舌头都不管用了。他结结巴巴,唉声叹气,用一种意想不到的力气在擤鼻涕。出于尴尬,泰丁格买了五个烟斗。女管家问要不要来点烟叶。同样因为尴尬，他说："好，请，非常感谢！"——"米茨是不是想在这里住？"老席纳格尔结结巴巴地问。"不！"玛格达莱妮·克罗伊策坚决地说。这早就决定了。米茨为了稍微"修复"一下，暂时住在克罗伊策在克洛斯特新堡大街的房子里。她的小手提软袋里有印好的名片，摸出来一张递给泰丁格，说道："别扔了，男爵先生，我们明天等您，星期天，二十一号楼三层左边，下午五点。别来太晚了，男爵先生！"她就这么和泰丁格告别。泰丁格鞠了一躬，告诉车夫克罗伊策的地址，把两位女士的车费先付掉，然后消失在下一条小巷子里。那里有家咖啡馆令人欣慰地在冲他招手。

泰丁格没把地址丢掉，也没忘记时间。他从来都记得住约定好的日期。星期天，心中稍许带着些担心，他站在了二十一号楼前，闻着酸菜、猫和晾晒的小孩衣物的味道。听着从所有屋子里传出的声音，底下，上边，周围，连米茨的声音他也区分得出来。他果断拉了拉门铃的绳子，直接就走进了一间屋子里。屋子里铺着红色长毛绒地毯、绿色的桌布、黄色的花瓶，还有蛋糕、橘子、咖啡杯和一个巨大的咕咕霍夫蛋糕。两个女人身穿夏日带黑色小斑点的白色衣服，像姐妹一样坐在那里。一个是黑头发，另一个是金发。两位女士交代泰丁格做什么他就做什么：吃咕咕霍夫蛋糕，尝蜜饯，喝咖啡，然后再来一杯覆盆子酒，抽塔布克雪茄，虽然他只受得了香烟。他认真聆听,但什么都没听懂,心中也空空如也,觉得胃疼。男爵打算问问厕所在哪里,结果被带进厨房,关在一个搞不清楚派什么用途的小房间。这样他就可以顺手用铁皮壶里的水来冲马桶,然后再出来。还没等重新落座,门铃就响了起来。一个巨人走进屋,感觉就不是来自于这个世界,让人联想起一名车夫、一名屠户或是一座套了件衣服的纪念碑。这是伊格纳茨·特鲁莫,玛格达莱妮·克罗伊策的男朋友。他是这么介绍自己的。但接下来说话的语速和自己的体型及隆隆作响的嗓音完全不符,泰丁格只听懂了这个人觉得很荣幸。这个巨人吃着,喝着,说着,还抽着烟。然后又喝,又吃,又说。"你们在这里干什么?"他后来问道,"出去遛遛?"——"天啊!"他不时地毫无缘由地喊上两声,然后又说,"真他妈的混蛋!"这已经不是什么维也纳方言了。这就像一只熊试图去说意大利语。

有轨马车里塞满了人,那个"真他妈的混蛋"的特鲁莫坚持要步行去普拉特公园,去看看"生意"——他指的是旋转木马。泰丁格乖乖地在伊格纳茨边上走着,两位女士走在前边。要是熟悉了这种方言,很快就能听明白些事情。特鲁莫是见过世面的,他本来是察姆波士奇伯爵那里的马车夫,伯爵死后他成了马贩子。他做生意漫不经心,把军马检疫委员会折腾得够呛。为了一个朋友,特鲁莫送交了一匹没有检疫过的马,结果导致“劳民伤财”。是啊,男爵先生了解这种故事,国家财产啊!所以特鲁莫现在入伙了玛格达莱妮·克罗伊策的旋转木马,据说是个不错的生意;其实现在有可能便宜买下蜡像馆,这可是高贵的行当,真算得上是高雅艺术,和博物馆差不多……

旋转木马其实相当大,有马、车、雪橇、小船。整个旋转木马绕着一个彩纸做的巨大的圣母玛利亚雕像在转。圣母扎着两个小麦色辫子,长着巨大的胳膊,顶着高耸的发髻,穿着巨大的带有衬架支撑的女裙。就连圣母也是绕着自己的轴在转。她体内有台手摇风琴在响。这个旋转木马安放在一个圆形木质底盘上。在这个木质底盘上开有一扇门,两个女人走了进去,泰丁格不得不跟上,就连那个庞然大物居然也能挤进这扇小门。现在大家站在了底下,上边是机器的噪音、风琴的音乐、链条的嘎啦嘎啦声。链条连着的旋转木马在上下摆动。这里又冷又潮。一头驴,就像这空间里的暮色一样模糊,不停地绕着圈子,跟着一个在它前面晃动却够不到的燕麦口袋。这头动物驱使着整个旋转木马在运转。沙尼有的时候给驴子鼓鼓劲,就是让它开始跑起来,好像这是一匹老马似的。“我可不是浑蛋,”克罗伊策解释道,“我还有另外一头驴,替换用的!”随后,所有人重新从这个小门挤了出去。按照特鲁莫的命令,大家都去了“第二咖啡馆”。那里演奏着军乐,人们面色苍白，汗流浃背，兴高采烈地开怀大笑，一起处于一种浑浑噩噩的状态中。尽管如此，空气还是显得轻松有趣，几乎显得有点讲究了。这是种文明的气息。就算吵闹，也显得谨慎私密。他们的呼喊听起来像是鼓励，针对的是忧愁悲伤。这是喜悦的祝愿，在周遭只看到令人高兴的事。泰丁格来了兴致。

克罗伊策问泰丁格是否见过蜡像陈列馆。那是当然，泰丁格回答说，然后兴高采烈地开始讲起在那里看到过什么。比如蓝胡子杀妻人、恶贯满盈的匪徒青格勒，锡本布尔根[①]来的强盗头子克拉斯尼克、波斯尼亚的科米塔奇思、连体婴儿。"男爵先生，"特鲁莫这次用标准德语兴高采烈地说，"您这脑袋瓜子的记性可真不赖！"泰丁格还从来没有听过这样的恭维话。米茨想知道，男爵什么时候会再穿上军装。泰丁格说会在皇帝生日那天。他知道自己在说谎。但他想让所有的人都高兴一下。所有这些人本来都是人民，都很有魅力，都是"人民的孩子"，包括这个巨人，那个叫特鲁莫的。

为了把米茨被毁掉的生活重新安顿好，就有必要把那个蜡像馆盘下来，这也是唯一的好机会。克罗伊策认为男爵不会反对。泰丁格也说："啊，怎么会反对？"看起来似乎不难，只要不被人骗，定个好价钱就行。

"太贵了！"特鲁莫喊道。

---

① 今罗马尼亚特兰西瓦尼亚。——译者注

未必,要是男爵想要出一份力的话,可以说是用来抵充抚养费。毕竟米茨自己把那孩子拉扯大,甚至养得那么有出息,配得上他这样一个父亲。

好吧,泰丁格心想。用这种方式,我终于摆脱了这个无聊的抚养费。“当然!”他说道。“只要能做到,”他不是出于谨慎讲出这句空话,而是因为这句话听起来显得那么庄重,“我会帮助米茨!”

遗憾的是在接下来的一刻,发生了件非常难堪的事情。第十一长枪骑兵队的托依芬施泰因中尉和未婚妻霍夫曼·冯·纳吉富缇可小姐肩并肩地走了过来,嘴里喊道:“他在这里!泰丁格!”——这是可怕的一幕,确切地说是“太难受了”。“我住在欧根亲王饭店!”他和自己的牌友说道,“明天请一定来聚聚。”他甚至忘了付钱就站了起来,急匆匆迎着托依芬施泰因过去,然后被拉到另一张桌子那边。他喝着葡萄酒,强颜欢笑,听着八卦,讲自己现在被羁绊在农庄里了。“知道吧,”他说,“怎么说也是份产业,不然真就没救了。”

深夜,泰丁格独自一人穿过普拉特公园。尘土还盘旋在空中。在悄无声息的橡胶车轮前,颇有风度的马蹄柔和地敲打着主干道。“没—救—了,没—救—了。”马蹄声声。从路边的灌木里传出了情人们充满渴望的耳语。一个卖花的女人在卖紫罗兰。他买了五把,茫然地拿在手里,直到有个姑娘走了过来。他把花给了这位姑娘,然后和她一起去西北火车站那里的宾馆。因为他害怕孤独的夜晚。

二十七

上午,普拉特公园里呈现出了一座公园端庄的妩媚,还有森林中那充满神秘感的宁静和节日来临前潜伏于宁静中的躁动。

在这种时候,经常可以看到泰丁格男爵走在主干道上。几年前——这中间隔着一个世界——他还在这条路上骑马,骑着那匹叫皮拉得斯的马。有的时候,男爵会沿着骑马的大道边上走走。女士们和先生们有的骑马小跑,有的疾驰而过。他不需要看到有些人的脸,就能认出来。凭着马踏步伐的节奏,凭着骑手在马鞍上的坐姿,凭着手持马鞭或缰绳的样子,凭着背部的曲线。这匹牝马叫格兰茨-埃-帕斯。那匹是蒂博尔·冯·丹尼尔的马。刚才,埃米莉欧·卡萨博纳在那边问候了同乡博格乔伯爵。而银行家冯·戈尔特施密特的马是一匹来自坤-赫德瓦利伯爵养马场的栗色马,值两千古尔登。相反,塞勒恩-阿斯庞家族的女士骑着一匹丑陋的牝马,步态笨拙,臀部大得夸张。每天上午,泰丁格都一本正经地做出类似判断。他从来不走上前去，但一直都还认得所有人。觉得“注意这些人”是自己的任务。要是有时候哪位骑手两天没有出现在马道上，那这种缺席会令泰丁格感到不安。

接下来，泰丁格就坐进酒馆小酌一杯。很多人会在那里下马。许多人认出了他，会问及近况。泰丁格总是用同一句话打发大家：“我现在举止已经完全粗俗了！”——他就这么说。他说农庄那里的情况非常糟糕，但留在那里是绝对必要的。泰丁格变得与整个世界格格不入，害怕与人打交道，也已经不敢去沙龙。生活对他而言已经没有了任何意义。“你现在终于该结婚了！”老男爵维尔玛诺夫斯基如是说。他是上院的议员，很多年来都致力于撮合老男人和来自负债累累家庭的年轻姑娘结婚。他直言不讳地承认自己不搞其他什么政治，只认“家庭政治”。“我当时应该和海伦结婚的！”泰丁格说。“她真是非常不幸福！”维尔玛诺夫斯基回答说，“W 伯爵瘫痪了。年轻的奇尔斯基不停地向她献殷勤。她丈夫一直就是个傻瓜。”

上午的时光都以这种方式奉献给了贵族阶层。下午的时光则被男爵贡献给了“人民”，同样也是在普拉特公园里。他经常去旋转木马那里，和米茨，和克罗伊策，也和特鲁莫先生聊聊天。他喜欢和这些人去听军乐，去第二咖啡馆，让人讲与名人蜡像馆有关的讨价还价的情况。他挺喜欢蜡像馆。蜡像令人有好感;无论如何也比旋转木马好。天地君亲啊!特鲁莫感叹道,要是想好好地做成这笔买卖,那可要投一笔不菲的数目在里边。然后挣钱的机会自然也根本就看不到边。有的时候米茨·席纳格尔会和克罗伊策或者特鲁莫交换位子,贴近男爵,轻轻地抚摸他的手,就好像突然想起了早就忽视的责任。第一次的时候吓了泰丁格一跳,突然就默不作声了。接下来他就习惯了自己的借口:没事儿,米茨乖乖的;这都是好人。这是他们的那种"民间习俗"。他甚至喜欢上了这种习俗。在这样一个春天清凉的夜晚,从米茨·席纳格尔身上可以感受到一种友好的温存。温暖的回忆被唤醒了,让人回忆起米茨的身体和泰丁格自己的一些秘密,还有隐藏起来的色欲和淫乐的礼物。可是米茨却做出了反感的表情。她自己先注意到了这一点,并渐渐开始克制这种反感。米茨压制住自己的热情。笑的时候,不再用手遮住自己的脸;害怕的时候,也不再尖叫。所有这一切都勉强算作心中的安慰,这是她很早以前在学校里擅长的方法,那时只不过是四个小时。她脑袋里飘过的全是乱七八糟和充满矛盾的东西。觉得只不过在教养院里受到了惩罚,就如同在学校里一样,但人格并没有受辱。可现在她觉得获得自由后,却不公正地被恶语加身。不公正!到底有什么罪?她苦思冥想,开始仔仔细细地审视自己至今的人生经历,一年一年,一件事一件事。而这只能带来侮辱和羞耻。泰丁格就是这一切的开端。而此前,除了父亲店铺里模糊的光亮什么都没有。突然,风流倜傥的他闯了进来。领子上点缀着星辰,制服上镶嵌着太阳,一道细长的银色闪电缠在腰间。要不是那个玉树临风的男爵,其实她本该老老实实和理发师克山德结婚的!他就不该来找米茨!那她也就不会变成个姘妇,更不会被送珍珠。珍珠带来不幸!都是泰丁格的错。

米茨根本就做不到保持沉默,转而把自己的想法告诉了克罗伊策,也收到了表示赞同的意见。克罗伊策提到那个私生子。养活母亲和儿子是泰丁格的责任。伊格纳茨·特鲁莫走了过来,也是这个看法。"所有的人都一样。"——他从这个前提出发,"我们这样的人要是不付抚养费的话会吃官司,唉,搞不好还要给女人去跳舞的钱!想想就让人气炸了肺!"特鲁莫琢磨着自己的三个私生子。真麻烦!孩子的母亲们当然把他给告了。在两个官司里,他成功地否认了父亲身份。但第三个孩子是个女孩,他把这姑娘安顿在了自己在克里格拉赫[1]的姑妈家。结果这姑娘跌进了洗衣服的烧水盆,烫伤了。这种"麻烦事"不会缠上高贵的先生们。男爵先生把那个蜡像馆当个小礼物送给米茨是再自然不过的事情了!这对所有承受这一切的人而言也算是个差不多的补偿。

---

① 奥地利小城。——译者注

“可我一直都还爱着他!”席纳格尔承认道。她的确是爱他,有的时候觉得自己还会再一次跟着泰丁格。就像以前,离开父亲去绅士巷,然后又去了马茨纳夫人的房子,接下来生个孩子,得到带来不幸的珍珠,最后再被关起来。她对所有的这一切都不后悔。就连对他,对他的双手,对他的气味,对与他共度的夜晚和对他的爱及思念都让米茨心力交瘁。米茨渴望着泰丁格。这让她自己都感到奇怪,在头脑清醒的时候,知道这种渴望不是爱情对她的控制,而是复仇的渴望。她想报仇。她属于泰丁格。为什么他离自己那么远?

她知道泰丁格上午会去普拉特公园散步。为了能求得偶遇,有一次她也去了那里。先从远处看到了泰丁格在自己前边远远地走着,她认出了男爵的后背和走路的姿势。他消瘦精致,在大树之间穿行。这勾起了她的眼泪,单单看着他走路的样子就可以让她泪流满面。跟着他,仅仅是看着、爱着他的背影,就是件美好的事。要是他什么时候离开林荫道走到有阳光的马路上,就爱他的影子。米茨会在心里默念:先生、男爵、骑兵上尉。哪怕是私底下她也不敢叫弗朗茨——这是因为身体会感到恐惧。要是叫他“弗朗茨”,那会有把剑穿心而过。

没有和男爵迎面相遇是件好事,她自己都未必受得了。米茨本来已经掉头往回走。这样泰丁格今天,今天就不会,今天还不会遇见自己;但是离掉头还可以有点时间。她走着,并不知道自己越走越快。现在她已经可以听见男爵的脚步声了。他突然站住,猛然一回头,就看到了米茨。他感觉到有人跟着自己。

泰丁格让她走上前来。“你知道,米茨,我不喜欢惊喜!”——实话实说,他的的确确痛恨惊喜,痛恨不是自己想要和预订的圣诞节礼物,会把这些东西立刻毁掉或丢弃。他认为惊喜是庸俗的,就像吓人一跳的叫喊,像女人的大声哭泣,像咖啡馆里玩杜洛克牌的吵闹,像大街上男人之间的争吵。“这是巧合,请原谅,男爵先生!”米茨骗他说,“我以为男爵先生是骑马的。”——“我没有马,米茨。我不骑租来的马!——你去哪里?”他几乎已经怀疑上了。“哪儿也不去,随便走走。”米茨说。“那你现在回去吧,去花园那里的施泰纳克宾馆坐坐,喝杯啤酒。我一个小时后来!”泰丁格转过身离开了。

其实,泰丁格没兴趣再继续散步,也要避开骑马的人,掉头往回走。他有点同情米茨,也为这种同情感到羞耻。要是她没有那个麻烦的儿子,一切都还好。他突然想起来这也是自己的儿子。他没有感到自己有什么错——从来没有。但这是个事实:毋庸置疑克山德是他的儿子,米茨也没办法——或者她能做的也不多。当泰丁格来到施泰纳克宾馆时,几乎又有了一张友好面孔。这对男爵而言是个提前了的下午。大概十一点的时候就已经对普通民众开放了游乐场。这自动地就唤醒了泰丁格对蜡像的兴趣。这需要很多钱。要多少呢？特鲁莫也许知道。泰丁格问米茨她自己还有多少钱。米茨承认只剩下从死去的马茨纳那里继承到的三百古尔登了。至于那个床上用品商店还剩多少钱，米茨未置一词。在监狱的时候，克罗伊策就建议绝对不要对任何人提及这个“应急储备”，连特鲁莫都不能说。决不能告诉儿子。但米茨现在听从的不仅仅是莱尼的好主意，还有内心的声音。自从她被监禁起，心中就有种可怕的对年龄及贫困的恐惧。就好像所有能做出的轻率鲁莽行为都耗尽了，融化了，和钱财一起都没了；所有无忧无虑、盲目轻信、目空一切和慷慨大方的储备都已经消耗殆尽。在她心灵的深处残留着自然形成，且在青春时期就埋藏起来的对痛苦生活中偶然事件的畏惧。这是对安全保障的渴望，是对全部财产那温暖的爱，是对被放弃的一切所带有醋意的温柔体贴，是节俭和藏匿。简言之，那是像她这样的女人与生俱来的对储蓄银行和保险公司的永恒信仰。她不觉得这有什么丢人。这样的沉默正是一种伦理责任。就如同让泰丁格付钱也是一个伦理要求。这笔钱，这笔男爵为她而支付的钱，也养活了她对他的爱。这两千古尔登放在了邮局，存折包在她的手绢里，放在箱子的最底下。锁箱子的钥匙挂在脖子上，挨着耶稣受难十字架和挂在项链上带有圣特蕾莎的小盒子。

"三百古尔登显然太少了。"泰丁格说。对蜡像的敬畏之情已经深深地扎根在他心里,如同他对钱财的轻视一样。这样的蜡像肯定不便宜。当然,当然,这个他懂。"请允许我赞助你一些。"他说。"啊,谢谢!这真是太好了,真是高风亮节,完全是您的风格,男爵先生!"——米茨已经伸出双手去握他的右手。还没等泰丁格做出反抗的动作,她已经俯下身去,动情地吻了他的手。男爵吓了一跳,绝望而无能为力。

米茨突然开始流泪。这加剧了泰丁格的不满,但内心也受到了触动,就像那次在典狱长的办公室里米茨开始哭泣时一样。"您还有点喜欢我吗?"米茨问。"喜欢,喜欢,当然了。"泰丁格十分坚定地说,本想让她止住眼泪,但结果却适得其反:热泪一发不可收拾地涌了出来。不过也没持续多久。米茨抬起了头。她那凌乱的头发、藏着的帽子、揉得皱巴巴的手绢,刚刚哭过的眼睛中流露出孩童般真诚的蓝色,这些都让男爵喜欢,也让他对米茨亲密。她立刻就感受到了,速度之快就像一只老鹰在猎物头上长时间盘旋后,瞅准了那猎物出现软弱的一瞬间而凌空扑下。她问道:"我今天能去您那里吗——今晚?""今天不行!"泰丁格说。他不喜欢没有准备的事。"明天?后天?什么时候?""好,明天!"泰丁格说,"也就是说,我要是没什么事突然被耽搁了!"

二十八

其实泰丁格在心里还抱有模糊的希望，希望能发生点什么事把自己耽搁下来。但这样的事情并没有发生，米茨·席纳格尔来了，就像约好的那样。而他也很快就习惯了，就像习惯大部分遇到的事情一样，好的、坏的、“有魅力的”、“无聊的”。他在米茨那里找到了熟悉的温情，发现了那些熟悉的秘密。米茨来得越来越勤。她辛劳地哺育着这刚被唤醒的习惯，热烈地爱着，就像以前，一切都刚开始的时候。而和以前一样，她有时会沉湎于那些危险的梦想。她自己知道这些梦都是愚蠢的，而且一旦从梦中醒来，留下的只有痛苦和不堪。可笑的梦，在亲切友好的短暂中，就连失望也令人感到充满幸福，哪怕失望告诉她：男爵会变老的，也许还会生病——当然不是什么大病！也许只是暂时的需要简单照料的瘫痪。那就可以照顾他了，也就完全属于他。非但如此，泰丁格也可以算是她的牺牲品了。接下来，男爵越来越老，就需要米茨了——然后她就是他的夫人了。她已经当了一晚上的伯爵夫人。生命中的最后十年当个男爵夫人也挺好。

在这样的一天中，老席纳格尔——他还是自己孙子的监护人——收到了从格拉茨教养院院长那里寄来的一封通知，被告知无法继续收留克山德。这孩子必须立刻回维也纳母亲这里，或是去别的什么地方。他的道德品行、勤奋刻苦抑或天分都不符合继续留在施坦因马科的其他教育机构的要求。老人把这封信寄给女儿。无论玛格达莱妮·克罗伊策还是特鲁莫都认为孩子应该属于母亲，私生子绝不要去什么教育机构。他应该去当学徒，这样才能有出息。这不过就是上天的旨意，是上帝的指示，就如同书中所写、牧师所言。孩子的父亲在这里，就在眼前。没人和他说一个字。这孩子直接到这里来。然后米茨叫他去男爵那里，最好就是明天。我在这里，我现在该干什么？我在这里，父亲大人！也许他会送孩子去自己的庄园，谁知道呢？男爵有的时候情绪不稳，天地君亲啊！

一个星期后的一天早上，泰丁格刚想离开宾馆，有人来报说来了一个叫席纳格尔的年轻人。这个丑陋的年轻人给可怜的泰丁格留下了强烈的印象。他现在知道，自己在和谁打交道。这么快就知道，完全有违于他的本性。“叫他进来！”他命令道，“但要是他以后再来，就把他赶出去！”

是的，就是这个丑陋的年轻人，个子比上次还要高，歪着嘴巴，黑眼眶更红了。他自己的儿子！他自己的儿子看起来就像大自然想要拿男爵来寻开心。额头相似，发际线、下巴、眉毛、眼睛的轮廓也差不多。“早上好！”年轻人说。他手里拿着帽子。他变了，明显更丑了，但感觉好像昨天才见了一面似的。“席纳格尔先生？”泰丁格问。“母亲说，我要来道一声早上好！”“谢谢，代我向席纳格尔小姐问好！”泰丁格说着向一辆马车招了招手。可怕的一天降临了。去哪里？“去巴登区！”泰丁格喊道，而当车刚过克恩滕大街时，他就变了主意，于是说道：“去警察总局！”下车付了钱后，男爵本来想和医生讲一下席纳格尔的事情，但已经没有勇气再去找警局的医生了。他在街上漫无目的地走着。当塔楼上正午的钟声响起，就在卫兵换岗前的一刻，他才来到老皇宫前。德意志骑士团的连队少尉发出口令：“慢步——走！”皇宫的钟表还没有开始报正午时间。鼓手长抬起了指挥棒，《拉德茨基进行曲》的最后一个音节忧伤地散去，在皇宫拱门下唤起了轻微的回音。现在皇宫里的钟声敲响了，鼓声轻扬，如同猫爪子轻轻挠在小牛皮的鼓面上。皇宫里传出来“枪上——肩！”的口令声。此时，皇帝陛下出现在某扇窗户的幕帷后边。一种无以名状的悲怆向泰丁格袭来。这么长时间以来，他第一次又感到对军服的思念和因军队而感到的痛苦。军乐队演奏着《蓝色多瑙河》。在宫殿前广场上的老百姓觉得在某扇窗户后边看到了皇帝陛下本尊。大家挥起了帽子，高举着手。在“乌拉”的欢呼声中，音乐几乎沉寂了下去。春天的阳光懒洋洋地照在皇宫上，像一位年轻的母亲般微笑着。《上帝保佑吾皇》的乐声响起，一种原先熟悉的敬畏之情流过泰丁格的全身。这是士兵的敬畏，是对颂歌的敬畏。他站在那里，手中拿着帽子；他更想行军礼。

泰丁格今天想去“德意志餐厅”吃午饭。在路上，他认真地思考着是否重新参军的问题。他没钱了。好吧！就算后备役也行。诊断结果是可以更改的。他的朋友卡勒基就坐在军事部。在一两个小时里，这位退役骑兵上尉看到了自己整个徒劳的人生。庄园、米茨、普拉特公园里的人民、那个克罗伊策和特鲁莫！——就连蜡像都无法唤起一点兴趣。他已经买过一个床上用品店了，现在显然还不得不买下个蜡像馆，但以后就算是了结了。再把庄园剩下的那点可怜家什一卖！然后回家！回军队这个家！他还想在宾馆考虑考虑，于是步行去了宾馆，在大厅里坐下。

门房走了过来告诉他，今天早上来过的年轻人又来了，是位女士陪着来的。她每天都来，但没人知道怎么办。让他们俩都来吧，泰丁格说。——两个人走了过来。泰丁格本想坐着不动，但还是站了起来，从沙发上站了起来。在一位穿着女装的人面前坐着，这实在是无能的表现。（要是某个时髦橱窗里的衣服向他靠近，他也会同样站起来的。）他甚至微笑了起来，请他们坐下。米茨从小手提袋里抽出了校长的来信拿给泰丁格看，同时已经把手绢拿在手里准备哭了。泰丁格读了几行,把信放在桌子上。米茨已经用手绢擦眼睛,带着大声的哭腔,脱口而出:“这孩子变坏了!”这明显是个指责。泰丁格的作品没成功。

“亲爱的席纳格尔小姐,”泰丁格说,“您的儿子多大了?”

“他正好十八岁,明天的生日!”

“啊,祝贺!”泰丁格对克山德说。“您现在打算干什么?”泰丁格问。

“我想,特鲁莫先生也说,孩子应该去我父亲那里帮忙打点生意,今后也许会继承那个铺子,我父亲生病了!”

“不要明天,”克山德说,“明天是我生日!”

“我正想给您送个礼物,”泰丁格说,“明天您不用再辛苦地赶到我这里来了!”他掏出了一张一百古尔登的钞票。克山德把钞票折起来攥在拳头里。“多谢!”他说。“说:谢谢,男爵先生!”米茨喊道。“是,”克山德说,“谢谢,男爵先生!”——沉默了一会,然后克山德突然说:“走吧,米茨!”然后就站起身来。

“我也要走了!”泰丁格说。他看了看表,站起身来,拿了帽子先走了。

“把钱给我!”米茨在街上对儿子说。“我刚想起来!”克山德喊道,“一百古尔登对你这样的一位女士根本不算什么！"他在母亲边上向前走了一段，但在下个街口拐了弯就走了，没说一句话。"克山德，克山德！"米茨喊道。他并没有转身。米茨步行穿过了红塔街，在弗朗茨·约瑟夫皇帝大道那里，她不得不坐了下来。这一刻非常安静，可以听得见浓密的金莲花束后面多瑙河的潺潺流水声。不怕人的麻雀落到了米茨坐着的条凳上。它们是来找食儿的，就像马路上的音乐家，演奏完曲子后就去收钱。米茨站起身来，想去边上的咖啡店里买个小面包来喂这些动物。她和所有小女人一样，对小鸟拥有柔情，这是她们对动物的驯服所抱有的多愁善感。米茨慢慢撕碎了一个小面包，喂得很节省，这样就可以让麻雀尽可能长地陪着她。她今天无法一个人待着，想尽快回到克罗伊策和特鲁莫那里。她轻轻地和麻雀说话，给它们讲克山德自从到她这里来的第一天就有多么糟糕。"他刚出生的时候是那么的可爱——后来也一样，当时还长着卷发。当他管我叫妈的时候，我简直高兴坏了。现在他根本就不叫我母亲，只说米茨女士，叫我女士！"她开始痛哭起来，感到自己在这孩子到来后才第一次感受到了自卑！在约瑟芬·马茨纳的房子里，那些人糟蹋了她，但从没骂过她。就连每礼拜在医生那里按照"风纪警察"的要求进行例行检查，也从没让她感到侮辱。后来她也没有这种感觉，无论是在接受调查、被拘禁期间，还是在监狱里。自己的孩子过来就是为了羞辱她的。在这一刻，米茨体会到了这个词的全部分量：羞辱。这个词——非常神奇——自从可以思考以来，就属于她的日常词汇，但她现在才明白了这个词的沉重含义。她站了起来，四下看看，边上没有警察，这才敢踏上草坪，翻上多瑙河的护栏，向下边的河水看去。几年前那个红头发的卡洛琳跳进了多瑙河，就在上边奥加登公园桥那里。再也没能找到她。马茨纳当时说多瑙河不喜欢献出尸体，会把尸体一直拖到大海。

米茨被这样的死法吓得打了个寒战。她看奔流而下的河水，看得时间越长，寒战就打得越厉害。但她也开始喜欢上了自己的恐惧，喜欢自己对这种湿淋淋死法的恐惧。当她在下边的皇帝滨江大道上瞥见了警察的头盔时，又回到了条凳上。

米茨渴望回到监狱。在那里牢房狭小，不会感到这么孤单。但外边的世界太大了，一个小女人在这里要孤单千倍。这种孤单就像这个世界一样大。克罗伊策算是个朋友，但她有她的特鲁莫。一个女人爱着一个男人的话，哪里还会是个值得信任的闺蜜？男爵永远都是可望而不可即。唯一能从他那里得到的就是这个克山德——但也离开了自己，对他而言自己不是个母亲。要是能忘记这孩子曾经多么可爱该多好啊！也许克山德正感到后悔，期待着母亲每天下午都在旋转木马那里。米茨走进了普拉特公园，走得很慢。她到得越晚，越觉得克山德已经来过。但克山德其实来得很晚，都已经是晚上了，身上散发着啤酒和烧酒的气味。他比平时还安静，眼睛里闪烁着一点陌生的光芒。米茨犹豫了很久才问那一百古尔登到哪里去了。但最后，她还是无法抑制住自己至少能救出七十古尔登的念头。“在这里！”克山德说。他拿出了一把十古尔登的钞票。“我花了二十古尔登。付了买辆大小轮自行车的首付，明天我就取货。”“把剩下的给我！”克山德把钱重新揣起来。他走到底下，把驴子赶开了点，然后和沙尼说话。他也想显摆自己的财富。沙尼需要钱。他有一个带真宝石的银戒指。但克山德既不相信银子也不信宝石。沙尼拥有的唯一有价值的东西是一把左轮手枪，用五古尔登的价钱将这把枪卖给了克山德，还带上二十发子弹。明天他们要在水草甸公园试枪。那里是士兵操练的地方，这样枪声就不会引起警察的注意。就在生意达成的那一刻，特鲁莫挤进了那扇小门。他看到了钞票，于是问钱从何来。听说了钱的来源后，他大骂男爵是个愚不可及的废物。还命令克山德把钱立刻给他或给自己的母亲，要不然他就叫警察了，那这两个小子会因为手枪被关起来。“但那把左轮手枪我要留着。”克山德妥协了。他留下手枪，把钱给了出去。特鲁莫告诉米茨，只要这孩子在房子里住，他就保管着这笔钱。这孩子没法像偷母亲的钱一样偷他那里的钱。米茨觉得这下钱就等于已经丢了，于是更伤心了。

米茨找了泰丁格几天。他不来普拉特公园了,在宾馆里也没遇见。她还去了彼得街上那家叫绍布的点心店,那里是上流社会男士碰面的地方。泰丁格和两位军官坐在那里,她不敢靠近,连在其他桌子边坐下都不敢。她站在了外边,在门口来来回回。泰丁格终于一个人走了出来。“对不起,米茨,”他说,“我这些天有事。还有一星期。上帝祝福你!”

泰丁格被一种能量所驱动,这是一种他在自己身上从未认识到过的力量。他想重返军营,一个星期后就会出现在医务委员会面前。为了能被调动到步兵,他还需要参加为期六个月的培训。他像年轻的军校生一样激动,拥有滚烫的热情,但不幸的是对军事行政机关的热情抱有幼稚的想象。泰丁格以为在军事部也和在团里一样,长官命令,下级执行。当天下午,团里的命令就会被宣读。第二天一切就会按部就班执行完毕。但在军事部的各部门之间可不是这么回事。同事彼此之间并不说话,只是信件往来。卡勒基中校无法保证泰丁格的申请书免受杂乱无章的传递之苦,奥匈帝国的所有文案都要走完这一流程。“泰丁格档案”在流转的过程中生了根,还膨胀了起来,但还远没有达到枝繁叶茂的程度,没法让卷宗回到卡勒基中校那里。而中校还要仔细监督这个档案漫无目的的往来,而这个档案总是在刚刚以为到手的当口溜走。不,泰丁格男爵离去医学委员会那里报到还早着呢。

二十九

在这样的一天里,男爵经历了一场来自"人民朋友"的最难堪的拜访。这次是几个人一起来的,克罗伊策小姐和特鲁莫先生。泰丁格坐在大厅里,看到他们走上前来,被吓得不轻。特鲁莫先生先到,在打听男爵先生。与此同时,他已经看到了咖啡杯前的泰丁格。他挥动着黑色的礼帽,看起来就好像用发丧用的黑纱旗子在发信号。他随即又转身回到门口,对玛格达莱妮·克罗伊策招手叫她进来。特鲁莫一身黑显得威严,而克罗伊策却打扮得花枝招展。在一位穿着一身黑的严肃男人边上,这让人联想起了院子里移动的花圃,被死神亲自关照过的花圃。这两个人现在就这么来了,泰丁格几秒后就勉强接受了现实。他无法否认自己已经想到过他们会在某一天找上门来。

两个人立刻坐了下来,互相盯着看了很久,仿佛在用眼睛思考谁先张口说话。最后,两人同时用标准德语说出了同一句:"倒了大霉了!""发生什么了?"泰丁格问。"倒霉啊!"克罗伊策女士重复道,然后就哭了起来。"闭嘴,莱尼!"特鲁莫命令道。他说了起来,不过才说了两句标准德语,就重新拾起了方言。但他又不肯定,所以总是问:“明白了?”——最后不得不停了下来。克罗伊策女士再重新讲一遍。哭声还卡在她的嗓子眼,渲染了她的讲话,让人同时想起了猫叫和磨刀的动静,有的时候也让人想起叉子在盘子上打滑发出的刺耳声音。她把泰丁格搞得头昏脑涨,十分钟都没明白怎么回事。另外,她看起来有的时候自己也不清楚到底说了些什么。因为她时不时停下来问:“我现在说到哪儿了?”泰丁格一声不吭,然后特鲁莫又从头讲起。现在,从他决定完全说方言起,才终于能把事情的来龙去脉讲了个大概。无论如何,过了一刻钟,泰丁格才明白克山德干了些可怕的事——而且让男爵替他背了黑锅。

“我说的是有责任!”特鲁莫重复了一遍。

“恕我直言,尊敬的男爵先生,”克罗伊策插了进来,“怎么都不能给这孩子财物啊!”“他到底干了什么?”男爵问道。我做的所有事情都错了,他心里想。现在我给他钱想让自己消停点,结果正相反。

“这小子想谋杀!”特鲁莫说,“上帝保佑!他想谋杀我。可我还活着!还活得好好的!”

“怎么会谋杀?”泰丁格问。“他开枪了!”莱尼说。然后她又讲了一遍,特鲁莫把那一百古尔登剩下的钱从克山德那里拿走了,而克山德却把手枪留了下来。“前天晚上,特鲁莫像往常一样数好旋转木马的钱,然后在子夜时分回家。克山德走了过来,不仅要钱,而且是要整整一百古尔登。特鲁莫高高抬起了手要揍他,结果克山德拔出了手枪说:‘举起手来。’特鲁莫还从来没怕过这种可怜的小痞子,他给了克山德一拳。这孩子摔倒了,然后枪响了。接下来,克山德就像个野人一样开枪打完了所有的子弹。他就那么平躺在地上开枪。结果警察马上就到了。现在我们都自找了大麻烦。”

“您从来不读报纸吗?”特鲁莫问道。他觉得被冒犯了。从昨天起,报纸上就详细报道了整个事情的经过,连同在利奥波德城警察局的审讯。今天甚至有个记者给他画了像,明天他的肖像就会出现在公众面前。就是这么个事情。米茨一整天都坐在警察局。警察专员说这会是一场大官司,罪行是——特鲁莫说的是“犯事”——企图抢劫和谋杀。就连米茨都被审讯了,然后她都说了,讲了谁是这孩子的父亲——结果这些都白纸黑字地写在了报纸上。特鲁莫拿出了一张报纸,指着上边的一句话。泰丁格读到:“这个年轻杀人犯是个私生子,来自一场真正的浪漫爱情,是年轻的米茨·席纳格尔和一位贵族轻骑兵军官之间的爱情。这位军官是维也纳上流社会的一位男爵……”这里有表示佚名的三颗星星。

可怜的泰丁格像石头一样坐着。“要是您没有给他这笔可恶的钱该多好,男爵先生!”克罗伊策说道。她打算对这个傻了吧唧的男爵实话实说，描述了这件事要是上法庭之后会有的所有可怕结果。不仅是对这孩子而言，还有对米茨和对泰丁格自己。律师事务所的文书珀利策是克罗伊策的一个朋友，告诉大家接下来所有必须做的事。“出国去其他国家，比如美国，”珀利策这么说，“那里的法庭对待年轻人完全是另一回事儿，在我们奥地利什么都因循守旧。”“实话实说！”特鲁莫恨恨地叫道，“因为那些大老爷会骗人。天地君亲啊！”

泰丁格盘算着，但早就知道自己从来没有为了达成任何一个理性目标而思考过。他首先想到的是把这两个人打发走，用的是一种在军队的许多情况下都能帮得上忙的方法，至少能让人暂时放心。他站起身来，然后说：“我会妥善安排的！”克罗伊策和特鲁莫离开了宾馆，他们觉得达到了所有目的，并挫败了男爵。

但在接下来的几天中，泰丁格不得不经历自己恰恰无法“妥善安排”的事情。席纳格尔这件事，特鲁莫已经拜托了预审法官，当泰丁格去找警察局医生的时候。“你知道吧，”施蒂阿斯尼医生说，“在我们这里，在警察局，总还是有点办法的。在我们这里，你知道，就好比所谓堕胎，也就是说在那些事还处于胎儿状态的时候就处理掉。但你来得太晚了！在预审法官那里，胎儿已经慢慢成熟了，稳当而且妥帖。这就没招儿了。不过你正好还可以阻止在诉讼的过程中被叫出名字，无论直接还是间接。这个忙我可以帮,法院通讯处的布卢姆博士是我的朋友。就算你的名字在诉讼的过程中被提到,也绝不会出现在报纸上。亲爱的男爵,我也只能帮到这里了。”

卡勒基中尉同样也认为这场丑闻已无可挽回。泰丁格没有完全明白,为什么在法院采取些措施比在警察局更难。“一个法官,你知道,”卡勒基教导他说,“和警察局的公务员不同。这些人就像是公务员中的天使。但这整个事件只有在对你的重新服役申请造成危害时,才和你有关。离开吧！暂时的！我会把一切都摆平的。”

不,泰丁格没有离开,一种少见的担忧阻止了他。这几乎已经成了良心的焦虑。他已经觉得自己有罪,而且无助地与陌生命运及事件绑缚在了一起,自己也感觉到内心起了巨大的变化。他不是特别清楚这是什么时候开始的。也许是从泽德拉策克在楼梯上向他迎面走来的那一刻起;也许更早,在西夫环路席纳格尔的铺子里;也许是后来,当他去监狱里探望米茨的时候;也许是在离开军队后才开始的。他现在居然能够解释自己原先那种什么事都无所谓的喜悦心情:那就是一无所知。有的时候泰丁格觉得很多年来就像被蒙住了双眼,游走在荒凉危险的深渊边上。而之所以没有掉落下去,是因为没有看见深渊。他太晚才学会看。现在到处都看得见大大小小的危险。那些未经思考就做出的行为、随随便便产生的随随便便的念头、轻率脱口而出的空话，以及完全出于无所谓而忽视的规则，这些都造成了可怕的后果。现在的世界早就和原先不同了，尤其是从脱下了军装的那一刻起。这个世界的人早就不再被划分为三个类型了：有魅力的人、无所谓的人和无聊的人，而首先是：搞不明白的人。许多年前，和可爱的米茨的美好关系看起来多么轻松愉快，就像一顿美餐、一次舒服的骑行、一场获邀前去的狩猎、一瓶香槟、一次两个星期的度假。当他遇到这些事的时候，所有结果在当时看起来都是色彩缤纷、轻松愉快且令人浮想联翩。只要还能带来欢愉，这一切都被用一根绳子维系着，就像绑着的气球。当这些事变得无聊的时候，就会松开手中的绳子。气球就会友好地飘到空中，人们会心怀感激地注视着气球一会儿，最后气球就会在某处的云朵中破掉。但有几个气球却没破掉。就算自然界有各种法则，这些气球还是阴险狡猾地躲在什么地方，许多年都不被人看见。现在这些气球充满了负担，带着巨大的重量落了下来，落回了男爵那可怜的脑袋上。

泰丁格不再去抗拒毫无意义的责任感，正是这种责任感在每天驱使着他去普拉特公园，告诉米茨、克罗伊策和那个特鲁莫关于自己“外交措施”的失败。他无法对抗这一痛苦的认识，就是要对所有的事负责：对克山德的存在，对一百古尔登，对这孩子的可憎。他失去了——这一点他可以清楚地感到——“人民”的尊重(因为这三个人对他而言就是“人民”)。“要是我早知道你是这么个废物。”特鲁莫说。“你缺的就是勇气!”克罗伊策认为。“我可怜的孩子啊!”米茨喊了起来。她的哭声不大但急促,还带着仇恨。

米茨的眼泪并非源于痛苦,而是由仇恨催生。三个人共同组成了一个针对泰丁格的敌对战线。他本来根本就察觉不到任何一种不信任,就像无法跟着有轨马车跑或者弯腰拾起路上的一个陌生物品一样。可现如今,就连他也时不时地发现神秘莫测的眼神,在那三位人民代表之间背着他交流。有的时候“人民”也会很直接。玛格达莱妮·克罗伊策就清楚地开口说道:“是啊,要是您一直都支付孩子的抚养费的话!”还有:“把个无辜的姑娘糟蹋了,然后就想用这么个床上用品店做补偿!”——这三个人的鄙视已经到了一种无以复加的程度。他们很少,甚至越来越少地说方言,营造出了某种他们和男爵之间用标准德语构成的距离。泰丁格已经不配听方言了。

“我们会自己帮自己的!”克罗伊策有一天意味深长地说。

在她看来自己有了一个了不起的主意,让珀利策帮忙给皇帝陛下写封信:请求宽恕的陈情书。只要给两个半古尔登,珀利策就能按照要求写任何陈情书。据他说,在皇宫和内阁办公室,所有的东西都会被仔细审阅。他提笔写道,有个可怜的米茨被泰丁格男爵诱拐，而且没有给私生子留下任何抚养费就抛弃了母子俩。于是，这个年轻人在没有父亲的放荡环境中长大。人们毁掉了这孩子青春年少的生活。只有皇帝陛下本人的宽恕才能够拯救一个孩子、一个国家公民、一个未来忠诚的士兵，使他免于受到法律那不仁慈的苛责。一开始，珀利策认为在法院开庭前写这封陈情信还有时间。他心里只惦记着那两个半古尔登，嘴里说："我会写的，但你们自己对此负责！"然后他就动了笔。

在皇帝陛下每天乘车兜风通过维也纳街头前一刻钟，密探来到了街头巷尾——不是为了去监控可疑人员，相反，为了给他们那些穿着制服的同行、那些在街上出警的警察提个醒儿。

皇帝乘车兜风就像习以为常的那些节假日里的一天：大家早就熟悉了这些节日，但还是像一无所知般地期待着。人们也是这样认识春天的，大家每年都会怀着同样的期盼与热情迎接春天。做生意的锁上了铺子，站在路边。在那种有好多层的商场大楼里，年轻的女售货员、女裁缝、制帽女工，还有维也纳永远好奇、永远反复无常、渴望变花样、像春天般贪嘴的孩子，他们打开所有的窗户。这个庆典持续半个小时：皇帝乘车驶过。

已经可以听见皇家马车的声音。两匹苗条的栗色马，矫健而谨慎的身影，敏感的马蹄踩在铺路石上就好像亲切抚摸着那些铺路石。身穿宫廷短礼服的侍者骑在公马上，马夫拿着鞭子只不过作为他的尊严和职务的象征。因为皇家的马匹无须马鞭。皇家的马总是知道自己该做什么，也知道马车载的是谁。似乎这些马根本就没有必要被套在皇家的车厢前，它们自己就上了缰绳和挽具。它们给马夫指出方向和节奏，而不是反过来。

这一天，马儿在玛利亚希尔夫大街的环道上拐弯时，突然有位妇女从高呼“万岁”和“万寿无疆”的稠密人墙中扑了出来。一秒钟后就挡在了车辆的脚踏板前，随即把一封信扔进了车厢，落在了副官的怀里。这样的情况时有发生，皇帝陛下已经经历过了。这都是他的臣民写的寻求宽宥和帮助的陈情信。他已经读了很多，同意了很多，也拒绝了很多。就如他把这样的事件当作自己职务稀松平常、自然而然的结果，但在他的手下看来，这样激进而突然的请求宽恕实在是无政府主义和危险的自由思想的特别危险的征兆。警探们扑上前来，一个、两个、三个、四个、五个，这么多男人扑向了那个女人。帽子从她的头上掉了下来，小手提袋也从手上飞了出去。一个警察把这两样东西捡了起来。皇帝早就走远了。人们把这个女人带到边上新街巷的警卫室，按照规定仔仔细细审查了一番，并登记了她的简历。此人正是米茨·席纳格尔，她随即被释放。有人告诉她,从现在起她就在警方的监视下,并且时刻都要做好接受传讯的准备。米茨对所有这一切都无动于衷。她知道,整个世界都是如此,她会被拘禁两天并罚款五古尔登。克罗伊策和特鲁莫是和她一起来的,为了给她鼓气。他俩陪着米茨得意扬扬地来到了普拉特公园。

“什么都不要对你的男爵说!”特鲁莫命令道。这个男爵已经被宣告为敌人,可以说是被放逐了。要是他过早地知道米茨申请宽恕,那他可能会拒绝支付那笔蜡像馆的钱。

米茨·席纳格尔在陈情信中所写的事由颇令自己感到尴尬,也为此而深受煎熬。但就这一点,她自言自语地说,必须营救自己的儿子,这是她“在这世界上的一切”。因为我是个母亲!她自顾自地说着。她决定晚些时候,也许在两天后才告诉泰丁格她做的事情。晚些时候指的是:等蜡像陈列馆的钱结清之后。在两三天后,就会在齐尔纳格咖啡馆,在普拉特公园的马戏演员咖啡馆签约,这是蜡像馆主人遵循古老传统要做的。

三十

泰丁格应该在下午五点抵达齐尔纳格咖啡馆,而克罗伊策、特鲁莫和席纳格尔四点钟就等在那里了。这三个人提心吊胆，怕泰丁格在最后一刻改了念头，然后就不来了。或者还有更糟糕的，就是他昨天已经乘车离开了。本该把他抓住的！克罗伊策心里想。

但泰丁格乘着马车来了。米茨了解他的习惯。他不喜欢驱车直接抵达下车的地方。她有足够的时间穿过宽阔的街道来到男爵跟前。

“希望我到得不是太晚，”泰丁格问道，“你在这里等我吗？”他看了看表，像往常一样准时。“我必须先告诉你点事！”米茨说。她现在不再害怕男爵对突至的私下碰面的反感。在这一刻她觉得，男爵是这个世界上所有人中唯一信任她的人，是她的情人。她对他的爱胜过对儿子和父亲的爱。她现在对此非常确信。“有什么事？怎么了？”他问道。随即被领到边上的巷子里。

“我不想让你买下这个蜡像馆。”米茨开口说道。她用“你”直接称呼男爵，觉得这是再自然不过了。她是第一次在白天这么对他讲话，其他则都是在黑暗私密的夜晚。她说自己还有足够的钱，也无需泰丁格的帮助。她只是遵从了克罗伊策的建议，但这是她不好。她现在不想再做坏事。此外，米茨还申请宽恕，为了克山德，对——“不，亲爱的米茨。”男爵用一种米茨不曾听过的声音说道。他抽回了自己的胳膊。他的声音来自远方，每个字都是一扇砰然关上的金属大门。他说的话就像从前单间牢房外边的门闩吧嗒一声落锁。“不，我偿还我欠的账。然后你会有一个安定的生活，那孩子也是，要是他什么时候出来的话！——我们走吧！”他说道。她跟在他后边半步远，快步走了过去。她的心不再跳动，虽然现在必须加快脚步。她的脑袋空空如也，被掏空了，异常沉重。脑袋就像一个异常沉重的负担压在了她的脖子上。

当泰丁格踏进齐尔纳格咖啡馆时，心里只是想着赶快了结这件事情。几个人已经坐在了那里，蜡像馆的主人和掮客，还有一个泰丁格不认识的人。这个人是法务顾问，就是草拟合同的珀利策。泰丁格对谈话中的细节根本没有操心。他不过是试图将困惑压制住。这些困惑不是出自于自身，而是从各个方面涌过来，就像风、灰尘和雪花一样同时扑面而来。

泰丁格还没来得及碰他的咖啡，珀利策就已经劝他动身。泰丁格问起那件事办完了没有。“很遗憾，还没有，男爵先生！”珀利策说道，他在这里主导着谈话，所有人都称他为“博士先生”。“我们必须去找那个老佩尔科里说说，他住的地方离这里只隔两栋房子。男爵先生也许更喜欢在这里等我们？”不，正相反。泰丁格内心抵触，无法自己一个人留在这里。虽说他讨厌珀利策打着大花结的领带，讨厌他的宽边软呢帽，也讨厌他那花里胡哨的天鹅绒马甲和上衣口袋里的那一堆纸，但他还是像只家养的宠物一样老老实实地跟着这群人走过了两幢房子,内心的焦灼虽然被努力地压制住,但却大大增强。他登上了三级台阶,跟在几个人后边通过一间黑暗的厨房,走进了一处有玻璃顶棚的明亮工作室。那个老那不勒斯人坐在那里纹丝不动。

珀利策带来了合同,老托尼·佩尔科里受合同委托,补齐最近几个月的实际款项,这是一笔一百古尔登的预付款。在帝国内部不允许提供同样的范本。间隔两个星期他才给柏林蜡像陈列馆制作了合同。给巴黎格雷万蜡像馆的范本是个例外,而且这本来就是在国外。"这个合同我留到明天,"佩尔科里说,"明天下午!我要自己通读一遍。"

"还要有劳男爵先生通读一遍与您相关的部分。"珀利策说。于是,泰丁格还得再去一次咖啡馆。

这表明,泰丁格还要出七百古尔登的现金,至于余款——大概八百古尔登——他给出了保证。有人端上墨水和笔。他用结实快乐的手签了字,觉得自己抛弃了巨大的负担,良心得到了解放,摆脱了忧虑,丢掉了所有可能的混乱和尴尬。他由衷地和所有这一切告别,许诺星期天来蜡像馆的开幕式。蜡像馆应该有个新名字。珀利策建议叫"世界放映机"。所有在场的人都喜欢这个名字,然后大家去喝酒,但却没有一个人邀请男爵同去。米茨·席纳格尔突然开始哭泣。"怎么了?"

有人问。“啊,是因为高兴。”她回答。

在帝国首都和政府所在地,“大世界放映机剧场”的开幕式热闹拥挤,迎接着那些喜欢喧哗吵闹的观众。

可怜的泰丁格根本就没法置身事外,不得不忍受了整个节目。

帷幕吱吱嘎嘎地被拉开,泰丁格惊骇地发现米茨坐在一个红色宝座上。其实根本就看不出来她是涂上了蜡还是活着。一串巨大的珍珠项链散发着黄色、银色及淡蓝色的微光,沉甸甸地在苍白的脖子上和同样苍白的胸脯上缠绕了三圈。硕大的钻石垂挂在耳垂。虚幻的光影来自天花板边上一个藏在蓝色雾霭中的球形炉。在头上,这个“沙阿最喜欢的女人”顶着个土耳其人的新月,由两根银色的细长箭杆支撑,中间丛生着一堆乱蓬蓬的金发。米茨一动不动地坐着——这真是她吗?——在她的红色宝座上。

是的,就是米茨。她用自己平时的声音开始讲话:“沙阿陛下对我很好,我原来是维也纳平民中一个可怜的孩子。现在我掌管着后宫所有的嫔妃,沙阿最宠幸我。我打算还要掌管很多年。问候维也纳,问候这座城市和维也纳的人民,还有施特凡大教堂!”

所有人都鼓掌。帷幕利索地嘎啦嘎啦关了起来。“这一幕结束了!"特鲁莫宣布。

所有的人都涌向帷幕。泰丁格利用这阵混乱走了出去,或者说逃了出去。

三十一

报纸在许多年后重新开始谈起波斯,先是谨小慎微,然后越来越大张旗鼓。报道了这个近东的友好王国及其陛下沙阿,他上次对维也纳的访问还留在奥地利人民的记忆中,留在帝国所有人民的记忆中。

报社编辑们从彼得堡、伦敦和巴黎报道俄国的野心、英国的诡计、法国的阴谋。

《国外报道》派出一位记者去德黑兰。他讲述波斯的习俗、波斯的妇女、波斯的花园、波斯的军队、波斯的农民。这么几篇报道下来,维也纳人就自以为对德黑兰了如指掌,如同对维也纳的德布林区、格林津区、利奥波德区和阿尔瑟格伦德区一样熟悉。

报纸上,没有一件关于波斯的报道不带有特殊含义,特殊的政治含义。政治家、外交家、新闻记者知道,波斯的沙阿将会再次来到维也纳。

在巴尔豪斯广场，有人正在翻阅文档。在皇帝陛下的宫廷和内阁办公室中，也有人正在查问那件最无足轻重的偶发事件，那件发生在上次波斯沙阿到访时的事件。也有人翻阅了维也纳安全机构过去的档案。

这几天，拉齐克有了一个能出彩的念头，甚至可以说是价值连城的念头。他想给普拉特公园新的“大世界放映机剧场”添加点现实因素。他手上保留着所有和波斯陛下到访维也纳有关的《克朗报》的素描画、草图和画像。米茨·席纳格尔花了十个古尔登买下了他的创意。

毋庸置疑，帝国首都和政府所在地都在准备着接待波斯的君主。所有编辑都知道这一点。很快，所有官府和宫廷的仆役、所有马车夫、所有女仆和警察都知道了。（最后得到消息的从来都是他国的外交官。）

托尼·佩尔科里为了五十古尔登杜撰了一个“最新热点”：波斯沙阿、总理大臣和他的副官，还有总管大太监。后宫嫔妃显得累赘。（必要的话可以把她们从已经建好的苏丹后宫移到即将落成的“波斯之家”里。）而在宫廷和内阁办公部门，在内务部和交通与贸易部，在维也纳警察局，在特里斯特警察局，在特里斯特港，以及火车南站的管理部门：所有地方都随时待命。在帝国形式各异且令人费解的国家机器中，小职员们就像渺小无知的齿轮，开始带着毫无意义的热情，轰隆隆运转起来。他们去寻找,去书写,去四下奔忙,撰写报道,接收报道。有人想起来,当年波斯君主的行李曾被耽搁过,险些酿成大祸,简直令人发指。所有的回忆都被揭开,所有的事情都被挖掘出来:仪式、名字、宫廷舞会和欢迎节目单,还有当时在弗朗茨·约瑟夫车站列队迎接的仪仗队军官,以及波斯禁卫军上校的军服,而波斯禁卫军隶属于皇帝本人。也有人想起了骑兵上尉阿洛伊斯·弗朗茨·冯·泰丁格,想起了当时因为特殊任务把他从骑兵团调来。其中一位特别勤奋的公务员,虽说仅是一把命运的工具,完全不知道这种命运的工具是怎么回事,他认真追踪了泰丁格所有行为留下的痕迹,无论这些行为是否检点,然后如实向警察局报告了所了解到的情况。而警察局里也有热心的命运工具,把报告递交给了军事部。

大概就在这个时候,泰丁格的档案落在军事部委员会的扎克菲尔德手上。他刚要确定泰丁格前来审查委员会接受调查的日期,正在这时候收到了报告,标题是“机密,关于泰丁格”。他带着档案和报告去了建筑左翼的卡勒基中尉那里。两位先生立刻就明白了,在现在这个节骨眼儿上泰丁格的申请绝对无法想象。

这件事一定要告知男爵。卡勒基中尉挎上佩刀就出门了。

他在宾馆里见到了泰丁格。在卡勒基看来,这是一个苦闷、走了形、飞快衰老的泰丁格。他坐在宾馆大厅的一张小圆桌边,桌子上放着一张四方形的巨幅海报。男爵正忧心忡忡地盯着看。他笨拙地站了起来。泰丁格虽然没有手杖,但在卡勒基看来,他好像拄着一根看不见的拐杖。卡勒基入座。泰丁格省略了一般都会讲的客套话,没问什么幸福、健康和女人。

"你了解我的整个人生,卡勒基,"他随即开了口,"你知道我和那个席纳格尔的傻事,还有那件丑闻。我也给你说过我儿子的事。——现在,就在两个星期前,我把一切都安排妥当了。支付了蜡像馆的钱,你知道,就是那个'大世界放映机剧场'。她儿子,或者说我儿子,他叫克山德——这你其实也知道,现在因为企图谋杀,我觉得是这个罪名,被关起来了——"

"啊,那个故事!"卡勒基说,"我读到过!"

"是,是的!"泰丁格接着说,"现在,正赶上我重返军队的当口,我当然决定和原先的那些蠢事一刀两段。可就在一刻钟前,特鲁莫带给我这张海报。给你讲明白这人是谁,就扯得太远了。总之这人是米茨的一个朋友。明天在所有的报纸上都能看见,在所有的墙上都贴着这张海报。"泰丁格举起了这张海报给中尉卡勒基看,中尉读到:

因波斯沙阿陛下的再次来访，“大世界放映机剧场”真人实景呈现如下内容：

1.伟大的沙阿及其副官在弗朗茨·约瑟夫车站（皇家车厢缩小）。

2.德黑兰的后宫和总管大太监。

3.维也纳的姘妇，一位来自西夫环路的平民之女，被上流社会引荐给沙阿，自此成为波斯后宫的女主。

4.波斯沙阿的其他随从。

卡勒基中尉小心翼翼地把这张巨大的海报折叠起来，轻手轻脚，没有抬头，害怕遇见泰丁格绝望的目光。但他之所以来这里，是为了以实情相告。他打算开始直言相告，弄平了折叠起来的海报，盘算着该如何开口。

“我有点等不及了，”泰丁格说，“你懂吗？我一辈子干事都很轻率。我现在看到了，但已经太迟。看看这里——今天我照了照镜子，然后看到我已经老了。现在，就在这张海报前，我突然想到自己此前一直那么愚蠢。也许我本该和海伦结婚。现在除了军队，我真的一无所有了。你那里有什么与我有关的新消息吗？”

“我正是为这件事过来的。”中尉说道。

“怎么样?”

“是啊,亲爱的朋友!那件过去的事,就像你说的,那件丑闻!我刚才和扎克菲尔德说了这件事。你还必须要等等,那个德黑兰的傻瓜最近要来。警察局重新找出了过去的档案,结果就在这节骨眼上你出现了。我只能说:等待!”

“我不能现在——?”

“不能!”卡勒基说,“你那件蠢事又被翻出来了。没人想碰这件事。”

泰丁格仅仅说了“好吧”和“谢谢”,然后默默地坐了一会儿。夜幕降临,有人点着了大厅里的灯。“我是个无可救药的人。”泰丁格说。他沉默了一会儿,然后用一种并非他发出的古怪声音问道:“那么,申请书没用了?”

“暂时没用!”卡勒基回答说,“我们等等,直到波斯的故事消停了。”然后,为了能让这位朋友重新回到普通生活中来,卡勒基加了一句:“我们去‘船锚’餐厅吃饭吧!”然后抬头看了看时钟。

“好的,我去洗一下!”泰丁格说,“稍等!我回一趟房间。”他站了起来。

五分钟后,卡勒基听到一声枪响。余音在楼梯间和走廊里慢慢回响。

有人发现男爵死在了写字台边。显然他想写下点什么。手枪放在右边。颅骨被打碎了,眼睛凸了出来。卡勒基中尉费力地合上了他的眼睛。

人们以普通的军礼埋葬了泰丁格。一队军人鸣响礼枪。在送葬的行列里有欧根亲王宾馆的经理、米茨·席纳格尔、玛格达莱妮·克罗伊策、伊格纳茨·特鲁莫、卡勒基中尉以及部委委员扎克菲尔德。

在回来的路上,部委委员问:“他到底为什么自杀?您可算是在场吧?”

“就这么回事!”卡勒基回答,“我觉得他的生活误入歧途了。有的时候会有这种情况。迷失了。”

这个是对原骑兵上尉阿洛伊斯·弗朗茨·冯·泰丁格男爵的唯一悼词。

三十二

这一次,德意志骑士团军乐队的指挥内西瓦尔和部下进行正规排练波斯国歌的时间连三天都没有。命令突然下达,于是大家只好在工余时间排练。

波斯陛下抵达的那天,维也纳春天的天空晴朗和煦。在这样的时节,孩童般天真的老百姓会以为这座城市能够拿出一模一样的东西来。规定的三支仪仗队中,一支被安排在站台上,另外两支仪仗队在火车站前排列成夹道欢迎的行列,伫立在一大群好奇、欢呼和殷勤的人前边。这些身穿蓝色制服的仪仗队看起来就像维也纳春天所特有的不可或缺的组成部分。这个春日就像很久以前沙阿第一次来维也纳的那天,像一个后来出生的弟弟。

这一次西方没有给沙阿带来刀光剑影,也没让他产生好奇心,没提出令人不知所措的所谓换换口味的要求。几个月以来,沙阿和一个新买的十四岁印度姑娘雅玛娜·卡因德里完全沉浸于极乐世界。这是一个温婉而又狂野的尤物,一只栗色的鹿,一个从遥远的恒河岸边来的美好尤物。沙阿这次只带了她一人,还有因她而带来的总管大太监。现在总理大臣早就换了个新人(原来那个总理大臣因陛下突如其来的不满而被罢了官,削爵为民)。但副官还是原来那位,还是那个逍遥自在的科瑞里达·帕吉达扎尼,他在这些年里成了沙阿的宠臣。尽管相对还算比较年轻,但他已经被沙阿提拔为整个骑兵部队拥有将军头衔的指挥官。

可怜的泰丁格下葬有十天了,虫子已经开始啃噬他的棺材。原来的职位由另外一位骑兵军官取代,这次是一位长枪骑兵队的军官被派来维也纳执行特殊任务。他是一个叫施塔尼茨劳·察博斯基的波兰人,为了向上司证明那些关于波兰人靠不住的说法荒谬绝伦,他认真执行自己的任务。察博斯基中尉没有像有魅力的前任泰丁格那样站在车站餐厅的自助餐台前,而是直接站在月台的货车车厢旁。这次行李按时抵达。他把行李整齐有序地摆放在波斯陛下的总理大臣副官科瑞里达·帕吉达扎尼将军的面前。帕吉达扎尼的双鬓已经出现了斑驳的白发,突然想起来那个有意思的骑兵上尉泰丁格,于是问起他是否还待在维也纳。“阁下,”察博斯基中尉回答道,“骑兵上尉十天前突然去世了。”帕吉达扎尼拥有浅薄的心灵和严厉的脾气,但却惧怕死亡,尤其惧怕突然降临的死亡。他说:“骑兵上尉先生还挺年轻啊?”——他同时也想起来,他自己也还年轻。

“他是突然去世的,阁下!”察博斯基重复道。

“心脏病?”帕吉达扎尼固执地追问道。“不,阁下!”“自杀?”察博斯基没有回答。帕吉达扎尼吸了一口气。

最近几年,帕吉达扎尼和总管大太监结成了一种近乎兄弟手足般的情义。他们竭力对付总理大臣,为达到目标,结成了生死与共的同盟。帕吉达扎尼虽然没有成为总理大臣,但怎么说也是位将军。总管大太监乐意接纳这个人畜无害的科瑞里达·帕吉达扎尼。这是个合他心意的人。无害、顺从、轻浮,时而束手无策,所以会感谢任何一个建议;偶尔是个热心的工具,一位精致的朋友!

抵达维也纳后,他们两人穿着欧洲人的便装在晴朗春天的街道上闲逛。观赏多姿多彩的橱窗,购买毫无意义的物品,散步用的手杖、歌剧望远镜、靴子、背心、巴拿马草帽、雨伞、背裤带、手枪、子弹、猎刀、钱包和皮箱。当他们来到克恩滕大街的时候,总管大太监被宫廷承办商葛万德的橱窗吸引住了,被震惊了,几乎是被吓坏了。在一个包裹深蓝色丝绒的宽匣子上,三串巨大沉重的珍珠熠熠生辉,就像冰雹云一样的乳白色,像家乡山巅上的积雪一样白,同时又像饱满的雨云带着点淡青色和粉色。这三串珍珠是总管大太监再熟悉不过的,就像自己的姐妹。他对珠宝独具慧眼,天下无双。红宝石、祖母绿、蓝宝石、珍珠,只要经过他的手,甚至只要用眼睛看过一遍,就会过目不忘。这些珍珠——他知道是哪里来的。这些珍珠是他遵照主子的命令送到一幢特定的房子里的。"你昨天,"总管大太监对将军说,但眼睛一刻都没离开过那些珍珠,"和我说起了那个轻骑兵军官,那个自杀了的!""是的。"帕吉达扎尼说。"那么,这太好了!"总管大太监说。"来吧,你给翻译一下!我要和里边的商人说话。"

两人走进店里,叫老板出来。将军说了职衔和名号。宫廷珠宝商葛万德毕恭毕敬地从台阶上走了下来。"我们是沙阿陛下的随从,"总管大太监说,将军给他翻译,"您橱窗里的珍珠哪里来的?”

葛万德实话实说,一一答复。说最开始是从银行家埃弗鲁西那里得到的,然后卖到了阿姆斯特丹。现在这些珍珠又回到了他手上代销。“卖多少钱?”总管大太监问道,帕吉达扎尼翻译。“二十万古尔登!”葛万德说。“我要买下来。”总管大太监说。他抽出来一个沉重的蓝色小皮袋,慢慢打开系紧袋口的扣子,把里边的东西倒在桌子上,全是金块。这是五万古尔登。他要求把这些珍珠在明天给他备好,而且现在要立刻从橱窗里取下来。他没拿葛万德出具的收条,看了一眼那个纸条,随手撕掉了,然后将白色的纸屑扔在了略呈红色的杜卡特金币上。“明天这个时候我会来!”总管大太监说,帕吉达扎尼翻译。

“你这是干什么?”将军问道。

“我喜欢这些珍珠!”总管大太监回答。

帕吉达扎尼站在了克恩滕大街和施特凡广场的拐角。这里竖立着一面巨大的木制海报墙。一行用波斯小旗子圈住的花里胡哨的标题印在黑色的背景上:

“沙阿陛下,波斯虔诚的君主和穆罕默德的礼拜者,惟妙惟肖。——德黑兰的后宫。——东方的神秘。——尽在普拉特大道‘大世界放映机剧场’!”

“走吧!”帕吉达扎尼说。

三十三

按照老习惯,沙阿早上传召了总管大太监。

陛下咂了一口惯常喝的产自乌干达的卡鲁玛茶,长长的水烟靠着桌子,像一杆拐杖;就好像烟杆自己在抽着。

“你昨天看了这个世界!”沙阿开始说,“觉得怎么样? 和上次你在这里的时候相比变样了吗?”

“一切都变了,主子,”大太监回答道,“但也都还是老一套。这是奴才的看法!”

“你和上次我们来访时认识的老熟人又见面了?”

“没有,主子,那是一个女人!”

“怎么样的一个?”

“她曾是主子的情人,就一个晚上。奴才曾无上荣光地给她送去了陛下的礼物。”

“她还记着我? 她说起了我?”

“不知道,主子! 她没说起主子。”

“你当年给她送了什么?”

“奴才在箱子里找到的最美丽的珍珠。那是个尊贵的礼物,但……”

“但是什么?”

“她没有留住这些珍珠。奴才昨天在一个橱窗里看到了这些珍珠,然后买了回来。”

“那个女人怎么样?”

“主子,她不值得说起。”

“那当年呢?当年值得吗?”

“当年,主子,不一样啊。陛下更年轻。当时奴才就看出来她是谁,是个可怜姑娘。按照西方的习惯是个可以买来的物件。”

“当时我可是喜欢她的!”

“主子,那不是同一个,只是看着像的一个!”

“那是我瞎了?”

“没人不瞎。”总管大太监说。

沙阿感觉有点不舒服,把蜂蜜、黄油和果子推到了一边。他想了想,也就是说做出正在思考的样子,但脑子空空如也,像个掏空的南瓜。

“这么回事,啊!”他说,然后又说,“虽说如此,但她还是让我快活了!”

“正是,正是,的确如此!”大太监确认道。

“告诉我,”沙阿又开了口,“坦率地告诉我:你觉得我搞错了,我在其他事上——其他事——重要的事上也搞错了?”

“主子要奴才直说,奴才就只敢遵命:的确如此！主子也会搞错,因为主子也是个人!”

“哪里才有可靠无误?”沙阿问道。

“上边!”总管大太监说道,“上边,当一个人死后。”

“你怕死吗?”

“奴才期盼着死亡,很久了。奴才奇怪自己还活着!”

“退下,”沙阿说道,但接着又喊了一句,“把珍珠给我拿回来!”

大太监鞠了一躬,退了下去,留下了宽大的影子。

三十四

一个礼拜后,沙阿离开了奥匈帝国首都和政府所在地。乐队指挥内西瓦尔指挥着月台上的德意志骑士团乐队。仪仗队行持枪礼。中尉察博斯基衷心地与科瑞里达·帕吉达扎尼将军告别。小雅玛娜·卡因德里在一位上了年纪、身材肥胖,但看起来总是保持着清醒的先生的陪同下,登上了一节悄悄挂上的车厢。皇帝陛下和那位陌生的君主彬彬有礼地告别。在车站站长办公室的窗户后边,《克朗报》的插画家正在画着告别的一幕,这可能是音乐大师托尼·佩尔科里或者其后来者的题目。

至于说“大世界放映机剧场”,在波斯陛下离开后的第二天就重新开张了。米茨·席纳格尔有时候坐在售票处,脖子上挂着项链。有的时候会想起她的克山德的官司。有的时候会去拘留所,给儿子带去些顶饱的东西,奶酪、萨拉米香肠,有时候还会背着友好的看守递进去香烟。探监回来时,她从来都感觉不到克山德是她的儿子,也没觉得自己是他的母亲。

米茨很少,但却越来越强烈地思念起她心爱的泰丁格,然后会伤心。但她天生不会一直伤心下去,于是凭着欢快的冲劲强迫自己去想那两千古尔登,这笔钱踏踏实实地放在邮局储蓄所里。她还想着靠“大世界放映机剧场”带来的好生意。米茨健康、活跃,有时候也淘气。她属于那种因其迷人风韵而被称为“开朗”的女人。她有的时候会期盼一位男士的出现。

那个老托尼·佩尔科里一直还给“大世界放映机剧场”供应蜡像,也知道米茨·席纳格尔的故事。他有时候会说:“我其实可以制作有心,有良心,还有感情、知觉和道德的蜡像,但这样的蜡像整个世界也无人问津。人们只想要稀奇古怪的东西,想要怪物。他们想要怪物!”

皇帝的胸像

刘炜 译

一

在原先的东加里西亚,也就是今天的波兰,与唯一连接普热梅希尔和布朗迪[①]的铁路线相距甚远的地方,有个叫罗帕提尼的小村子。我下面要讲的这个奇怪的故事,就发生在这里。

敬请读者原谅作者在讲述故事之前,先介绍一下当时的历史和政局。世界历史在过去一段时间里变化无常,这使我不得不作这一介绍。

也许年轻的读者需要知道,在那场被称为世界大战的战争结束之前,东部地区的一部分,即今天属于波兰共和国的那部分,曾是奥匈帝国众多领地中的一块。

在这个名叫罗帕提尼的小村庄里,生活着一位古老波兰家族的后裔——弗兰茨·克萨韦尔·莫施丁伯爵。(顺便提一句,)这个家族的祖籍在意大利,16世纪时迁到波兰。莫施丁伯爵年轻时曾在第九轻骑兵队服役。他既不认为自己是波兰人,也不认为自己是意大利人;既不认为自己是波兰贵族,也不认为自己是有意大利血统的贵族。不:如同许多原先生

---

① 布朗迪(Brody)是作者约瑟夫·罗特的出生地。——译者注

活在奥匈帝国领地，与他身份相当的人一样，他就是那些最尊贵、最纯粹的奥地利人中的一员，也就是说，他是个超越民族界限的人，是个货真价实的贵族。比如要是有人问他——不过，谁又会去问这么愚蠢的问题呢？——他觉得自己属于哪个“民族”或族群，伯爵也许会一头雾水，甚至会被发问者搞得目瞪口呆，他也许会感到无聊，抑或被激怒。他该按什么标志来判定自己究竟是属于哪个民族呢？——几乎欧洲所有的语言他都说得一样好，几乎对欧洲所有的国家他都觉得像家里那样熟悉，他的亲朋好友散居在这个广袤而多彩的世界上。这个缤纷世界的一个小小缩影就是奥匈帝国，也正因为如此，奥匈帝国才是伯爵唯一的故乡。他的一个妹夫是萨拉热窝的行政长官，另一个任布拉格总督署参议。他有个兄弟是波斯尼亚的炮兵中校，一位表亲任驻巴黎大使馆参赞，另一位表亲是匈牙利巴纳特地区的地主，第三位表亲在意大利外交界任职，第四位表亲则完全出于对远东的向往，早几年就去了北京。弗兰茨·克萨韦尔时不时地去看看这些亲戚，当然，他频繁造访的还是那些住在奥匈帝国境内的亲戚。他常把这样的出行称为私人的“巡察之旅”。他所拜访的人中不仅有亲朋，还有好友，那是几个住在维也纳的，原先特雷西亚中学的同窗。莫施丁伯爵每年会在此两度逗留，夏天和冬天各一次，每次两个星期或更长点时间。他这样来回穿梭，游历祖国多姿多彩的大地,这时令他尤感惬意的是那些颇为特殊的标志,凡是在帝国领地的车站、报亭、公共场所、学校和教堂,这些永远相同、却又光怪陆离的标志随处可见。无论何处,巡警的头上戴的都是插着羽毛的帽子或土黄色的头盔,头盔金色的球形底座上站立着闪闪发光的哈布斯堡双头鹰;也不管在什么地方,奥匈帝国烟草店的木门上画着的都是黑黄相间的斜纹;海关官员们锃光瓦亮的佩刀上都无一例外地悬吊着绿色(近乎扎眼)的缨带;每支卫戍部队都有身着同样制式的蓝色短上衣和黑色礼服长裤在林荫道上闲逛的步兵军官,骑兵穿的都是红色马裤,炮兵穿的都是深咖啡色军服;每晚当教堂塔楼上的钟敲响九点时,在辽阔多姿的帝国各地,都会同时吹起晚点名号,高昂的点卯声与低沉的应喝此起彼伏。不管在什么地方,都看得见同样被烟熏黑了穹顶的咖啡馆,在黑咕隆咚的小隔间里,都蹲坐着像一只只怪鸟一样的下棋的人,餐具柜里都摆满了各色酒瓶和亮锃锃的玻璃杯,管理员也都是金发丰乳的女招待。几乎在帝国所有的咖啡馆里,长着络腮胡子的管收账的跑堂都像昔日皇帝陛下卑恭的老仆人一样,胳膊上搭着餐巾,膝盖微微发颤,蹑手蹑脚地向前迈步。普天之下,莫非王土;所有的巡警、海关官员、烟草店店主,所有的哨卡横木,所有的铁路,所有的百姓,都归那位一脸络腮胡子的老皇帝管。在他的每块领地上,人们唱着不同的歌儿,农夫穿着不同的衣服,每块领地都有自己的语言,甚至有几种不同的语言。莫施丁伯爵尤其喜欢那庄严而欢快的黑黄两色①,它在其他不同颜色的衬托中散发着安逸的光泽;同样庄严而欢快的还有“上帝保佑”的旋律,这是所有民歌中伯爵最熟悉的曲调;他还喜欢那种特别的、带点儿鼻音的、不讲究的、听上去软软的、让人想起中世纪语言的奥地利人所说的德语,这种语言在各民族不同俗语和方言中总是听得到。像过去的每一位奥地利人一样,莫施丁热爱川流不息中的静止,钟情于变换中的常态,以及非同寻常中的了如指掌。因此,对他而言,外来的可以不失其本色就变成本土的。于是,家乡便拥有了外来的永恒魅力。

在罗帕提尼,对农夫和犹太人来说,伯爵的地位超过任何他们所知道并令他们感到畏惧的官方机构。他的地位高于邻镇的法官,高于本地区长官,也高于每年演习中指挥队伍的高级军官。这些军官会下令把茅舍和房屋变为兵营,他们代表着演习中的那种特殊的武力,这种武力比真实战争中的武力还要了不起。对罗帕提尼人而言,“伯爵”似乎不单单是个贵族头衔,而且也是个地位很高的官方头衔。事实也证明他们的看法没错。因为莫施丁伯爵还真能凭借个人响当当的威望

---

① 上黑下黄的黑黄两色旗是奥地利哈布斯堡王室的旗帜,这里的黑黄两色象征着哈布斯堡王室。——译者注

减少税赋,使一些犹太人生病的儿子免服兵役,能提出赦免申请,帮助无辜的或量刑过重的人减轻刑罚,能给乘火车的穷人打折票,给越权的巡警、警察和公务员以相应的惩罚,给等候教职的人提供文理中学助理的位子,帮退伍军人开烟草铺或当上送汇款的邮差以及电报员,把贫农或犹太人上大学的儿子变为“奖学金获得者”。对这些事儿他倒是乐此不疲!他实际上成了一个非官方的机构,不过他肯定比大多数国家官员都要忙:出面拜会那些官老爷,还要与之周旋。为了能履行职责,他雇用了两个秘书和三个文书。此外,遵照家族传统,他还做着村里人所称的“体面的善事”。一百多年来,但凡是个星期五,本地的流浪汉和叫花子就会聚集在莫施丁宅邸的阳台前,领取由仆人派发的包在纸里的硬币。一般说来,伯爵都会出现在阳台上问候前来的穷人,好像是在感谢那些向他致谢的叫花子。施舍者与受施者似乎在互表感激之情。

顺便说说,做这一切善事并非只是由于心地善良,还源于某些世家不成文的老规矩。几百年前,这些世家的先祖可能纯粹出于对百姓的爱去做些善事,伸出援手。但是随着家族的发展变迁,这种乐善好施渐渐成为了一种固定的义务和传统。再说,乐善好施是莫施丁伯爵唯一要做的事,是他的消遣。和邻居及其他贵族不同,他连打猎都不感兴趣,而行善使得这位大贵族本来颇为闲适的生活有了目标和内容,并且以这种方式来证明自己的权力,也始终是件令人感到惬意的事。要是帮这人开个烟草店,帮那人领个执照,再给谁觅得个职位,给某人提供晋见的机会,他会为此感到良心上的满足,当然,他的自尊也得到了满足。要是为某个寻求庇护的人出面斡旋而未果,他的良心就会感到不安,自尊也会受到伤害。他不会放弃,而是会逐级上诉,直到他的意愿,也就是说,直到他所庇护的人的意愿得以实现才肯罢休。因此这里的民众热爱他,尊敬他,因为人们无法想象为什么这么一个位高权重的人要去帮助平头百姓。老百姓就想看到一位"明君"——而且,在对当权者几近幼稚的信赖中,老百姓自己经常要比那些在他们看来高尚的人还要高尚。老百姓最深切、最崇高的愿望就是遇见主持正义、品行高尚的当权者。因而,他们对那些令其失望的统治者的报复也是那么的残忍——好比一个孩子对待玩具火车头,火车头不走了,孩子就会一下把它拆个七零八散。所以,就像给孩子结实的玩具一样,老百姓也该有公正的统治者。

莫施丁伯爵在行善助人和主持公道时,自然没有以上这些考量。不过伯爵的某位先祖也许曾经出于这样的考量而去积德行善和主持公道,结果这种想法就活生生地融入了血液之中——或者,就像今天人们所说,融入了子孙辈的"潜意识"之中。

如同认为自己有责任帮助弱者一样，伯爵也尊敬、钦佩并服从地位更高的人。他所效劳的皇帝陛下在他眼中永远是个绝对超凡脱俗的形象。比如，对伯爵来说，绝不能把皇帝当成一个凡人来看待。对传承下来的等级制度的信仰，深刻而有力地印在弗兰茨·克萨韦尔的心上，因而，他对皇帝的爱并非是爱他的人品，而是爱其帝王气象。要是他认为哪个朋友、熟人或亲戚在自己面前对皇帝出言不逊，便会立刻与之绝交。也许伯爵早在帝国崩溃之前就意识到，轻浮的玩笑较之暴徒的行刺，较之野心勃勃、离经叛道的世界改造者的夸夸其谈更具杀伤力。不过，世界历史倒是应该证明莫施丁伯爵的预测，因为古老的奥匈帝国绝非葬身于革命者空洞的激情，而是死于那些本该是帝国栋梁的嘲讽，死于那些本该是虔信者的怀疑。

二

在那场人们称之为世界大战的战争爆发前几年的一天，莫施丁伯爵“秘密”地得到通知，下一次皇家军事演习将在罗帕提尼及周边地区举行。据说皇帝陛下要在他家住上几天、一个星期或更长时间。莫施丁这下真的渗出了一头冷汗，他出面找地方长官，和民政机构及邻近小城的地区机关协商，叫人给整个地区的警察和夜勤配备新制服和佩刀，和三大教派的神职人员即东正教、天主教的牧师及犹太教的经师谈话，为邻城的鲁提尼人①市长拟定了讲稿——这位市长虽说看不懂，但他必须在老师的帮助下把稿子背出来——还给村里的小女孩儿都买了白色的小裙子，让周边驻防团指挥官们提高警惕。所有这一切都是"秘密"进行的。于是乎，早在演习开始前的初春时节，这里远近的人就都知道皇帝要御驾亲临演习了。莫施丁伯爵当时已经不再年轻，他的头发白得早，身材瘦长，没结过婚，是个老光棍儿。在那些健壮的贵族眼中，他显得有点古怪，好像是个"来自另一个世界"的"怪人"。当地没人在他身边见到过女人的影子。他也从未有过结婚的打算。没人见过他喝酒，更没人见他赌过、爱过。他没有什么明显的爱好，除了与所谓的"民族问题"作斗争。在当时，哈布斯堡王朝中所谓的"民族问题"正开始变得严重起来。所有的人——无论是自愿还是不得不装作自愿——都宣称自己属于老帝国领地里众多民族中的某个民族。众所周知，19 世纪时人们发现，任何个体若是真想被人承认是市民阶层的个体，就必须得归属于某个民族或种族。奥地利诗人格里尔帕策就曾说过：

① 鲁提尼人是居住在波兰加利普东部、匈牙利东北部和现在的俄国、罗马尼亚的布科维纳一部分地区的乌克兰人的名称。——译者注

"人性一经过民族就变成了残暴。"那个时候,有人就已开始捣腾所谓的"民族"了,这就是今天我们所经历的残暴的初期。何谓民族思潮?有人当时就已清楚地看出,民族思潮相应于和植根于近代民族中最粗野阶层的粗野性情。这个阶层里通常有以下成员:兼职做志愿消防员的摄影师,因缺乏天赋而无法进入造型艺术学院、最终成了招牌美工或裱糊匠的所谓艺术画家,在中学谋不到职位而心怀不满的小学教员,梦想当医生的药店徒工,当不上牙医的游方郎中,地位低下的邮局和铁路职员,银行勤杂工,护林员,说来说去,都是些奥地利各民族中妄想在市民社会中出人头地者,他们心比天高,却郁郁不得志。慢慢地,所谓上流社会也做出了让步。于是,所有那些在塔尔诺布、萨拉热窝、维也纳、布吕恩、布拉格、琴泽诺维茨、奥得堡及特罗普奥等地除了当过奥地利人再没有过其他身份的人,现如今都纷纷"响应起时代的号召"来了,承认自己是波兰人、捷克人、乌克兰人、德国人、罗马尼亚人、斯洛文尼亚人、克罗地亚人……宣布自己属于诸如此类的"民族"。

也大约是在此时,帝国开始推行"普遍、不记名和直接的选举制"。莫施丁伯爵对此深恶痛绝,就像他敌视那种摩登的"民族"观一样。他常对犹太人萨洛蒙·皮尼维斯基——在伯爵眼中,这个酒馆老板是附近唯一还有那么几分理性的人——说:"听着,萨洛蒙!那个讨厌的达尔文说人是从猴子变来的,看来他还真说对了。人已经不再满足于被分成不同的群体。不！他们还想归入某个民族。民族——听到了吗,萨洛蒙?!——连猴子都想不出这样的主意。在我看来,达尔文的理论还算不上十全十美。也许猴子是从民族主义者变来的,因为猴子意味着进步。你是读过《圣经》的,萨洛蒙。你知道,《圣经》里写着,上帝在第六天创造了人,没说创造了哪个民族的人。是不是,萨洛蒙?"

"正是,伯爵大人!"犹太人萨洛蒙说。

"但是,"伯爵接着说,"有另外一件事:今年夏天我们要恭候皇帝陛下大驾光临。我会给你钱,你给我把你的店铺装修一下,把窗子弄得漂漂亮亮的。你把皇帝画像也擦干净了,挂在窗子上。我送你一面带双头鹰的黑黄两色旗,你把旗子挂到房顶上去,让它迎风飘扬。明白了?"

是的,犹太人萨洛蒙·皮尼维斯基明白了,就像所有其他被伯爵告知皇帝将要驾临的人一样明白了。

三

夏天举行军事演习期间,奥匈帝国皇帝陛下就下榻在莫施丁伯爵的宫殿里。每天早上,当皇帝骑马视察演习时,人们就可以看见皇帝了,于是附近的农夫和犹太商贩都会聚上前来一睹皇帝的尊容,瞻仰这位统治他们的老人家。只要皇帝和随从一出现,众人就会用各自不同的语言欢呼“万岁”“乌拉”和“万寿无疆”。

皇帝起驾离开了。几天后,附近一位农夫的儿子来找莫施丁伯爵。这位胸怀大志想当雕刻家的小伙子用砂岩石雕刻了一座皇帝的半身像。莫施丁伯爵深受感动。他向这位年轻的雕刻家许诺,将来给他在维也纳艺术研究院找个位子。

伯爵让人将这尊半身像安放在他的小宫殿前。

这尊雕像在这里矗立了很多年,直到那场人们称之为世界大战的战争爆发。

在伯爵自愿报名参军之前,他让人把皇帝的半身像取了下来,用草包裹好藏在了地下室里。这时的伯爵因岁月流逝,已颇显老态。他瘦骨嶙峋,头发稀疏,眼窝深陷。

半身像就这样被放在了地下室,一直放到战争结束,帝国寿终,伯爵回乡,新的波兰共和国建立。

四

弗兰茨·克萨韦尔·莫施丁伯爵回到了家乡。但这里还能被称为家乡吗？当然，土地还是那片土地，树林也还是那片树林，茅屋农舍也与从前一般无二，就连农夫也还是从前那种农夫，之所以说“那种”而不是“那些”农夫，是因为许多伯爵曾认识的农夫都已战死。

冬天到了，可以感觉圣诞节不远了。就像战前时节，往常到这个时候，拉帕提尼河冻得结结实实。乌鸦一动不动地蹲坐在光秃秃的栗子树上，房子西窗外的那片土地上，不停地刮着东欧冬天那种柔和的风。战争使得村里出现了寡妇和孤儿：这下回乡的伯爵大人有了足够乐善好施的对象。但莫施丁伯爵并没有把罗帕提尼当作重逢的家乡来欢迎，而是开始思考起了有关家乡的令人困惑和特别的问题。他在想，现在这个村子不再属于奥地利，而是属于波兰了，那么这还是我的家乡吗？家乡到底是什么？我们小时候遇见的巡警或海关官员，他们穿的特定的制服难道不跟那些枫树和杉树、沼泽和草地、云朵和溪流一样，也都是家乡的一部分吗？但要是巡警和海关官员的衣服变了，而枫树、杉树、溪流、沼泽依旧，这还算是家乡吗？伯爵接着问自己，之所以在这个地方有家的感觉，难道不是因为这个地方，如同许多其他我热爱的地方一样，都属于同一位君主吗？毋庸置疑！世界历史变幻莫测，让我在称之为家乡的地方找不到自己的乐趣。现在大家到处谈论着新的祖国。在他们眼中，我是个所谓没有祖国的人。我从来都是没有祖国的人。唉！我曾经有过一个祖国，一个真正的祖国，它是“没有祖国的人”的祖国，是我唯一可能有的祖国，这就是古老的哈布斯堡王朝。而我现在失去了故乡，对一个永远漂泊的人来说，真正的故乡已经不复存在了。

离开这个国家，就能忘记这些事儿，抱着这种自欺欺人的希望，伯爵决定尽早出行。可他却吃惊地获悉，要去那几个他选中的旅行目的地国家，需要一本护照加上所谓签证若干。在他这把年纪，早就不把护照、签证和所有这些手续当回事了，而这套东西在战后成了人与人之间关系的铁律。尽管如此，他还是遵从了命运的安排，愿在梦魇中度过余生，希望在外边的世界里，在其他国度，能找到过去时光的一部分，就像他在战前的生活。于是，他按照现今这个恐怖世界的要求，搞了一本护照，也办了几个签证，首先动身去了瑞士，去了这个他以为只有在那里还能找到古老和平的国度，因为瑞士没有参过战。

很多年前，公爵就认识了苏黎世这座城市。不过或许有十二年没来过这里了。他以为这座城市不会给他留下什么特别的印象，不会好也不会坏。这个世界变得更加挑剔，抑或说变得更钟情于冒险，大家都认为瑞士中规中矩，它的城市也中规中矩，这样的看法不无道理。在这样的城市里，还能发生什么事儿呢？这座城市仅见识过战争难民，不管怎么说，对于一个经历了战争,来自昔日奥地利帝国东部的人来说,看见这里的太平景象就已经算是一种奇遇了。在这些日子里,弗兰茨·克萨韦尔·莫施丁尽情地享受着这种阔别已久的太平,于是他就吃、喝、睡。

但有一天,在一家苏黎世夜总会发生了那件卑鄙下流的事,莫施丁伯爵被迫立刻离开了这个国家。

当时各国报纸上经常报道一位有钱的银行家的消息,说他不仅把哈布斯堡家族大部分的皇室珠宝,而且还把哈布斯堡的老王冠以给奥地利皇室抵押贷款的方式据为己有。用不着怀疑,这样的报道是那些人们称为"新闻记者"的轻浮好事的包打听们胡诌瞎写出来的故事。弗兰茨·克萨韦尔·莫施丁相信,就算一部分皇室财产落入了某个缺德的银行家之手的消息是真的,但哈布斯堡家族的王冠肯定没有丢。

有一天晚上,伯爵去了一家少有的、只有熟人才能入内的夜总会。大伙儿都知道,苏黎世这座正派规矩的城市禁止色情交易,伤风败俗亦受到唾弃,罪恶既无聊又破财。并非伯爵在寻找这样的酒吧!绝不是,而是因为这里的升平景象开始让他觉得无聊,使他夜夜无眠。于是他决定找个地方度过这样的不眠之夜,随便什么地方都行。

伯爵开始喝酒。他坐在这个酒吧里一个少有的僻静角落。虽然美式新潮的小红灯,吧台调酒师——让人想起了话务员——穿的符合卫生规定的白褂子，姑娘染的金发——令人一下子联想起了药店——都使他感到不快，但这位可怜的奥地利老人还有什么习惯不了呢？然而正当他好不容易在这种场所觅得些许清静时，却还是突然被一声公鸡嗓吓了一跳："女士们，先生们，哈布斯堡家族的王冠就在这儿！"

弗兰茨·克萨韦尔站起身来。他看到长条形酒吧中间聚集了一大群兴高采烈的人。只需看一眼他就知道了，所有令他憎恶的货色在那张桌边上一应俱全，尽管迄今为止他还没有近距离跟这类家伙打过交道：穿短裙染金发的女人下流（而且难看）地露着两条腿；面色晦暗、身材瘦长、弱不禁风的小青年像某些牙医广告半身人像一样，笑着露出一嘴白牙，他们有的顺从，有的手舞足蹈，有的胆怯，有的漂亮时髦，还有的不怀好意，像一群奸诈的骗子；上了年纪的先生则仔细而徒劳地掩饰着自己的将军肚和秃头顶，这些人脾气好，色迷迷，不拘礼节，拐着罗圈腿。简而言之：这都是些难得一见的人精，他们暂时掌管着没落世界的遗产，为的就是几年后把它交给更摩登、更凶残的后代时再捞上一把。

桌边上，上年纪的一群人中站起来一个，先是用手摆弄着王冠，然后把它戴在自己的秃头上围着桌子转，最后走到酒吧中间，扭动着身子，摇晃着脑袋和其上的王冠，和着当时流行的曲调唱道：

“神圣的王冠是这么戴的!”

弗兰茨·克萨韦尔起初一点也不明白这令人作呕的闹剧是怎么回事。他只是觉得,这帮人都是些不成体统、被撩起裙子的时装模特迷了心窍的老家伙;欢度假日的清洁女工;与跑堂儿分享卖香槟的钱和自己身体的陪酒女;一无是处却衣着光鲜的皮条客和外汇贩子,他们上身穿着垫宽了肩的衣服,下身穿着像女人裙子般松松垮垮的裤子;还有就是讨厌的掮客,这伙人倒卖房子、店铺、国籍、旅行护照、营业执照、理想的婚姻对象,倒卖受洗凭证、信仰声明、贵族头衔、收养关系、妓院和走私烟。在所有被战胜的欧洲国家的首都里都有这样的人,他们铁下心来要以咀嚼腐尸为生,用一张张塞满了、却不知足的嘴巴亵渎过去,盘剥当下,吹捧未来。世界大战过后,这些人成了世界主人。莫施丁伯爵感觉自己就好比是行尸走肉,而这些人正在他的坟头上跳舞。为了迎接这些人的胜利,成千上万的人在痛苦中死去——而成百上千货真价实的道学先生成了老帝国的掘墓人,期盼着它的崩溃和民族的解放!但是现在,看看这里:在旧世界的坟墓上,在新生的民族和从老帝国分离出来的国家的摇篮边,夜晚的美国酒吧里妖魔鬼怪正在狂舞。

为了看得更清楚点,莫施丁凑上前去。这些吃饱喝足、肥脑油肠的妖魔鬼怪的模糊身影唤起了他的好奇心。在那个拐着罗圈腿手舞足蹈的男人的秃头上，伯爵看到了斯特凡王冠[①]的复制品——当然是复制品。喜欢在客人面前八卦一番的酒保来到弗兰茨·克萨韦尔面前说："这就是银行家瓦拉金，是个俄国人。他说他手上有所有逊位皇族的王冠。每天晚上他都带来一个。昨天拿的是沙皇皇冠，今天是斯特凡王冠。"

有那么一秒钟，莫施丁伯爵觉得心脏停止了跳动。然而，就在这仅有的一秒钟里——后来他觉得这一秒钟足足有一个钟头那么漫长——他觉得自己完全变了，就好像在他体内出现了一个自己不认识的、可怕而陌生的莫施丁。那个莫施丁不断长高长大，膨胀着，占据了原先他所熟悉的整个身体，进而充满了整个美国酒吧。在他的一生中，即便从孩提时代算起，弗兰茨·克萨韦尔·莫施丁也未曾发过火。他性情温和，自己的出身、财富、姓氏的荣誉和地位都确保着他的安全。直到现在为止，这种安全都仿佛把他与世间所有的粗俗隔离了开来，使他接触不到任何卑鄙的东西，否则的话，他早就该知道发火是何滋味了。在自己完成蜕变的这一秒钟里，他觉得世界早已在他之前蜕变了。他觉得，好像此时才知道自己的蜕变只是时代蜕变的必然结果罢了。此时，他未曾品尝过的

① 斯特凡王冠是匈牙利第一位信基督教的国王斯特凡一世所戴的王冠，由教皇西尔韦斯特二世加冕。——译者注

心头怒火正在升腾、膨胀，正在超出他个人所能承受的界限往外冒，而比这股怒火还要大得多的，必定是这个世界不断膨胀的卑鄙，是长期隐藏在阿谀奉承的“忠诚”和奴颜婢膝的臣服这件长袍里面的下流。伯爵未加考验便相信，所有的人与生俱来就品行端庄，值得依赖。在这一刻，他好像才发觉自己犯了每个高贵的君子都会犯的人生错误：相信，毫无保留地相信别人。这一突然的认识使他内心充满了那种与高贵的怒火相伴而生的高贵的耻辱。这位高尚的人在卑鄙面前蒙受了双重的耻辱：一方面，他为卑鄙的存在感到耻辱；另一方面，也因为他立刻看出自己的善良之心受到了蒙蔽。他觉得受到了欺骗，他的自尊心无法容忍有人欺骗他的心。

伯爵无法再权衡、斟酌或思考。在他看来，好像没有哪种暴力足以惩罚和报复那个每晚都用秃头顶着不同王冠舞来蹈去的掮客的卑鄙无耻。一台留声机阴阳怪气地播放着一首叫作《汉斯的膝盖不老实》的歌；吧台女尖叫着，小伙子拍着手；像是穿着外科医生白大褂的调酒师叮叮当当地摆弄着杯子、勺子、瓶子，摇晃着，混合着，炮制着，从金属容器中转眼就魔术般地变出种种新时代的神秘饮品。他一边叮当作响地勾兑着饮料，一边不时地睁开一只善意的眼睛观看着银行家的闹剧——同时还兼顾着消费的账目。秃顶男人每跳动一步，红色小灯就摇晃一下。灯光、留声机、调酒师搞出的声响、女人的娇音和尖叫，这一切都使莫施丁伯爵不禁怒火中烧，于是就发生了令人难以置信的事：伯爵平生第一次变得幼稚可笑起来。他手里掂着喝得还剩一半的香槟酒瓶和一根蓝色吸管，慢慢靠近这群不认识的人；就像要扑灭一场丑陋的大火，他左手将苏打水喷向这群人，同时右手把瓶子敲在了那个跳来蹦去的家伙的脑袋上。银行家径直倒地，王冠从脑袋上掉落下来。伯爵弯下腰，想拾起王冠，似乎要挽救一个真正的王冠及其所代表的一切。就在这时，跑堂、酒吧女和衣着光鲜的家伙一下子全扑了上来。女人浓烈的香水味和小青年的拳打脚踢使他几近窒息。最后，莫施丁伯爵被扔到了街上。在美国酒吧门前，在广袤的天空之下，或者说，在点点繁星冷漠目光的注视之下，殷勤的酒保用银盘把账单放在他面前。那是一个晴朗的冬夜。

第二天，伯爵踏上归途，回罗帕提尼去了。

五

伯爵在路上自问，为什么不回罗帕提尼呢？我的世界看来已经完全毁了，我不再拥有一个完整的家乡。那么我最好还是去找寻先前家乡的残垣断壁！

他心里惦记着安放在地下室的弗兰茨·约瑟夫皇帝的半身像，惦记着这位早就安息在皇陵中的皇帝的遗体。

他接着想，无论在我们村还是在周围，我都是个怪人。我还要这么继续怪下去。

他拍电报告诉管家抵达的日期。

他到家时，人们像往常一样恭候着，像从前一样，好像不曾有过战争，帝国不曾解体，也没有新生的波兰共和国一样。

其实，新当权者，或按其喜欢自称的那样叫作现代当权者们，他们铸成的大错之一就是以为老百姓（“民族”）像他们一样对世界政治有着浓厚的兴趣。

老百姓绝不靠世界政治为生——他们与政治家之间可爱的区别就在于此。老百姓以种地、买卖、手艺为生。（尽管如此，他们也还会参加大选，死于战争，给财政官缴税。）不管怎么说，在莫施丁伯爵的村子里，在罗帕提尼就是如此。世界大战和整个欧洲版图的变更也未能改变罗帕提尼村民的想法。怎么着？为什么？犹太酒店的店主、鲁提尼人和波兰农夫的正常思维抗拒着世界历史的变幻无常。这种变幻无常是抽象的，但百姓的好恶却是具体的。比如，罗帕提尼的村民早就认识莫施丁伯爵家族，知道他们是皇帝陛下和哈布斯堡家族的代表。会有新巡警上任，但征税官还是征税官，莫施丁伯爵还是莫施丁伯爵。在哈布斯堡统治时期，罗帕提尼的村民有时过得好,有时过得不好——这要看上帝的意愿了。在人们的生活中,总还是有些不受任何世界历史变迁,不受共和或帝制,不受所谓民族自决或民族压迫制约的事情:收成总有好坏,果实总有优劣,牲畜有的能下崽有的病恹恹,牧场有的肥沃有的贫瘠,有时风调雨顺,有时风不调雨不顺,阳光有时能带来丰收,有时却导致干旱和灾难;对犹太商人而言,世界由好顾客和坏顾客组成;对酒店老板而言,世界由能喝的人和不能喝的人组成;靠手艺吃饭的则看重大家是否需要新房顶、新皮靴、新裤子、新炉灶、新烟囱、新酒桶。如前所述,至少在罗帕提尼如此。要说我们有什么特别的看法,那就是整个大世界和罗帕提尼这个小村子之间没有什么太大的差别,完全不像那些领袖和政治家以为的那样。老实本分的农夫、手工匠和买卖人,还有大城市里的工人,他们在看过报,听完讲演,选毕议员,自己也和朋友讨论了世界上发生的事之后,又回到了自己的家,回到了自己的作坊。等待着他们的有忧愁也有好运:生病的或健康的孩子,爱找茬的或好性子的老婆,按时付款的或拖欠账单的顾客,缠人的或耐心的信徒,可口的或难吃的饭菜,干净的或肮脏的床铺。是的,我们相信,即便有人在礼拜天喋喋不休,跟大家大谈特谈世界历史,老百姓也根本用不着去管它。不过如上所述,这也许仅仅是我们个人的观点,我们说的只是罗帕提尼村的情况。这儿的情况就像我们上边描述的一样。

莫施丁伯爵一回来，就立刻去找那位聪明的犹太人萨洛蒙·皮尼维斯基，罗帕提尼再也没有第二个人能像他这样，把淳朴与睿智像两姐妹一样和谐地集于一身。伯爵问这位犹太人："萨洛蒙，你怎么看这个世界？""伯爵大人，"皮尼维斯基答道，"一无是处。这个世界完蛋了，没有了皇帝，人们选举总统，这就像我要打官司，得找个能干的律师一样。这就是说，全体人民得选一个给他们自己辩护的律师。但是，我要问，伯爵大人，在谁家的法庭上辩护呢？又是在别人家律师的法庭上。要是老百姓自己没有官司可打，没有必要为自己辩护的话，我们大家都是知道的，那样的话，律师存在的本身就给我们的脖子套上官司了，这样下去就会官司不断。伯爵大人，我还留着您送给我的那面黑黄两色旗，我该怎么处置呢？它就放在阁楼上。我还有老皇帝的画像。我该怎么办？我读报，关心着点儿生意，也关心着点儿世界。伯爵大人，我知道报纸干的愚蠢勾当，但我们这儿的农民不知道，他们光以为老皇帝下发了新制服，解放了波兰。他不再住在维也纳，而是住在华沙了。"

"随他们去吧。"莫施丁伯爵说。

他回到了家，让人把弗兰茨·约瑟夫皇帝的半身像从地下室取出，竖立在自家的大门外。

从第二天起,就好像没有发生过战争,好像不曾有过新生的波兰共和国,好像老皇帝并没有早就被安葬在皇陵中,好像罗帕提尼还是以前的帝国领地一样:每个路过的农夫都会在砂岩雕的老皇帝半身像面前脱帽致意,每个背着褡裢走过的犹太人嘴里也会轻声祈祷——虔诚的犹太人看见皇帝时都会这样。这尊不起眼的半身像是一个农夫之子用不熟练的双手,以普通砂岩为材料做成的。雕像身披已逝皇帝的旧战袍,佩戴着星徽、奖章、金羊皮勋章,固定在石头上。雕像塑造的是农夫之子那孩童般的目光所见所爱的皇帝。渐渐地,这尊半身像——连莫施丁伯爵也认为如此——具有了特殊的、别具一格的艺术价值。就好像时间愈久,这尊雕像的庄严气质愈会使承载它的这部作品臻于完美,显得高贵。连风和天气也都仿佛有艺术细胞似的不断加工这块普通的石头。对雕像的尊崇和回忆似乎也在发挥着作用。农夫的每声问候,虔诚犹太人的每次祷告,都使这一出自年轻农夫之手的幼稚作品逐渐达到了完美的艺术境界。

就这样,这尊雕像在莫施丁伯爵宅邸前伫立了数年之久,它是罗帕提尼独一无二的纪念碑,全体村民都有理由为此骄傲。

这座纪念碑对于再也没有离开过此地的伯爵更有意义:如果伯爵出门,雕像便会给他一切依旧的感觉。渐渐地,早衰的他会动起十分古怪的念头。尽管亲身经历了所有战争中最惨烈的一幕，伯爵还会一连几个钟头这样想：那场世界大战只是一场混乱的梦，而其后所有的变化则是更为混乱的梦。现在他几乎每个星期都会看到，替受他保护的人去官方机构或法院说情，已不再管用。是的，那些新公务员甚至还拿他取笑。对此，与其说他受到伤害，不如说他感到震惊。在附近的小城，在周边地区和邻人庄园里，大家都知道“这个老莫施丁已经半疯了”。有人讲，他在家穿着从前轻骑兵上尉的军装，还戴着过去所有的勋章和奖章。有一天，附近的一位庄园主，一位叫作瓦勒维茨基的伯爵直接问他，这些是不是真的。

“到目前还不是”，莫施丁回答，“不过您倒是给我出了个好主意。我要穿上我的军装——但不是在家穿。我要穿出去。”

他也这么做了。

从此，人们就看到莫施丁伯爵穿着昔日奥地利轻骑兵上尉的军装——而村民们对此一点儿也不感到奇怪。这位上尉一从家里出来，就先对他的最高军事长官，也就是说，对已故皇帝的雕像致敬。然后他会沿着松树林中常走的沙土路去邻近的小城。遇见他的农夫会脱下帽子对他说：“耶稣基督保佑，”他们还会再加上“伯爵大人”的称呼，似乎认为伯爵是救世主的近亲，所以用两种称谓比较好。唉！他早就不能像从前那样帮他们的忙了！普通农夫虽然依旧势单力薄，但是他，伯爵大人，也再不是个强权人物了！——而且，与所有曾经拥有权势的人一样，他现在还不如那些势单力薄的人：在官员的眼中，他几乎已经沦为笑柄。但罗帕提尼和周边的村民都还一如既往地相信他，就像他们依旧相信弗兰茨·约瑟夫皇帝一样，他们一直对皇帝的半身像顶礼膜拜。对罗帕提尼和周边地区的农夫和犹太人来说，莫施丁伯爵一点都不可笑，他令人尊敬。人们尊敬他那瘦长的身影、斑白的头发、灰暗虚弱的脸庞和那双仿佛向无尽头的远方眺望的眼睛。毫不奇怪，他的眼睛看到的是已经一去不复返的往昔。

有一天，来自拉沃（即原来的伦贝格[1]）的总督到地方巡视，不知为何停留在了罗帕提尼。有人指给他看莫施丁伯爵的宅邸，于是他立刻起身前往。令他吃惊的是，在伯爵府前的小花坛正中，他看见了弗兰茨·约瑟夫皇帝的半身像。他注视良久，最终决定进去问问伯爵本人，门前这座纪念碑究竟意义何在。然而更令他吃惊的事还在后面——是的，他一见伯爵就吓了一跳。莫施丁伯爵穿着奥地利轻骑兵上尉军服迎上前来。这位总督自己也曾是个“小波兰人”[2]，就是说，他祖籍

---

① 伦贝格（Lemberg）是奥匈帝国东部边疆区的城市，今属乌克兰，是作家约瑟夫·罗特家乡附近的一座大城市，也是他求学的地方。——译者注

② 小波兰最初指波兰南部的一片地区，后来又包括并入波兰的加里西亚。1772年建立小波兰省。波兰被分裂后，这一地区大部分并入了奥匈帝国的加里西亚王国。——译者注

在前加里西亚，他本人也曾在奥地利军队服役。对他来说，莫施丁伯爵就像历史上早已翻过去的一页中的幽灵。

他努力克制住自己，一开始什么都没问。落座后，他小心地问起了皇帝纪念像的事。“对，”伯爵说话的样子好像新世界根本就不存在，“皇帝陛下曾在此驻跸八日。一个颇有天分的农夫之子制作了这尊雕像。它一直竖立在这儿。只要我还活着，它就会立在这儿。”

总督没有说出心中作出的决定，微笑着旁敲侧击：“您还穿着过去的军服？”

“对，”莫施丁回答，“我老了，用不着穿新军服了。您知道吗，自从时代变了之后，我穿便装总觉得不太舒服。我怕别人把我和某些人搞混了。——为您的健康干杯。”伯爵接着说，并举起酒杯为客人祝福。

这位总督又坐了一会儿，然后向伯爵告辞，离开了罗帕提尼继续巡查，最后回到了官邸。他下令将莫施丁伯爵宅邸前的皇帝半身像挪走。

这项命令最后辗转落到罗帕提尼村村长（人们称之为“镇长”）手里，也就是说，过了不久，莫施丁伯爵就知道了这件事。

于是，伯爵第一次与新政权发生了公开的冲突，而在此之前，他几乎未曾把新政权当回事。现在他发觉自己太弱了，根本无力与之抗衡。这让他想起了那一夜在苏黎世美国酒吧的情景。唉！对满世界的新生共和国、新贵银行家和戴王冠者、新潮男女、新科主宰，你再视而不见也无济于事了。必须埋葬旧世界，但必须体面地埋葬。

弗兰茨·克萨韦尔·莫施丁伯爵把罗帕提尼最年长的十位村民叫到自己家里——其中也有那个既聪明又单纯的犹太人萨洛蒙·皮尼维斯基。受邀前来的还有东正教、天主教的牧师和犹太经师。

所有人到齐后，莫施丁伯爵做了如下讲话：

亲爱的同胞们——

你们大家都了解过去的王朝，你们曾经的祖国。它死了几年了——我认识到，对它的死视而不见已经毫无意义。也许有一天它会复活，但我们这些老人很难看到这一天了。现在有人给我们下达了一项任务，让我们尽快把皇帝陛下弗兰茨·约瑟夫一世的半身像挪走。

朋友们，我们不想把陛下的半身像挪走！

如果旧时代已死，那么我们会用对待死者的方式对待它：我们会为其下葬。

因此，我亲爱的朋友们，请你们来帮忙。从今天算起，三天后，把去世的皇帝陛下，也就是说他的半身像，按照安葬驾崩皇帝的全部礼数和尊荣安葬在墓地。

六

乌克兰木匠尼基塔·科洛殷用橡木做了一口硕大的棺材，大得足够殓得下三个皇帝。

波兰铁匠雅罗斯拉夫·沃伊茨科维斯基用黄铜铸了一座巨大的双头鹰，铆接在棺材盖上。

犹太经师努西姆·卡布图拉克用鹅毛笔在一小卷羊皮纸上写下了祝福的祈祷词——这是犹太信徒面对加冕君主时所念的祈祷词——用敲平的铁皮卷好，放入棺材里。

一个酷热夏日的上午，密密麻麻的云雀躲在天幕里啁啾，数不清的蟋蟀躲在草丛中唱和。罗帕提尼的村民聚集在弗兰茨·约瑟夫一世的雕像周围。莫施丁伯爵和镇长将半身像请入那口华贵的巨棺。这时，山丘上教堂的钟声响了起来。三位不同宗教的代表走在送葬行列的前面。四位年长健壮的农夫将棺材扛在肩头。在这后边，弗兰茨·克萨韦尔·莫施丁伯爵手握出鞘的军刀，头戴土灰色轻骑兵头盔，作为已逝皇帝在这村里最亲近的人，在葬礼的悲凉气氛中独自走着。他的身后是满头银发、戴着圆形黑色小帽的犹太人萨洛蒙·皮尼维斯基。他左手拿着丝绒圆帽，右手举着一面绣着双头鹰的黑黄两色大旗。走在最后的，是全村的男人和女人。

钟声回荡，云雀啁啾，蟋蟀不住地低吟。

墓穴准备就绪。人们将棺材降入墓穴，覆盖上那面大旗——而弗兰茨·克萨韦尔·莫施丁呢，他最后一次举起军刀向皇帝致敬。

人群中传出哽咽的哭声，好像此时才给弗兰茨·约瑟夫皇帝，给过去的王朝和曾经的家乡下葬。三位不同宗教的神职人员祈祷着。

就这样，在罗帕提尼，在曾经的加里西亚，人们第二次埋葬了老皇帝。

几星期后，有关消息出现在几家报纸上。在“短评”栏目中，报纸用几句玩笑话披露了此事。

七

莫施丁伯爵离开了这个国家，现在住在里维耶尔河边。

他已年老体衰,精疲力竭,晚上总和一位前俄国将军下棋玩牌。每天他都花几个小时写回忆录。也许这些回忆没什么文学价值,因为莫施丁伯爵没有练过笔,也没有当作家的雄心。但因为他是位仁慈长者,有时也会写下意味深长的话,比如下边这些我经他允许抄录于此的句子。

“我从自己的经历中得知,”伯爵写道,“聪明人能够变成笨蛋,智者能够变得愚蠢,诚实的先知会成为骗子,热爱真理的人会陷入谬误。在这个世界上,任何美德都不能长久,只有一种美德是个例外,这就是真正的虔诚。信仰不会令我们失望,因为在世上,它不会给我们任何许诺。真正的信徒也不会令我们失望,因为他不在世上牟利。对各族民众而言,这就意味着:各民族正在徒劳地寻找所谓民族的美德,而民族的美德其实比个人的美德还要令人生疑。所以我憎恨民族和民族国家。我曾经的家乡哈布斯堡王朝,是一座有许多门户和许多房间的大厦,能容纳形形色色的人。现在这座大厦被分裂了,劈开了,肢解了,我没什么好指望的了。我习惯住在一座大厦里,而不是蜗居在小格子间。”

老伯爵的笔调是那么悲切,又是那么高傲。他安详平和地等待着生命的终结。也许他正盼望着这一天,因为他在遗嘱中写道,希望能被埋葬在罗帕提尼,不要葬在家族墓地,而要葬在皇帝弗兰茨·约瑟夫身旁,永远伴随着皇帝的半身像。

利维坦

姚敏多 译

一

在一座名叫普洛格罗迪的小镇上，曾经住着一位珊瑚商人。他能言善道，货品优质可靠，在周边地区远近闻名。连住在远处村庄里的农妇们如果出于什么特殊原因需要首饰，也都会来找他。就算在自家附近也能轻易找到其他珊瑚商人，但是她们知道，在那些地方能买到的不过是些日常穿用的廉价物件。所以她们宁愿坐上一路吱嘎作响的小车，长途跋涉来到普洛格罗迪找那位有名的珊瑚商人——尼森·皮岑尼克。

她们一般会在赶集的那几天来。礼拜一是马市，礼拜四是猪市。男人们查看着牲口，女人们则打着赤脚，把靴子挂在肩头，戴着在阴天里也显得鲜艳夺目的彩色头巾，三五成群地前往尼森·皮岑尼克的住处。在木制人行道和商人住着的老房子那宽敞又凉爽的门廊里铺着空心的木板，光裸坚硬的脚底踩在上面，发出愉快的轻响。穿过拱廊，就来到了一座安静的庭院，柔软的苔藓在形状各异的铺路石缝隙里肆意蔓延，在暖和的时节里还有几株小草发出芽来。这时皮岑尼克养的鸡就友善地迎着农妇们走上前来，打头的是那些骄傲地顶着鸡冠的公鸡。鸡冠颜色鲜红，就像那最红的珊瑚。

铁门上挂着个铁门环，来客得在门上敲三下。然后皮岑尼克会打开门上嵌着的一扇小窗，看一眼请求进门的人，再拉开门闩，让农妇们入内。如果来的是乞丐、流浪歌手、吉普赛人或者带着会跳舞的熊的驯兽人，他一般会通过小窗施舍些钱。他必须谨慎行事，因为从敞亮的厨房到客厅，所有的桌子上都摆放着堆成大、中、小一堆堆的名贵珊瑚，不同种类的珊瑚或是混放，或是已经按照它们的特征和颜色分好了类别。皮岑尼克可没长了十只眼睛用来盯着每个乞丐，他很清楚，贫穷教唆人犯罪，令人难以抗拒。有时候小康之家的农妇也会偷窃——女人很容易屈服于冒着风险暗中将珠宝首饰据为己有的欲望，尽管她们本可以直接买下来的。但是面对顾客，警惕的商人就会睁一只眼闭一只眼，反正他也已经把偶尔发生的失窃计算在商品的定价里了。

他雇佣了不下十名穿线女工，都是年轻漂亮的姑娘，有着雪亮的眼睛和精巧的双手。姑娘们在一张长桌边坐成两列，用细巧的针去穿起珊瑚。如此这般，漂亮又齐整的珊瑚串就做成了，两端是最小块的珊瑚，正中间放的是最大块、最耀眼的。做这活计的时候，姑娘们会齐声唱起歌来。在夏天那些炎热晴朗、天色湛蓝的日子里，庭院里会支起长桌子来，穿线的女人们坐在桌边，她们的夏日欢歌响彻整个镇子，盖过了苍穹下高声鸣叫的夜莺和花园里唧唧的蟋蟀。

珊瑚的种类实际上远远多于一般人仅仅在橱窗或者商店里见过的那些。首先有打磨过的和未经打磨的;有边缘切割平整的和球状的;还有呈尖刺和细棍状,看起来好像铁丝网的;有闪着发黄的光晕,颜色几乎是淡红的珊瑚,就像有些月季花瓣的上沿那样,有黄紫色的、紫红色的、砖红色的、甜菜红色的、朱砂色的,最后还有那种看起来仿佛是凝固的圆形血滴的珊瑚。有圆形的和半圆形的珊瑚;有看着像小圆桶的和看着像小礼帽的珊瑚;有笔直的,长歪了的,甚至还有凹凸不平的珊瑚;有星星、尖刺、耙齿和花朵样的珊瑚。因为珊瑚是海洋世界里最为高贵的植物①,是喜怒无常的海之女神们的玫瑰花,它们流光溢彩,样态繁多,正如女神们的情绪一样多变。

正如我们所见,尼森·皮岑尼克的店并不公开营业。他就在自己家里做生意,也就是说,他跟珊瑚生活在一起,白天黑夜,夏天冬天;而且因为他的房间和厨房的窗户都朝向庭院,窗外还架设了致密的铁栅栏,所以屋里笼罩着一种美好而神秘的朦胧感,让人想起海底世界。仿佛珊瑚是在此地生长,而并非被售卖交易的。是啊,多亏了大自然有意进行的特殊安排,珊瑚商人尼森·皮岑尼克是个红头发的犹太人,他那红铜色的山羊胡子总让人想起一种颜色发红的海藻,也让他整

---

① 原文如此。珊瑚属于腔肠动物门,其艳丽多姿的形态类似植物。——编注

个人看起来与一位海神有着惊人的相似性，就仿佛他售卖的那些珊瑚都是亲手创造，或者亲手种植并采摘的一样。他的货品与他的外表之间的联系实在密切，以至于在普洛格罗迪这座小镇上，大家都只用职业来称呼他，不叫名字，久而久之甚至把他的真名都忘记了。比如说，人们会说：珊瑚商人来了——就跟全世界除他之外就没有别的珊瑚商人似的。

实际上，尼森·皮岑尼克对珊瑚怀有一种熟稔的柔情。他对自然科学一窍不通，不会读写——因为他从没上过学，除了笨手笨脚地签下自己的名字之外不会别的——但他坚定地相信，珊瑚并不是植物，而是活生生的动物，一种微小的、红色的海洋动物——没有任何一位海洋学教授能够改变他的看法。是的，对尼森·皮岑尼克来说，就算把珊瑚锯下来，切开，打磨过，分好类，串成串，它们也还是活着的。他的说法可能也有些道理。因为他曾亲眼看到，红色珊瑚项链挂在体弱多病的女性胸前就会逐渐开始褪色，而在健康的女性胸前却能保持它们的光泽。在漫长的珊瑚商人生涯中，他常常注意到，那些尽管是红色，但摆在柜子里时却色泽暗淡、而且越来越暗淡的珊瑚，一旦被挂在一位年轻、健康、貌美的农妇脖颈上，就会突然开始焕发光彩，仿佛能从女性的血液中吸取养分一般。有时人们也会把珊瑚项链拿到商人的店里让他赎回，他还能认出那些他曾经亲手穿线、照管过的珍宝——而且他一眼就能看出，佩戴过它们的女性是健康还是羸弱。

他有自己的一套十分独特的关于珊瑚的理论。之前提到，他认为它们都是海洋动物，只不过多多少少出于一种聪明的谨慎心态伪装成了树木和植物，以防遭到鲨鱼的袭击或者吞噬。珊瑚渴望能够被潜水员采撷、带到地表，被切割、打磨、穿上线，最终履行它们原本的存在目的：成为美貌农妇的首饰。只有在这里，在女人们洁白结实的脖颈上，在与女人之心的姐妹——活生生的动脉血管距离最紧密的地方，珊瑚才能苏醒过来，获得光泽与美丽，发挥它们先天固有的魔力，吸引男人，并唤醒他们的爱欲。尽管古老的上帝耶和华亲手创造了一切——从大地到大地上的动物，从海洋到海洋的一切造物，然而上帝自己却又把对海洋中的动物和植物，尤其是对珊瑚的管辖权，暂时交托给了盘踞在水下最深处的利维坦，直到救世主降临的时刻。

听了这些事情之后，你可能会以为，商人尼森·皮岑尼克会被人当作一个怪胎。事实远非如此。皮岑尼克在小镇普洛格罗迪是个不起眼的朴实无华的人，大家把他当成一位对自己的行当深有了解的专业人士，并对他那些关于珊瑚和利维坦的说法深信不疑，就好比布料商人总能区分曼彻斯特灯芯绒和德国密织棉布，而茶叶商人则对闻名遐迩的波波夫公司所产的俄罗斯茶叶和同样赫赫有名的立顿公司从伦敦运来的英国茶叶之间的差异了如指掌。普洛格罗迪和周边地区所有的居民都深信不疑，珊瑚就是活生生的动物，其生长与活动都由海底深处的大鱼利维坦看守着。这是毋庸置疑的，因为尼森·皮岑尼克本人就是这么说的。

美丽的穿线女工们时常在尼森·皮岑尼克的房子里工作到很晚，有时候甚至到午夜。在她们从他的住处离开之后，商人就开始亲自处理店里的珊瑚石，也就是说：动物。他首先要检查姑娘们穿好的链子，之后开始清点那些已经按照种类和大小分拣过的以及尚未分拣的小堆珊瑚。然后他亲自开始分类，用长着红色汗毛的有力的手指去触摸、打磨、爱抚每一块珊瑚。有些珊瑚被虫蛀了，在绝对不需要孔洞的地方长出了孔洞来。粗心大意的利维坦没有注意到这里。为了训诫它，尼森·皮岑尼克会点亮蜡烛，把一块红蜡置于火上，直到它变热、融为液体，然后把一根细针的针尖浸入蜡中，并用它来堵住珊瑚石上的虫洞。他一边做一边摇头，好似无法理解一位强大如耶和华的神怎能将看护珊瑚的任务交付给一条像利维坦那样轻率的鱼。

有时，纯粹出于对珊瑚的热爱，他会亲手给它们穿线，直到晨光熹微、该做晨祷的时候方才停手。这项工作让他全然不知疲倦，丝毫不觉乏力。妻子还盖着被子在熟睡。他飞快地瞥了她一眼，漠不关心。他不恨她，也不爱她，她是被他雇佣的众多穿线女工中的一个，并没有其中的大多数那样漂亮、有魅力。结婚已经十年了，她却一个孩子都没给他生出来——这可是她唯一的任务。尼森·皮岑尼克本想要个能生养的妻子，就像从海底长出那许多珊瑚的大海一样多产。然而他的妻子却是一洼干涸的池塘。她愿意自个儿睡觉的话就随她好了，爱睡几个晚上都随便！法律其实允许他跟妻子离婚，但如今有个孩子和女人对他来说也无所谓。他热爱珊瑚。在他心中有一种朦胧的乡愁，却还不敢宣之于口：在大陆的腹地出生长大的尼森·皮岑尼克，向往着海洋。

是的，他向往大海。海底有珊瑚在生长，或者如他所坚信的那样，有珊瑚在嬉戏。四下里根本就没有人能听他讲述自己的向往，他不得不把它锁起来，放在心里，就像珊瑚在大海里一样。他听说了船舶、潜水员、船长和水手的故事。他的珊瑚运来时都装在包裹严密的箱子里，来自敖德萨、汉堡或者的里雅斯特，上面还带着海洋的气味。邮局的公务书记员帮他打理业务信函。他仔细研究了远方的发货人来信上的彩色邮票，然后才把信封丢掉。他一生从未离开过普洛格罗迪。在这小小的镇上没有河流，连个池塘都没有，只有周围一片片的沼泽，他能清楚地听到有水在绿色的表层之下汩汩流动的声音，但是从未见到过。尼森·皮岑尼克设想，隐藏在沼泽下的水和海洋中大量的水之间存在着一种秘密的关联——那么在沼泽的深处或许也有珊瑚。他知道，要是把这个观点说出来，自己就会成为镇上的笑柄。因此他沉默着，对这些想法绝口不提。有时候他会梦见大海有一天淹没了俄罗斯，而且淹没的正是他所在的那一半土地——他不知道是哪一片海，他从没见过地图，世界上所有的海洋对他来说都只是那片大海。这么一来，他从没想过能去到的大海就来找他了，那巨大而陌生的海洋，海底有着无法丈量的利维坦，以及所有甘甜、清苦、咸涩的秘密。

从小镇普洛格罗迪通往小火车站的道路横贯沼泽，车站每周只有三趟车。就算没有珊瑚到货，就算在火车不来的日子里，尼森·皮岑尼克也会去车站，也就是说，去沼泽。他会在沼泽地的边缘伫立一个钟头甚至更久，虔诚地倾听着声声蛙鸣，就仿佛青蛙能告诉尼森沼泽深处的生活是何许模样，而且他有时真的相信自己接收到了各种各样的讯息。冬天，在沼泽封冻以后，他甚至敢踏一只脚到冰面上去，这给他带来了一种奇妙的快感。在沼泽散发出的腐败气息中，他惴惴不安地嗅到了大海那种强烈的咸涩味道，地下水流那轻柔微弱的汩汩声在他灵敏的耳中幻化为蓝绿色巨浪的轰鸣。然而在普洛格罗迪这座小镇上，没有人知道珊瑚商人的灵魂深处都发生着什么。所有的犹太人都把他当作自己的同类。这位做的是布料生意，那位则倒卖燃油；这个卖祷告披巾，那个卖蜡烛和肥皂，还有一个卖的是农妇们戴的头巾和便携小刀；有的教小孩子祷告，有的教算术，也有人卖些格瓦斯[①]、玉米和煮蚕豆。对他们所有人来说，尼森·皮岑尼克都是自己的同类——只不过他做的是珊瑚生意罢了。然而——如您所见——他是个颇为特别的人。

二

在他的顾客当中，既有贫穷的，又有富有的；既有熟客，又有偶然撞进来的。有钱的客人主要是两位住在附近的农夫，一位是种植啤酒花的提蒙·塞梅耶诺维奇，每年代理商从纽伦堡、萨兹和尤登堡过来的时候，他都能签下很多份利润丰厚的合同。另外一位农夫名叫尼基塔·伊万诺维奇。他至少有八个女儿，她们一个接一个地出嫁，每一个都需要珊瑚。已经出嫁的女儿们——迄今为止有四个——婚后不到两个月就有了孩子，这些孩子又都是女儿，她们也需要珊瑚；还在婴儿时期就要，以便避邪护身。这两个家庭的成员在尼森·皮岑尼克家里是最有气派的客人。珊瑚商人给这两位农夫的女儿、

① 格瓦斯：一种用面包干发酵酿制的饮料，含低度酒精，在俄罗斯、乌克兰等地是普遍饮用的软饮料。——编注

孙辈和女婿们准备了储藏在箱子里的好酒，是他自己酿的烈酒，用蚂蚁、晒干的菌类、欧芹和百金花调过味。而其他的普通顾客则用店里买的普通伏特加来款待就够了。因为在这块地界，没有酒是谈不成买卖的。买家和卖家要一起喝酒，这笔生意才能给双方带来盈利和幸福。珊瑚商人的住处也成堆摆放着烟草，放在窗前用湿润的吸墨纸盖着，以便保持新鲜。因为顾客们到尼森·皮岑尼克这里来，跟去一家普通商店可不一样，他们并非纯粹是为了买东西而来的，也不会付了钱就走。大多数顾客跋涉数里而来，他们不只是顾客，同时也是尼森·皮岑尼克的客人。他给大家拿酒喝，拿烟抽，有时候还提供食物。珊瑚商人的妻子做了洋葱荞麦粥、奶油罗宋汤，在炉子上烤了苹果、土豆，秋天还有栗子。这样一来，顾客就并不仅仅是顾客，同时也是皮岑尼克家的客人。有时农妇们会一边挑选合适的珊瑚，一边加入穿线女工们的歌唱；大家一起唱着歌，就连尼森·皮岑尼克都开始小声哼唱起来；他的妻子则站在灶台边，按照节拍搅动着勺子。如果这时农夫们从市场上或者小酒馆里过来接他们的妻子，并为选购的商品结账，珊瑚商人就得跟他们喝杯酒或者茶水，再一起抽根烟。每位老顾客都跟商人相互亲吻，亲如兄弟。

因为只要我们一起喝过一次酒，所有规矩正派的男子就都成了我们的兄弟，所有可亲的女子都成了我们的姐妹——

在农夫与商人、犹太人与基督徒之间并无区别；那些反驳这一点的人，就要有祸患了！

三

每过一年，尼森·皮岑尼克都对他平静的生活感到更加不满，而普洛格罗迪小镇上的人则对此一无所觉。像所有的犹太人一样，珊瑚商人每天早晚两次前往犹太会堂，该庆祝节日时庆祝节日，该斋戒时斋戒，穿戴上经文护符匣和祷告披巾，来回晃动上半身，与旁人聊天，谈论政治、日俄战争，都是些报纸上的内容，以及对世界有影响的事件。但是对珊瑚的故乡——大海的向往，则被他放在心里。每周两次有人把报纸送到普洛格罗迪，他让人给他朗读上面的一切海事新闻，因为他自己无法读懂。就像对珊瑚一样，他对大海也有着特定的想象。尽管他知道世上有许多海洋，但真正的、原本的海洋，则是人们去往美洲时所必须穿越的那一片。

有一天，粗布商人亚历山大·科姆洛瓦家那位在三年前应征加入海军的儿子短暂休假，回到了家中。珊瑚商人甫一听到小科姆洛瓦回家的消息，立马就跑去了对方家里，开始向这位水手追问关于船舶、水和风的一切秘密。整个普洛格罗迪小镇都深信不疑，小科姆洛瓦纯粹是由于愚蠢才被拖去了危险的海上，然而珊瑚商人却将这位水手视为一位护佑加身的年轻人，认为他获得了荣誉与幸运，某种程度上成为了珊瑚的知己，甚至可以说是珊瑚的亲戚。人们看到四十五岁的尼森·皮岑尼克和二十二岁的科姆洛瓦互相挽着手臂在小镇的集市广场上游荡，一逛就是好几个小时。他想从科姆洛瓦身上得到什么？人们感到疑惑。他到底想从我身上得到什么？年轻人自己也很疑惑。

年轻人在普洛格罗迪度过的整个假期期间，珊瑚商人几乎就没有离开过他的身边。年轻人觉得年长者提出的问题都很奇怪，比如说：

“我用望远镜能一直看到海底吗？”

“不能，”水手说道，“用望远镜只能看到远处，不能看到深处。”

“那，”尼森·皮岑尼克继续问道，“如果我是个水手的话，能够沉到海底吗？”

“不能，”小科姆洛瓦说道，“如果是被淹死了，那大概可以沉到海底。”

“船长也做不到吗？”

“船长也做不到。”

“你见过潜水员吗？”

“有时候吧。”水手说道。

“海里的动物和植物有时候会浮到海面上来吗？”

“只有鱼类和鲸鱼才会，不过鲸鱼其实并不是鱼。”

“给我讲讲，”尼森·皮岑尼克说道，“大海看起来是什么样子的。”

“里面都是水。”水手科姆洛瓦说道。

“那它是不是就像一大块土地一样，比如说一片广阔的平原，然后上面一座房子都没有？”

“就是那么广阔——还要更广阔！”年轻的水手说道，“就像您说的那样，一片广阔的平原，偶尔会看到房屋，但是也很少见，而且那也不是房屋，而是船舶。”

“你是在哪里见到的潜水员？”

“我们那里就有，”年轻人说，“海军就有潜水员。但是他们不是为了捕捞珍珠或者牡蛎或者珊瑚而去潜水的。这是一种军事演练，比如要是军舰沉没了，那他们就得把有价值的器材或者武器打捞出来。”

“世界上有多少片海？”

“这我可没法告诉您，”水手回答道，“虽然我们在培训课程里学过，但我都没注意听。我只知道波罗的海、东海①、黑海和大洋。”

---

① 波罗的海的别称。——译者注

“哪片海最深？”

“不知道。”

“珊瑚在哪里最多？”

“还是不知道。”

“嗯，嗯，”珊瑚商人道，“可惜你不知道这个。”

在小镇普洛格罗迪的边缘，房屋变得越来越破败，最后干脆彻底消失了。接着就出现了一条通往火车站的、宽阔而颠簸的街道。波德戈采夫的小酒馆就坐落于此，一个声名狼藉的处所，农夫、短工、士兵、轻浮的姑娘和卑劣无耻的小子们经常出入。一天，人们在那里看到珊瑚商人皮岑尼克和水手科姆洛瓦一同走了进来。人们给他们送上了浓烈的深红色蜂蜜酒和盐煮豌豆。“喝吧，我的孩子！吃啊，喝啊，我的孩子！”尼森·皮岑尼克像位父亲一样对水手说道。水手大口吃喝起来，因为尽管他还这样年轻，却已经在各处海港学到了些东西，知道在蜂蜜酒之后给他上的就是一种酸溜溜的劣质葡萄酒，而在葡萄酒之后的就是一种九十度的烈酒了。他喝蜂蜜酒的时候如此沉默寡言，以至于珊瑚商人都害怕自己不会再从水手口中听到关于海洋的话题了，他的知识已经消耗殆尽了。但是在喝完葡萄酒之后，小科姆洛瓦却和店主波德戈采夫聊起天来，等九十度烈酒上来的时候，他已经大声唱起了小曲儿，一首接一首，就跟一位真正的水手一样。“你是我们这可爱的小镇上的人么?”店主问道。“那当然,我是你们小镇的孩子,也是我的——我们可爱小镇的孩子。”水手说道,仿佛他并不是富有的犹太人科姆洛瓦的儿子,而是个彻头彻尾的农民之子。有几个闲汉和游民挨着尼森·皮岑尼克和水手在桌边坐下来,这年轻人一看到观众,顿时感到内心充满了一种奇特的威严,他曾以为只有海军军官才能拥有这种威严。他便开始鼓动人群:“问吧,孩子们,尽管问!你们问什么我都会回答的。看,这位亲切的叔叔,你们都很了解他,他是全省最好的珊瑚商人,我已经给他讲过好多事儿了!”尼森·皮岑尼克点点头。而因为他在这些稀奇古怪的同伴中间待得不大舒服,就只好一杯接一杯地喝起了蜂蜜酒。渐渐地,所有这些他一直以来仅仅透过家里大门上的小窗口看到过的、望之令人生疑的面孔,都变得跟他自己的脸一样有了人情味。但是因为谨慎和猜疑在胸中深深地扎下了根,他便出门走进庭院,把放着银钱的小口袋藏进帽子里,只在口袋里留了几个硬币。这个灵光一现的主意和帽子里的钱袋压在头颅之上所带来的令人安心的压力使他心满意足,于是他又重新回到了桌边。

然而他承认自己其实也不知道,为什么要跟水手以及这些令人胆战心惊的同伴一起坐在这小酒馆里。他此前明明都规规矩矩、毫不起眼地度过了整个人生。在水手出现之前,直到此时此刻,他也从来没对任何人流露过自己对珊瑚及其故乡大海那隐秘的热爱。还有一件事也把尼森·皮岑尼克吓得不轻。从来没有图像思维习惯的他在这时展开了想象：突然之间，他那不为人知的对海洋以及一切生活或发生在海面或者海底事物的向往，浮上了他自己人生的表层，就像一只珍贵而稀有的动物，平常都乖乖待在海底，有时却会原因不明地浮出水面。可能是珊瑚商人喝不惯的蜂蜜酒，再加上从水手讲述的故事里获得滋养的幻想在他心中唤醒了这幅图景。但是他惊恐不已，并对自己竟能产生这等疯狂的念头感到诧异。这比自己突如其来地在小酒馆里与这些粗野的同伴们同桌而坐更令他感到诧异。

但是这种诧异和惊吓却仿佛发生于意识的表层之下。与此同时，他兴高采烈地仔细听着水手科姆洛瓦讲述的那些童话般的故事。“你又是在哪艘船上服役啊？”同桌人问他道。他沉思了一会儿——他的船是以十九世纪的一位著名将领命名的，但是眼下这名字对他来说就像自己的名字一样平淡无奇，科姆洛瓦决意给人留下一个深刻的印象——于是说道：“我的巡洋舰名叫‘慈母卡特琳娜’号。你们知道那是谁吗？你们当然不知道——那就让我来告诉你们。就说吧，卡特琳娜是整个俄罗斯最美丽、最富有的女性，所以有一天她就在莫斯科的克里姆林宫嫁给了沙皇，然后立马就乘着雪橇——顶着零下四十度的严寒——乘着六匹马拉的雪橇，直接去了沙皇村①。所有随从人员都乘着雪橇跟在身后——人太多了，整条公路拥堵了三天三夜。这场奢华的婚礼之后又过了一个礼拜，那位凶暴无道的瑞典国王来到彼得堡的海港，带着他可笑的木头小舢板，但是舢板上站着许多士兵——因为瑞典人在陆地上是非常勇猛的——这瑞典人唯一的目的就是要征服整个俄罗斯。但是皇后卡特琳娜毫不犹豫地登上了一艘船，也就是我服役的那艘巡洋舰，亲手炮轰了瑞典国王蠢兮兮的小舢板，它们就都沉没了。她给瑞典国王本人扔了个救生圈，然后将他俘虏上来。她让人把这家伙的双眼挖了出来，一口吞下了肚，由此变得比之前更加聪慧。那没了眼睛的国王就被她流放到西伯利亚去了。"

"唉，唉，"一名闲汉抓抓自己的后脑勺说道，"这我可无论如何也没法完全相信啊。"

"你要是再说一遍，"水手科姆洛瓦反驳道，"那就是侮辱了俄罗斯皇家海军，我就用我的武器毙了你。要知道，这整个故事都是我在培训课程上学到的，是由沃洛申科船长阁下亲自给我们讲的。"

人们又喝起了蜂蜜酒和各种烈酒，珊瑚商人尼森·皮岑尼克付了账。他也喝了些酒，尽管没有其他人喝得多。但是

---

① 现名"普希金城"，位于圣彼得堡以南。——译者注

当他跟小科姆洛瓦互相挽着手臂走到街上时，恍惚觉得街心处是一条河流，波浪上下起伏，零星的煤油灯就是一座座灯塔。他不得不用力扶住马路沿儿，以免落入水中。年轻人脚步踉跄得厉害。在尼森·皮岑尼克的一生中，几乎从童年开始，他每天晚上都会诵读规定的晚祷词，一篇要在黄昏时祷告，一篇则用来迎接夜幕降临。今天他头一遭把两次都错过了。天空中的星星充满责备地对他闪耀，他不敢抬眼去看。妻子正在家里等着他，还准备了通常的晚餐，萝卜、黄瓜和洋葱，还有一块油脂面包，一杯格瓦斯，以及热茶。与其说在别人面前感到羞耻，不如说他更耻于面对自己。在他挽着身躯沉重、步履蹒跚的年轻人往前走的时候，时不时感到仿佛迎面遇到了自己，珊瑚商人尼森·皮岑尼克遇到了珊瑚商人尼森·皮岑尼克——而一个人正对另一个大肆嘲笑。无论如何，他还得避免碰到其他人。这一点他倒是成功做到了。他把小科姆洛瓦送回了家，带进了屋，老科姆洛瓦夫妇正在屋里坐着。他说道："你们别对他生气，我跟他一起去了酒馆，他有点喝高了。"

"您，珊瑚商人尼森·皮岑尼克，您跟他一起去了酒馆？"老科姆洛瓦问道。

"是的，是我！"皮岑尼克说道，"晚安！"然后他就回家了。那些漂亮的穿线女工都还坐在四张长桌边，唱着歌，用柔荑中的细针把珊瑚穿起。

“赶快给我倒茶,”尼森·皮岑尼克对妻子说,“我得干活儿。”

他小口小口地喝了茶。当他把灼热的手指埋进还没分过类的大堆珊瑚里,在令人舒爽的玫瑰红色的清凉中翻搅时,他可怜的心却徜徉在大海那广阔的、轰鸣着的航路上。

在他的头颅中尽是燃烧与轰鸣。他明智地摘下帽子,把钱袋取出来,又藏回了胸口。

四

水手科姆洛瓦必须回到巡洋舰上继续服役的日子一天天临近,也就是说,他得前往敖德萨——珊瑚商人内心为此感到一阵苦痛和忧惧。在整个普洛格罗迪,小科姆洛瓦是唯一一名水手,天知道他下次休假又是什么时候。他这一走,珊瑚商人可就再也听不到关于世上江河湖海的故事了,除非报纸里正好写了些什么。

时值夏末,而且这个夏天天气晴好,无云无雨,沃里尼亚平原[1]上的微风永远带来生机和凉意。还有两个星期,秋收就

① 位于今乌克兰西北部地区。——译者注

要开始了。到那时，各村的农夫们就不会再为了找尼森·皮岑尼克买珊瑚而来赶集了。眼下这几个星期正是珊瑚生意的旺季。女顾客往往成群结队地到来，穿线女工们几乎干不完活儿，得通宵给珊瑚穿线和分类。在那些美丽的傍晚，西沉的太阳穿过皮岑尼克那装了栅栏的窗户，送来金色的临别致意，开始照亮成堆摆放的各种类别和色泽的珊瑚，用哀愁却又能送来慰藉的光芒让它们充满生机，仿佛每一块单独的珊瑚石在细小的孔穴中都蕴含着一束微小的亮光。这时，快活而微醺的农夫就来接农妇了，他们蓝色或者颜色偏红的手帕里满满当当包裹着银币和铜钱，脚下沉重的钉靴踏在庭院里的石地上，发出嘎吱嘎吱的声响。农夫们以拥抱和亲吻来问候尼森·皮岑尼克，又哭又笑，仿佛在几十年后重新找到了一位阔别已久、让他们甚是想念的友人。他们对他充满善意，甚至爱他。这个沉默寡言、身形瘦高，有一双坦率天真、有时也目光蒙眬的瓷蓝色眼睛的红头发犹太人，眼中透着诚实、买卖人的正派、行家里手的机智，以及一个从来没离开过普洛格罗迪小镇的人的木讷。对付这些农夫可不是件容易事。因为尽管他们知道珊瑚商人是一位附近少有的老实生意人，心里却还是一直惦记着，他是个犹太人。讨价还价也给他们带来了不少乐趣。他们先舒舒服服地在椅子、长沙发，或者那两张宽大的、装有厚厚软垫的木制婚床上坐好。一些人还穿着边沿上沾满银灰色淤泥的靴子,就在床上、沙发上、地板上安营扎寨。他们从粗麻布裤子的宽大口袋里或者窗台上的存货中取出散装烟草,把皮岑尼克房间里随处放着的旧报纸的白色边缘撕下来,卷成烟卷——因为即使是对他们当中的有钱人来说,卷烟纸也是件奢侈品。珊瑚商人的住处充满了从廉价烟草和糙纸中冒出来的蓝色浓烟,这是一种饱经日照、泛着金色的蓝烟,一小团一小团地穿过敞开的、装了栅栏的窗户上的方形网格,缓慢地飘散到街上。在房间正中的一张桌子上,有两个铜茶壶里正烧着热水,落日也倒映在茶壶上。少说也有五十个淡绿色玻璃做的双层底廉价玻璃杯里斟满了冒着热气的金棕色茶水和烈酒,正在人们手中按顺序传递着。农妇们早在上午就讨价还价几小时,商定了珊瑚链子的价钱。现在她们的男人们却还觉得这首饰太昂贵,讨价还价的过程于是从头开始。这是一场顽强的战斗,瘦削的犹太人必须独自与数量远超于己方的一群汉子决战到底,他们个个吝啬、多疑又强壮有力,而且还喝得酩酊大醉。尼森·皮岑尼克在家常戴的丝质小黑帽下,汗水沿着那毛发稀疏、长有雀斑的面颊向下流淌,流进了红色的山羊胡子,一根根胡须便黏在了一起,在晚上作战告一段落之后,他不得不用他的小铁梳子把它们梳理通顺。尽管他确实木讷,最终却还是战胜了所有的顾客。因为他在这整个广大世界当中只了解珊瑚和家乡的农夫——知道怎样给前者穿线和分类，也知道怎样说服后者。他会给那些最顽固的农夫送上一份所谓的“添头”——也就是说，在农夫按照他虽然没有立马明说，但是暗暗期盼的价格付款之后，他会再给他们附送小小一串用便宜的珊瑚石串成的链子，可以给小孩子戴在手臂或者脖子上，用来对付怀恨在心的邻居和抱有恶意的巫婆的诅咒是绝对灵验的。同时他还得仔细留意店里顾客手上的动作，并随时估算珊瑚堆的高度和周长。唉，这可不是一场轻松的战斗！

然而在这个夏末，尼森·皮岑尼克却显得有些心不在焉，几乎可以说是疏忽大意了，对顾客和生意毫无兴趣。尽管乖巧的妻子多年以来对他的沉默和怪异举止已经习以为常，但也注意到了他的心不在焉，并且责备了他。这里把一串珊瑚贱卖了，那里又忽视了一起小偷小摸。今天忘了给一位老顾客送添头，昨天却给个无关紧要的生客附赠了一串挺值钱的链子。皮岑尼克家里从未有过争吵。但是在这些日子里，平静却离开了珊瑚商人。他自己感觉到，那种淡漠，那种面对妻子时通常怀有的淡漠突然就变成了对她的厌憎反感。是的，皮岑尼克连每天晚上落入捕鼠器的耗子都从来无法亲自下手淹死，这在普洛格罗迪是所有人都做惯了的事情，而他却总是把抓到的小动物交给运水工扫罗，再给点小费，让这人去完成最终的处置。性情这样温和的尼森·皮岑尼克，在这样的一个日子里,因为妻子又像平时一样责备了他,就举起一串沉重的珊瑚砸向了妻子的头部,摔门离开了家,一路走到了海洋遥远的表亲——大沼泽的边缘。

在离水手启程还有不到两天的时候,珊瑚商人心里突然出现了一个愿望:陪同小科姆洛瓦前往敖德萨。这样一个愿望倏忽而至,一道寻常的闪电都不能与它相提并论,还正好击中了它的发源地,也就是人心。也就是说,它劈入了自己的诞生之所。尼森·皮岑尼克的愿望便是如此。在这样一个愿望和最终下定的决心之间,距离并不遥远。

在年轻水手启程当天的早上,尼森·皮岑尼克对他的妻子说:"我得出门几天。"

妻子还躺在床上。现在是早上八点,珊瑚商人刚刚从会堂做完晨祷回来。

她坐了起来。头发凌乱稀疏,没戴假发,眼角还有睡眠带来的淡黄色残余物。她在他眼中显得陌生,甚至抱有敌意。她的外表、她的诧异、她的惊恐,似乎都表明,这个连他自己都还觉得胆大包天的决定是完全正确的。

"我要去敖德萨!"他说,带着发自内心的恶意,"如果一切顺利的话,我一周之后就回来!"

"现在?现在?"妻子靠在软枕中间,结结巴巴道,"就现在,正好在农夫们来店里的时候?"

“正是现在！”珊瑚商人说道，“我有些重要事务要处理。给我收拾行李！”

带着一种从前一无所知、充满刻薄和恶意的快感，他看着妻子从床上爬起来，看着她丑陋的脚趾和长衣下肥壮的双腿，腿上还散布着几个黑色的、不规则的斑点，那是跳蚤的标记。他听着那些早就听熟了的长吁短叹，那是这女人惯常的、经久不变的晨歌。眼下把他和她联系在一起的，只有对三两个柔情夜晚的遥远记忆和传统上对离婚的忧惧而已。

但是尼森·皮岑尼克的内心同时还有一个陌生却又极为熟悉的声音正在欢呼：皮岑尼克要去找珊瑚了！他要去找珊瑚了！尼森·皮岑尼克要到珊瑚的故乡去了！……

五

于是他跟水手科姆洛瓦一起登上列车，前往敖德萨。这是一趟颇为曲折漫长的旅程，还得在基辅转车。珊瑚商人有生以来头一次坐上了火车，但是他跟很多其他头一次坐火车的人不同。他对火车头、铁路信号牌、信号铃、电线杆、铁轨、检票员以及窗外飞掠而过的景色都毫无兴趣。他径直朝着水面和港湾而去，也只关心这些，就算对铁路交通的特点和相关现象有所关注,也纯粹是因为想到了那些他还并不了解的船舶航行的特点和相关现象。“你们船上也有信号铃吗?”他问水手,“在船舶出发之前会响三次铃吗?船会像火车头一样发出汽笛声或者嘟嘟声吗?如果船想要往回开的话,是必须掉头,还是可以直接倒退?”

当然,在旅途中总会碰到想要谈天的旅客,你总得跟他们聊聊这样那样的话题。“我是个珊瑚商人。”有人问尼森·皮岑尼克是做什么行当的,他如实相告。但是对方又追问:“您去敖德萨做什么?”他就开始扯谎。“我在那边筹划了几笔大生意。”他说道。“这我有些兴趣,”一位此前一直沉默不语的同车旅客突然说道,“我在敖德萨也有些大活儿,说起来,我经手的货还跟珊瑚有些亲缘关系,虽然要比珊瑚精致昂贵得多!”

“更昂贵有可能,”尼森·皮岑尼克说道,“但是绝不可能更精致。”

“就是更精致,要打赌么?”那人叫道。

“我告诉您,那是不可能的。根本就用不着打赌!”

“那好,”那人得意道,“我做的是珍珠生意!”

“珍珠根本就没有更精致,”皮岑尼克说,“而且它们还会招致厄运。”

“是的,如果你把它们弄丢了的话。”珍珠商人说道。其他人都开始专注聆听这场不同寻常的争执。最终,珍珠商人解开裤子,取出满满一小袋闪着微光、毫无瑕疵的珍珠。他把几颗珍珠倒在平坦的手掌上,展示给所有的同行旅客看。“得打开几百个牡蛎,”他说道,“才能找到一颗珍珠。潜水员们挣的钱相当多。我们这些珍珠商人在世上所有的商人中间都是最受尊敬的。是的,可以说我们形成了一个自己的族类。举个例子,您就看我吧。我是第一行会的商人,住在彼得堡,接待最高贵的顾客,比如说其中有两位大公,他们的名字是我的商业机密。我走遍半个世界,每年都去巴黎、布鲁塞尔、阿姆斯特丹。您随便到哪儿去打听一下珍珠商人格洛多茨基,黄口小儿都能给您一个答复。”

“而我,”尼森·皮岑尼克说道,“从来没出过我们的小镇普洛格罗迪——而且只有农夫才来买我的珊瑚。但是在座的诸位都得承认,一位质朴的农妇要是戴上几串美丽无瑕的珊瑚,看着可比一位女大公更加出彩呢。而且人们不分贵贱都会佩戴珊瑚,它能提升低贱的,装扮高贵的。无论是在早上、中午、晚上,或是夜里,比如说隆重的舞会上,在夏天还是冬天,在礼拜天还是在平时,在工作时还是休息时,在欢乐的时刻还是哀痛之中。在这世界上有许多种红色,我亲爱的同路人,经上写得明明白白,我们犹太国王所罗门的王袍是一种非常特殊的红色,因为敬爱他的腓尼基人给他献上了一种非常特殊的虫子,这虫子天生能在尿液中排出红色颜料。那是一种今天已经不复存在的红色,沙皇使用的绯红色已经跟它不是同一种了,因为那种虫子在所罗门死后就灭绝了,它的整个族类都是。你们看,这种颜色只有在极红的珊瑚中还有。但是在世界上什么地方又有人见过红色的珍珠?”

沉默寡言的珊瑚商人还从未在彻头彻尾的陌生人面前进行过一场如此长篇大论,又如此激情澎湃的演讲。他把帽子推到额头上面去,擦了擦汗。他依次对每个同行旅客露出微笑,所有人也都为他鼓掌,这是他应得的。“他说的有道理啊,有道理!”他们所有人一起叫道。

就算是那位珍珠商人也不得不承认,尽管尼森·皮岑尼克在这件事上并不占理,但是作为一名珊瑚的拥护者,他还是相当出色的。

终于,他们抵达了敖德萨,这闪闪发光的港口有着一片碧海,还有许多像新娘的婚纱一样洁白的船只。那艘装甲巡洋舰在这里等待着水手科姆洛瓦,就像父亲的家等待着儿子一样。尼森·皮岑尼克也想更仔细地参观一下这艘船。于是他跟年轻人一起来到岗亭,然后说道:“我是他的叔叔,我想看看这艘船。”他都为自己的大胆而感到惊讶。是啊,正在那里跟一个全副武装的水手说话的,已经不是原来陆地上的尼森·皮岑尼克了,不是那个来自内陆小镇普洛格罗迪的尼森·皮岑尼克，而是一个全新的人，他的内心世界翻过来露在了外面，几乎可以说是个颠倒的人，一个海洋的尼森·皮岑尼克。在他看来，自己仿佛不是从火车上下来的，而是直接从海里，从黑海的深处登上了陆地。他对海洋如此熟悉，对自己出生、居住的地方普洛格罗迪却从未感受过这种熟悉。触目所及之处全都是船和水，水和船。永远波涛涌动的海水温柔地拍击在轮船、小艇、舢板、帆船、摩托艇那些花一样白，渡鸦一样黑，珊瑚一样红的——是的，珊瑚一样红的——船身上。不，并不是在拍击，海水用千百万个小小的浪头爱抚着船身，海浪仿佛舌头与手合而为一，小小的舌头与小小的手成为一体。黑海完全不是黑色的。在远处它看起来比天空还要湛蓝，在近处它就像草原一样碧绿。要是把一小块面包扔进水里，就会有几千条灵活的小鱼雀跃、蹦跳、滑行、纠缠在一起，弹射、飞行而过。无云的蓝天铺展在海港上方。船的桅杆与烟囱高耸，直入晴空。“这是什么？那个叫啥？”尼森·皮岑尼克不停地问东问西。这个叫桅杆，那个叫船首，这边是救生圈，小艇和舢板、帆船和汽船、桅杆和烟囱、巡洋舰和商船、甲板和船尾、船首和龙骨，这些都是不同的。几百个新词汇简直是在围攻尼森·皮岑尼克可怜却又快活的脑瓜。在漫长的等待之后，他获得了（那位海军下士说，这是给他开了个特例）参观巡洋舰以及陪同他侄子的许可。海军上尉先生亲自现身，想看看这位登上俄罗斯皇家海军巡洋舰的犹太商人。这位海军上尉阁下面带微笑。微风吹拂着瘦削的红头发犹太人身上穿着的黑色长外套的下摆，人们能看到他那磨毛了边、补丁摞补丁的条纹裤子，掖在及膝磨砂皮靴里面。犹太人尼森·皮岑尼克甚至忘记了自己宗教的戒律。在军官那明亮耀眼的白金色光辉面前，他摘下了自己的黑帽子，他的红色卷发随风飘动。“你侄子是位好水手！”这位阁下——这位军官先生这样说道。尼森·皮岑尼克找不到适合的话说，只是微笑了起来，并没有大笑，他无声地微笑着。他张着嘴，人们可以看到像马齿一样的大黄牙和粉红色的牙床，还有铜红色的山羊胡子几乎一直垂过胸口。他观察着船舵、大炮，还得以用望远镜进行瞭望——上帝作证，远处确实变得近了，还离着老远的东西却就在镜片后面。上帝给了人们双眼，这千真万确，但是普通的眼睛跟透过望远镜瞭望的眼睛比起来，又算得了什么？上帝给了人们双眼，但也给了智慧，这样人们就发明了望远镜，增强了双眼的视力！——太阳晒在甲板上，照耀着尼森·皮岑尼克的后背，然而他并不觉得热。因为永恒的风吹过海面，是的，仿佛有一阵风来自大海本身，一阵从水至深处吹来的风。

最后，告别的时刻到了。尼森·皮岑尼克拥抱了小科姆洛瓦，给上尉，然后是水手们鞠了躬，离开了装甲巡洋舰。

他本打算在与小科姆洛瓦道别之后立刻回普洛格罗迪

去。但他却留在了敖德萨。他目送装甲巡洋舰起航，站在港口挥舞着他那块带红条纹的蓝手帕，水手们跟他打了招呼。他还目送了许多其他船只起航，朝着所有的陌生乘客挥舞手帕。因为他每天都去港口。每天他都学到新知识。比如，他知道了这些话都是什么意思：起锚，收帆，卸货，收紧缆绳，等等。

每天，他都看到许多穿着水手服的年轻男人在船上干活儿、爬上桅杆，他看到年轻男人们游荡在敖德萨的街头，互相挽着手臂，整整一排水手，横着占满整条街道——而他自己没有孩子这件事让他心情沉重。此时此刻，他渴望拥有儿子和孙子——毫无疑问，他会把他们统统送去海上，让他们都成为水手。然而在普洛格罗迪的家中躺着的，却只有那不能生育的丑陋妻子。她如今替他卖着珊瑚。她到底行不行啊？她知道珊瑚的意义么？

而尼森·皮岑尼克身处敖德萨的海港之中，很快就忘记了作为一名来自普洛格罗迪的普通犹太人的义务。他早晨和晚上都不去会堂按规定做祷告，而是在家祈祷，非常匆忙，也并没有真正地、认真地想着上帝，他完全就像一台留声机一样祈祷，唇舌机械地重复着铭刻在脑海中的声响。这世界何曾见过这样一个犹太人？

在普洛格罗迪的家中，却正是珊瑚生意的旺季。尼森·

皮岑尼克很清楚这一点，但他已经不再是以前那个陆地上的尼森·皮岑尼克了，而是全新的、新生的、海洋的。

他告诉自己：要回普洛格罗迪，时间还多得是！我在那儿又有什么可以失去的！而我在这里还可以得到多少！

他在敖德萨待了三个星期，每天都跟大海、船只、小鱼一起度过愉快的时光。

这是尼森·皮岑尼克生命中的第一个假期。

六

当皮岑尼克重新回到普洛格罗迪的家中时，发现算上旅行开支，账上短了至少一百六十卢布。但是他却告诉妻子和其他所有问自己在外地待了那么久都做了些什么的人，他在敖德萨做成了“重要的生意”。

这时，收获季开始了，农夫们不再那么频繁地来赶集。跟往年此时一样，珊瑚商人的房子里安静了下来。穿线女工们在傍晚时分就离开了。晚上，尼森·皮岑尼克从犹太会堂回到家的时候，等着他的不再是美貌少女们清亮的歌声，而只有他的妻子、用洋葱和萝卜做的家常菜，还有黄铜茶壶。

然而珊瑚商人皮岑尼克回忆着在敖德萨的日子，就此屈从于秋天生意的一般规律。除了自己之外，没有人知道此行在生意方面完全是一场空。他已经在考虑，几个月后再次假托有重要的生意，前往另外一座港口城市，比如说彼得堡。

他无须担忧经济上的困难。在长年经商的过程中存下的所有钱财都在放贷者平卡斯·瓦尔沙夫斯基那里，持续不断地生着利息。此人是个在社区中颇有威望的高利贷商人，他会冷酷无情地追讨一切债务，但也会准时给付全部利息。尼森·皮岑尼克也不必担忧健康方面的问题；而且他没有孩子，因此也不必照顾后代。那为什么不再次动身前往众多海港中的一座呢？

珊瑚商人已经开始制定次年春天的计划了。这时，邻近的小镇苏奇基发生了一件不寻常的事。

有一天，在这座跟尼森·皮岑尼克的家乡普洛格罗迪一样小的小镇上，有个男人开了一家珊瑚商店。附近地区此前完全没有人认识他。人们很快了解到，此人名叫简诺·拉卡托什，来自遥远的匈牙利。他会说俄语、德语、乌克兰语、波兰语，甚至如果有必要，或者要是有人正巧提出了这样的要求，那拉卡托什先生就也说说法语、英语和汉语。他是个年轻人，有着顺滑的、蓝黑色的、涂了发油的头发——顺便一提，他是附近各处唯一一个会佩戴发亮的衬衫硬领和领带，还拿着一支装有黄金球柄手杖的人。这位年轻人在几周前来到苏奇基，跟屠户尼基塔·科尔钦交上了朋友，然后一直劝说他同意跟自己创业，做起珊瑚生意来。公司颜色鲜红的招牌上写着：N.科尔钦公司。

在这家商店的橱窗里，无瑕的红珊瑚闪闪发光。虽然分量比尼森·皮岑尼克的珊瑚石要轻一些，但也便宜得多。整整一大串珊瑚只要一个卢布五十戈比，还有二十、五十、八十戈比的链子。这些价格都标在商店的橱窗里。为了不让任何一个人过其门而不入，店里放了一台留声机，整天欢快地播放着嘈杂的歌曲。整个小镇都能听到这些歌，甚至连更远处、周围的村子里也听得见。尽管在苏奇基没有像普洛格罗迪一样的大集市，而且正值收获季，但是农夫们却会到拉卡托什先生的店里，听听歌，买些便宜珊瑚。

这位拉卡托什先生开店几个星期，生意十分兴隆。一天，一位富有的农夫出现在尼森·皮岑尼克面前，说道："尼森·谢苗诺维奇，我无法相信你骗了我和其他人二十年。现在苏奇基有个人，卖的是最美丽的珊瑚串，只要五十戈比一条。我妻子这就想过去——但是我琢磨着，得先来问问你，尼森·谢苗诺维奇。"

"这位拉卡托什，"尼森·皮岑尼克说道，"肯定是个小偷加骗子。否则我无法解释他的定价。但是如果你愿意用你的车带我一程的话，我就亲自过去看看。"

“好！”农夫说，“眼见为实。”

于是珊瑚商人便动身前往苏奇基。他在橱窗前面站了一会儿，听着从店里传出来的嘈杂的歌声，终于走进去，开始与拉卡托什先生攀谈。

“我自己也是个珊瑚商人，”尼森·皮岑尼克说道，“我的货来自汉堡、敖德萨、的里雅斯特、阿姆斯特丹。我无法理解，您出售的珊瑚何以如此便宜又如此美丽。”

“您是老一辈的人，”拉卡托什回答道，“而且，请您原谅我这么说：有点守旧。”

此时，柜台后面的拉卡托什走上前来——尼森·皮岑尼克看到，他有些跛行。他的左腿显然要短一些，因为他左脚靴子的鞋跟比右脚的要高一倍。他身上带着强烈的香气，令人迷醉——也不知道这芳香到底是从他精瘦身躯上的哪一处散发出来的。他的头发是像夜晚一样的蓝黑色。起初你可能会以为他的黑眼睛是温柔的，瞬息之间它们却又精光暴闪，在漆黑的瞳色中似有一抹火红亮了起来。拉卡托什在卷曲的黑色小胡子下面露出了微笑，洁白的、老鼠般的小牙齿闪动着微光。

“那又怎样？”珊瑚商人尼森·皮岑尼克问道。

“是啊，那又怎样，”拉卡托什说道，“我们可没疯。我们并不潜入海底。我们就是制造了人工珊瑚。我的公司叫作：

罗恩卡索兄弟公司,在纽约。我在布达佩斯干了两年,颇为成功。农夫们什么都没发现。匈牙利的农夫没有,俄罗斯的农夫就更不会了。他们想要美丽、鲜红、无瑕的珊瑚。在这里就有。便宜,廉价,美丽,有装饰性。你还能要求什么?真的珊瑚不可能这么美丽!"

"您的珊瑚是用什么做的?"尼森·皮岑尼克问道。

"用赛璐珞,我亲爱的,用赛璐珞!"拉卡托什兴高采烈地叫道,"您可别跟我说科学技术的坏话!您瞧,橡胶树生长在非洲,人们用它的树胶做成了橡胶和赛璐珞。这不自然么?难道橡胶树比珊瑚更不自然么?难道非洲的一棵树比海底的一棵珊瑚树更不自然么?——接下来呢,现在您有什么想法?——我们要不要一起做生意?——您做决定吧!从今天开始,在一年之内,您就会因为我带来的竞争而失去所有客户——然后您就可以带着您那些真珊瑚回海底去了,最好的小珊瑚石不都是从那里来的么。您说吧,同意还是不同意?"

"您给我两天时间。"尼森·皮岑尼克说道。然后他就回家去了。

七

魔鬼用这种方式第一次做出了引诱珊瑚商人尼森·皮岑

尼克的尝试。魔鬼名叫简诺·拉卡托什，来自布达佩斯。他把假珊瑚引进俄罗斯，就是用赛璐珞做的珊瑚，如果把它们点燃的话，会燃起颜色偏蓝的火焰，就像围绕地狱燃烧的篝火。

当尼森·皮岑尼克回到家时，他漫不经心地亲吻了妻子的双颊，跟穿线女工们打了招呼，用带着些许迷惑的——受到魔鬼迷惑的双眼观察他心爱的珊瑚，那些活生生的珊瑚看上去已经不像竞争对手简诺·拉卡托什用赛璐珞制成的假珊瑚石那样完美无瑕了。魔鬼在正直的珊瑚商人尼森·皮岑尼克心中植入了一个念头，那就是在真珊瑚里掺假。

他便择日前往邮局，向公务书记员口述了一封信，寄给身在苏奇基的简诺·拉卡托什，后者几天后就给他寄来了至少二十普特[①]的假珊瑚。我们知道，赛璐珞是一种很轻的材料，用二十普特假珊瑚可以制成大量的手串和链子。尼森·皮岑尼克受到了魔鬼的诱惑和欺骗，他把假珊瑚掺到真货里，既背叛了自己，又背叛了那些真正的珊瑚。

国内各地都已经进入了收获季，几乎没有农夫再来购买珊瑚了。但是，多亏了这些假珊瑚，尼森·皮岑尼克如今在偶尔出现的少数顾客身上赚的钱比以前在众多顾客身上赚到的都多。他真假掺卖——这比纯粹卖假货还要过分。因为受到魔鬼诱惑的人就是这样：他们干起魔鬼的勾当来，甚至超越了

① 沙俄时期的重量单位，1 普等于 40 俄磅，约合 16.38 千克。——译者注

魔鬼本身。尼森·皮岑尼克就是用这种方式超越了来自布达佩斯的简诺·拉卡托什。尼森·皮岑尼克把自己赚的钱都忠实地存到了平卡斯·瓦尔沙夫斯基那里。魔鬼对珊瑚商人的诱惑如此彻底,以至于他一想到自己的钱正越变越多,生出利息,就体验到一种由衷的快感。

突然有一天,高利贷商人平卡斯·瓦尔沙夫斯基死了。尼森·皮岑尼克大惊失色,旋即找到高利贷商人的继承人,要他们连本带利归还自己的钱。他也当场拿到了钱,多达五千四百五十卢布六十戈比。他用这笔钱付清了欠拉卡托什的债务,然后再次订购了二十普特的假珊瑚。

一天,那位富有的啤酒花农夫来找尼森·皮岑尼克,要给一个孙辈的孩子买一条珊瑚链子,用来避邪。

珊瑚商人完全用假的赛璐珞珊瑚穿了一条小链子,还说:"这些是我店里最美的珊瑚了。"

农夫按照真珊瑚的定价付了钱,然后回了自己村里。

在他把假珊瑚戴在孙女脖子上之后,过了一周,他的孙女窒息而亡,形状可怕,死因是白喉。流言在富有的啤酒花农夫所居住的村庄索洛韦茨克四处蔓延(在邻近的村庄亦然),说普洛格罗迪的尼森·皮岑尼克所卖的珊瑚会带来厄运与疾病,而且不只波及那些在他店里买过东西的人。因为白喉开始在邻近的村庄里肆虐,很多孩子因此夭折,这也助长了流言的扩散：尼森·皮岑尼克的珊瑚会带来疾病与死亡。

这么一来，整个冬天都再也没有顾客光顾尼森·皮岑尼克的店了。那是个严酷的冬天，从十一月开始，一直持续到了三月底。每天都带来一场无情的霜冻，很少下雪，就连渡鸦都像冻僵了一样，就那样蹲在栗子树的枯枝上。尼森·皮岑尼克的家里非常安静。他解雇了一个又一个穿线女工。在赶集的日子里，他偶尔会碰到这位或者那位老客户。但是大家并不跟他打招呼。

是的，那些夏天还亲吻过他的农夫，现在都假装不认识这位珊瑚商人了。

最低气温达到了零下四十度。运水工罐子里的水在从水井到家里的路上就冻住了。厚厚的冰层糊住了尼森·皮岑尼克的窗玻璃，他都看不见街上发生的事了。巨大而沉重的冰柱挂在栅栏里的铁棍上，把窗户遮得更加严实。当尼森·皮岑尼克店里再也没有客人光顾时，他并没有觉得问题出在假珊瑚上，而是将此事归咎于苦寒的冬天。然而，拉卡托什先生开在苏奇基的店里却总是人头攒动。农夫们在他店里购买完美无瑕又便宜的、用赛璐珞做的珊瑚，而不去尼森·皮岑尼克那里买真货。

小镇普洛格罗迪的大街小巷都结了冰，光滑得像镜子一样。所有的居民都用包铁的手杖探着路，摸索前进。然而即便如此,有些人还是摔倒了,遍体鳞伤。

一天晚上,尼森·皮岑尼克的妻子也跌了一跤。她昏倒在地,过了很长时间才被心存怜悯的邻居们扶起来,抬进屋里。

没过多久,她就开始剧烈呕吐,普洛格罗迪的军医说是脑震荡。

人们把她送进医院,医生也肯定了军医的诊断。

珊瑚商人每天早上都去医院。坐在妻子的床边,花半个钟头听她说胡话,看着她焦躁的眼神和稀疏的头发,回想起自己给她的些许柔情时光,闻到樟脑和碘酒刺鼻的气味,然后再回到家里。他站在灶旁煮罗宋汤和荞麦粥,自己切面包,自己削萝卜,自己沏茶,自己预热炉子。然后他把众多小袋子里的珊瑚都倒在家中四张桌子之中的一张上,开始分类。拉卡托什先生的赛璐珞珊瑚被单独存放在柜子里。对尼森·皮岑尼克来说,真正的珊瑚看起来早已不再像是活生生的动物了。自从拉卡托什来到附近,而珊瑚商人皮岑尼克自己也开始在沉甸甸的、真正的珊瑚石里掺入用赛璐珞做的轻飘飘的玩意儿之后,那些存放在他房子里的珊瑚就都死去了。现在都是用赛璐珞做珊瑚!用这死物做成的珊瑚,看起来就跟真的、活生生的珊瑚一样有生命,还更加美丽,更加无瑕!相比之下,妻子的脑震荡又算得了什么!

八天后，她死了，当然是因为脑震荡！但尼森·皮岑尼克不无道理地认为，他的妻子并非仅仅死于脑震荡，也是因为她的生命不依赖于这世上任何其他人的生命。没有人希望她活下去，所以她也就死了。

现在，珊瑚商人尼森·皮岑尼克就是个鳏夫了。他按照规定的方式哀悼妻子，给她买了一块最为坚固的墓碑，又让人在上面刻下了致敬的话语。他早晚都为亡妻诵读哀悼祈祷文。但是他完全不想念她。食物和茶水他可以自己准备。只要跟珊瑚独处，就不感到寂寞。让他烦心的只有一件事，那就是自己把珊瑚出卖给了它们虚假的姐妹，也就是那些用赛璐珞做的珊瑚，也把自己出卖给了商人拉卡托什。

他向往着春天。当春天终于到来时，尼森·皮岑尼克却发觉自己白盼望了一场。往常，每年早在复活节以前，当屋檐下的冰柱在正午时分开始融化的时候，顾客们一般就乘着吱嘎作响的小车或者铃声叮当的雪橇来了。他们需要复活节时用的珊瑚。但是现在大地回春，太阳的蒸烤让天气变得越来越暖和，每天屋檐下的冰柱都变得更短，街边融化的雪堆都变得更小——然而并没有顾客到尼森·皮岑尼克家里来。在他的橡木柜子里，在那立在火炉旁边、装配了铁制打包带的硕大四轮旅行箱里，成堆、成串、成链地摆放着最为名贵的珊瑚。但是没有客人光顾。天气越来越暖和，积雪已经消失了，细雨飘落，森林里的紫罗兰发了芽，沼泽里传来阵阵蛙鸣，但是没有客人光顾。

这时，普洛格罗迪的人们也头一次注意到，尼森·皮岑尼克的举止和性格发生了某种奇怪的变化。是的，普洛格罗迪的居民头一次开始猜测，这珊瑚商人是个奇特的人，甚至是个怪胎——有些人对他失去了一贯的尊重，有些人甚至公开嘲笑他。普洛格罗迪的众多好人都不再说“珊瑚商人刚走过去了”，而只是说：“尼森·皮岑尼克刚走过去了——他从前是个做珊瑚生意的大商人。”

这是他自己的错。因为他的行为举止完全不符合法律和办丧事的体面对鳏夫的要求。如果说人们尚且可以谅解他和水手科姆洛瓦的奇特友谊，甚至对他上次去波德戈采夫那家声名狼藉的小酒馆也能睁一眼闭一眼，但在发现他还在继续光顾那家小酒馆的时候，就不能不对他疑心大起了。自从妻子死后，尼森·皮岑尼克几乎每天都去波德戈采夫的酒馆。他开始痛饮蜂蜜酒。随着时间的推移，他逐渐觉得蜂蜜酒太甜了，于是又让人再掺一份伏特加。有时，轻浮的姑娘会在他身边坐下来。尽管他一生中从未识得自己亡妻以外的女人，唯一懂得的欲望是爱抚他真正的妻子们——也就是珊瑚——并给它们分类，穿线，这样的他有时却在波德戈采夫粗鄙的小酒馆里屈服于女人廉价苍白的肉体，屈服于自己那不符合受尊敬市民的体面身份的天性，屈服于少女的身躯带来的那场盛大而炽热的遗忘。于是他喝着酒，爱抚着坐在身边、偶尔也坐在他大腿上的少女。他感受到了情欲，跟把玩珊瑚时感受到的差不多的情欲。他用强壮的、长有红色毛发的手指不太灵活地，甚至笨拙得有些可笑地摸索着少女们那像珊瑚一样鲜红的乳头。他堕落了——就像人们常说的那样——很快，越来越快，几乎一天比一天堕落。他自己感觉到了。他的脸变得更瘦削，他枯瘦的后背蜷缩起来，他不再清洁自己的外套和靴子，也不再梳理胡须。每天早晚他都机械地进行祷告。他自己感觉到了：他已经全然不再是珊瑚商人了，他是尼森·皮岑尼克，从前是个做珊瑚生意的大商人。

他感觉到，再过个一年半载，他必将成为小镇上的笑柄——可这与他又有什么相干？普洛格罗迪不是他的故乡，海洋才是。

于是有一天，他作出了人生中那个致命的决定。

但在那之前的一天，他动身前往苏奇基，并且在来自布达佩斯的简诺·拉卡托什的店里，他看到了所有的老顾客，他们凝神倾听着唱片机里嘈杂的歌曲，他们买下赛璐珞珊瑚，五十戈比一条链子。

“瞧瞧，一年前我是怎么跟您说的？”拉卡托什对尼森·皮岑尼克叫道，“您还想要十普特么，二十，三十？”

尼森·皮岑尼克说道："我再也不想要假珊瑚了。就我个人而言，我只做真货生意。"

八

他回到普洛格罗迪的家里，悄悄去找了本雅明·布罗采纳，此人经营着一家旅行社，并向移居国外者倒卖船票。被迫移民去加拿大和美国的主要是逃兵和非常贫穷的犹太人，布罗采纳就靠他们维持生计。他运营着一家汉堡航运公司在普洛格罗迪的代理处。

"我想去加拿大！"珊瑚商人尼森·皮岑尼克说道，"而且越早越好。"

"下一班船名叫'不死鸟'，十四天后从汉堡起航。在那以前我们会帮您弄到相关文件。"布罗采纳说道。

"好，好！"皮岑尼克回答道，"您可别跟别人说这件事。"他回到家，把所有的珊瑚——那些真的珊瑚——打包装进他的活动旅行箱里。

但是那些赛璐珞珊瑚被他放在了茶壶的铜制底架上，点着了火。它们燃起蓝色的火苗，还散发出一阵恶臭。这个过程花了很长时间，因为共有超过十五普特的假珊瑚。烧完之后,就出现了一大堆黑灰色的扭结在一起的灰渣。赛璐珞那蓝灰色的烟气在房间正中的煤气灯周围盘旋环绕。

这是尼森·皮岑尼克与他故乡的道别。

四月二十一日,他在汉堡登上了“不死鸟”号蒸汽轮船,住的是票价最低的舱位。

船行四日后,灾难降临,有些人可能还记得这件事。

“不死鸟”号沉没了,连同船上超过两百名乘客一起。他们自然是溺水而死。

尼森·皮岑尼克当时虽然也一起落海,但却不能说他跟其他人一样就是溺水而死的。倒不如说——我们可以问心无愧地这样讲——他回到了珊瑚身边,海底深处,回到了巨大的利维坦盘踞的地方。

而如果我们相信一名当时全靠神迹——一般都是这么说——才得以逃出生天的男子的说法,那我们就得讲清楚,早在救生艇满员之前,尼森·皮岑尼克就翻过船舷,跃入水中,去寻找他的珊瑚——他真正的珊瑚了。

就我而言,我很乐意相信这种说法。因为我曾经认识尼森·皮岑尼克,我敢保证,他属于珊瑚,而海底是他唯一的故乡。

愿他在利维坦身边安息,直到救世主到来。

约瑟夫·罗特生平简表

1894 年 9 月 2 日	出生于奥匈帝国东部边境小城布朗迪(今属乌克兰)
1905—1913 年	在布朗迪上德语小学及文理中学
1914—1916 年	在林伯格大学及维也纳大学上学;1916 年发表第一部短篇小说《优等生》(*Der Vorzugsschüler*)
1916—1918 年	参加第一次世界大战
1919 年起	作为记者,为维也纳、柏林、布拉格的报纸和杂志撰稿
1923 年起	为《法兰克福报》撰稿
1923 年	出版第一部长篇小说《蛛网》(*Das Spinnennetz*)
1924 年	受《法兰克福报》委托进行波兰之旅。出版小说《萨沃伊饭店》(*Hotel Savoy*)、《造反》(*Die Rebellion*)
1925 年	第一次法国之旅
1926 年	受《法兰克福报》委托进行苏联之旅

1927—1929 年	出版小说《漫游中的犹太人》（*Juden auf Wanderschaft*，1927）、《无尽的逃亡》（*Die Flucht ohne Ende*，1927）、《齐珀与他的父亲》（*Zipper und sein Vater*，1928）、《右与左》（*Rechts und Links*，1929）、《沉默的先知》（*Der stumme Prophet*，1929）
1930 年	出版小说《约伯记》（*Hiob*）
1932 年	出版小说《拉德茨基进行曲》（*Radetzkymarsch*），半年内再版五次
1933 年	因犹太出身和反对纳粹，被禁止在德国出版作品
1933—1939 年	流亡国外，陆续创作和出版小说：《塔拉巴斯》（*Tarabas*，1934）、《皇帝的胸像》（*Die Büste des Kaisers*，1935）、《百日》（*Die Hundert Tage*，1936）、《假秤》（*Das falsche Gewich*，1937）、《先王冢》（*Die Kapuzinergruft*，1938）、《第 1002 夜的故事》（*Die Geschichte von der 1002. Nacht*，1939）、《一个虔诚酒徒的传说》（*Die Legende vom heiligen Trinker*，1939）、《列维坦》（*Der Leviathan*，罗特去世后 1940 年出版）等
1939 年 5 月 27 日	客死巴黎